茅盾文学奖
获奖作家短经典

Short Classic

向右看齐

徐贵祥

——
著

人民文学出版社

图书在版编目(CIP)数据

向右看齐/徐贵祥著. —北京：人民文学出版社，2020
（茅盾文学奖获奖作家短经典）
ISBN 978-7-02-012977-5

Ⅰ.①向… Ⅱ.①徐… Ⅲ.①中篇小说—小说集—中国—当代②短篇小说—小说集—中国—当代③散文集—中国—当代 Ⅳ.①I217.2

中国版本图书馆CIP数据核字(2019)第129504号

选题策划	付如初
责任编辑	付如初
装帧设计	刘　远
责任印制	任　祎
出版发行	人民文学出版社
社　　址	北京市朝内大街166号
邮政编码	100705
网　　址	http://www.rw-cn.com
印　　刷	三河市中晟雅豪印务有限公司
经　　销	全国新华书店等
字　　数	199千字
开　　本	787毫米×1092毫米　1/32
印　　张	10.125　插页3
版　　次	2013年1月北京第1版
印　　次	2020年3月第1次印刷
书　　号	978-7-02-012977-5
定　　价	38.00元

如有印装质量问题，请与本社图书销售中心调换。电话：010-65233595

出版说明

茅盾文学奖自1981年设立迄今，已近四十年。这一中国当代文学的最高奖项一直备受关注，获奖作品所涉作家近五十位，影响甚巨。其中获奖作品人民文学出版社所占的比例接近百分之四十，几乎所有的获奖作家都与人民文学出版社有过合作。这些作家大多在文坛耕耘多年，除了长篇小说之外，在中篇小说、短篇小说和散文等"短"体裁领域的创作也是成就斐然。

2013年，我们以全面反映茅盾文学奖获奖作家的综合创作实力为宗旨，以艺术的眼光，遴选部分获奖作家的中篇小说、短篇小说和散文的经典作品，编成集子，荟萃成了"茅盾文学奖获奖作家短经典"丛书，得到了专家和读者的一致好评。

此次再版，我们在原丛书的基础上，增添了第九届和第十届茅盾文学奖获奖作家的"短经典"，一些作家的作品篇目也有所增删，旨在不断丰富丛书内容，让读者更加全面细致地了解这些作家的创作。相信该系列图书能够与我社的

"茅盾文学奖获奖作品全集"系列一起,为您完整呈现一代又一代茅盾文学奖获奖作家的创作实绩、艺术品位和思想内涵。

人民文学出版社编辑部
2020年1月

目 录

- 001 有钱的感觉
- 054 决战
- 135 弹道无痕
- 208 胆量
- 224 颜色

- 237 我的红花裥
- 239 大山深处的老兵
- 245 当兵当到了天边边
- 249 乾坤之湾
- 256 抠门之乐
- 261 老街沧桑
- 268 让孩子像孩子那样欢笑
- 274 向右看齐
- 278 读书三观
- 283 老兵往事

287　找不到我要感恩的那个人了

292　好的

297　擦一根火柴照亮人生

303　一次让人后悔的"伏击战"

306　两个女人千年一叹

311　写本好书送给你

有钱的感觉

一

韩子歇放下电话之后,好长一阵时间没有回过神来,与其说是惊喜,不如说是惊愕。

事情来得确实有点突然,尽管是好事,但因为事先没有一点思想准备,就难免有些犯蒙。对于钱这个东西,韩子歇不是太反感,作品能够获奖,韩子歇也不会拒绝,但问题是评奖机构如此陌生、奖金数额如此之巨,却是韩子歇始料不及的,以至于在得到这个信息最初的一瞬间,他还以为这是自己的某位朋友炮制的恶作剧,差点就骂了对方一句:"你把老子当范进捉弄啊?老子就是中不了举也不会发疯。"

但是他很快就从对方的语调和陈述的事实里判断出来了,看来还真不是假的。

事情还得从半年前讲起。半年前南方的一家名不见经传的小出版社不知道是出于什么动机,主动找到韩子歇,提出免费为他出版随笔言论集《满大街都是披着羊皮的狼》,说好了不要他包销,但是也不付他稿酬。对此韩子歇深表理解和感谢,他虽然不是什么货真价实的作家,但鸡毛蒜皮的小稿子还是经常写的,对于出版界和图书市场的情况多少知道一些,现在好卖的书多是热点焦点秘闻轶闻之类,再不就是名人明星传记私生活之类,像他这种故作高深、既想针砭时弊又缩手缩脚的小文章,在报刊上发表一下还有点不咸不淡的小味道,有人愿意捎带着看。但是汇编成书,印数既少,定价就高,销售起来自然就很困难,别说不给稿酬,没有让作者掏钱"买书号"就是天高地厚了。

没想到,几个月过去了,却又节外生枝。刚才那个打电话的男人拖着一口曲里拐弯的南方腔调告诉他,在"万物和谐俱乐部"刚刚结束的"人类与自然"文学作品选拔赛中,《满大街都是披着羊皮的狼》获得二等奖,证实了韩子歆的通信地址和邮政编码之后,立即将一万六千元奖金电汇寄出,估计三四天就到,请韩先生查收。

这无疑是天上掉下来的好事。

眼下,韩子歆对那个所谓的"万物和谐俱乐部"所知甚少,只听那个号称是副主任委员的林某某说,这个俱乐部是个民间组织,是由香港和澳门的几个实业家提供基金的,经国家某职能机构批准,属于合法组织。这回是第一次评奖,所以奖金优丰,一等奖是两万元,二等奖是一万六千元。

韩子歆的脑子里多少也有点法律意识,但这会工夫,他自然不会追问林某某,他们是从哪里发现《满大街都是披着羊皮的狼》的,也不会指责他们未经作者同意就擅自给这本书评奖,侵犯了他的权利,更不会因为评奖机构没有征求他的意见就给他一万六千元奖金而跟他们对簿公堂。至于那个"万物和谐俱乐部"是省部级还是科股级,他也不太在意。

放下电话之后,韩子歊所做的第一件事情就是从办公桌的抽屉里找出一本《满大街都是披着羊皮的狼》,横着看竖着看,就像看别人写出来的世界名著那样看,越看就越是觉得蹊跷,既看不出有多少振聋发聩的新鲜观点,也看不出有多少惊世骇俗的深刻思想,连文风都是老老实实的,没有多少妙语珠玑和神来之笔——他对于自己的才气一向是不悲观,也并不乐观。当然,从内容上讲,也不能说《满大街都是披着羊皮的狼》完全没有价值,如果完全没有价值的话,人家出版社也就不会劳民伤财地忙活了。

集子是由七十多篇小文章组成的,《满大街都是披着羊皮的狼》是其中的一篇,写的是韩子歊有一次上街买衣服时的真实感受,自我批评说万物之长万物之贵的高级动物其实是最残忍的动物,吃其他动物的肉,喝它们的血,还把它们的骨头弄来泡酒,更有甚者,还扒它们的皮。高级动物们脚上蹬的、身上穿的、头上戴的,甚至屁股底下坐的、肩上背的,连手机套子钥匙链子钱包名片夹都是动物的皮。一句话,衣食住行吃喝玩乐都是建立在其他动物牺牲的基础之上。当然,如果满大街仅仅只是"披着羊皮的狼"倒也好说,就算满大街都是披着牛皮的狼,也是不足挂齿的事情。牛和羊(还包括猪狗驴马)这样的动物太普通了,跟人类的关系最为密切,人类养活它们放牧它们,就是要它们服务于人类的,它们的牺牲贡献是它们生命的神圣职责,无可厚非。问题是,那些皮还不仅仅是羊皮牛皮猪皮狗皮驴皮马皮之流的贱货,也不仅仅是鼠皮兔皮猫皮黄鼠狼皮,还有豺狼虎豹麂皮熊皮蛇皮鹿皮乃至于猴子皮等等,"举目四望,满大街都是披着羊皮的狼,所有的毒蛇猛兽在人类轻蔑傲视的目光注视下,无不胆战心惊。稀有动物日见稀有,越是珍贵,面临绝种的危险就越大……是谁给人类这样无法无天迫害友邻的权利?"韩子歆在他的文章里假装深沉故意深刻地如是说。

韩子歆虽然是个小手笔,但是有个很大而且很固执的毛病,文章一般都不长,题目一般都不短,像《满大街都是披着羊皮的狼》还算好的,有的标题竟然长到二十多个字,譬如《我们的富有不能建筑在对后代财富透支的基础之上》《全世界无产阶级联合起来,保护我们的生存空间》《发现什么就破坏什么——自然资源跟不上人类贪婪的需求》以及《豺狼虎豹为什么见到我们就跑》《现代文明给我们的家园带来了什么》《再狡猾的狐狸也斗不过好猎手——飞禽走兽在人类面前何等软弱》等等,简直又臭又长,往往是正文比标题多不了多少字,标题就把核心思想亮明了,正文只不过是举几个例子——韩子歆总是有那么多奇奇怪怪的例子。有好几家报刊编辑都向他指出过标题过于不精练的问题,但指出归指出,他却是屡教不改。稿子你爱发不发,这家不发他就拿到那家或那家去发,那家或那家再不发,就留在抽屉里给自己看。谁想改他的标题,他是坚决不会答应的。如此,倒真有点像个知识分子了。

韩子歆为什么要写这些文章呢,背景其实很简单,除了同他的工作性质有关以外,还有一个比较重要的原因,是因为他不会写小说和电影,也不会写诗歌和散文,但他又是货真价实的文科毕业的大学生。写个畅销纪实和打情骂俏的电视剧吧,他还颇有点看不起的意思。那就只能写这些有感而发或者无病呻吟的东西了。他比较喜欢动物和植物，认为自从盘古开天地，混沌世界草肥水美，海晏河清峻岭葱郁，人类同万物共享一个大自然，气象万千。现在人们没有节制地猎杀动物和砍伐森林，又制造了大量的原子弹和汽车以及名目繁多的家用电器，把这个世界弄得越来越危险、越来越不成体统——这就能看出韩子歆是一个很有社会责任感的人了，用他妻子的话说，"像个高瞻远瞩忧国忧民的党和国家领导人"——岂止是忧国忧民，他连天都忧。

当然，韩子歆也曾为有的文章取过较短的标题，像《杞人忧天发人深省》就是，他原本想用"杞人忧天"这四个字作为自己第一本专著的名字——如果这本小册子也能算专著的话，他认为《满大街都是披着羊皮的狼》作为一篇文章的标题是可以的，但作为一本书的名字有点非驴非马，而相比较之下，"杞人忧天"有历史感，也有点文化意味。但是出版社不同意，出版社有出版社的考虑，出版社认为还是《满大街都是披着羊皮的狼》更能刺激读者，能够调动他们购买的积极性。韩子歆虽然不喜欢别人改他的标题，但《满大街都是披着羊皮的狼》也是他一篇文章的标题，人家并没有修改他的，只是帮他选择了一下。韩子歆权衡利弊，也就同意了。反正他知道他的"专著"不会有太多的人看，更不可能流芳千古，不过是个过眼烟云虚晃一枪的事。没想到，平白无故地遇上了一个前所未闻的"万物和谐俱乐部"，《满大街都是披着羊皮的狼》竟然被评上了二等奖。据那个曲里拐弯的林某某说，"万物和谐俱乐部"还要从获奖作品中选择几部翻译介绍到国外去，甚至有可能被送到联合国的一个什么部门。

如此，韩子歆又有些后悔，当初不该轻易丧失了自己的原则和立场，让目光短浅的编辑把书名取了个《满大街都是披着羊皮的狼》，有失雅致。

但是，再把书名改回来显然是不可能了。无论如何，都是得大于失，都应该高兴一下。再说也没有理由不高兴，这是劳动所得，不是捡来的，更不是用不正当手段弄来的，每一分钱都是光荣的，用起来理直气壮，他为什么不高兴？

认识到这一点，韩子歆才开始高兴起来，并且是很得意很真实的高兴。

二

这天晚上下班回家，韩子歆感到胯下的自行车比往日要轻快得多，十几公里的路程，没怎么费劲就到了。

回到家里，妻子舒晓雯还没有回来。家里一老一少两个客人互相配合着，已经把饭做好了。韩子歆同客人打招呼的时候，脸上不由自主地多了一些春风，并劝说老客人歇着，自己又同年轻的客人联袂做了一道芫爆鱿鱼卷，还把春节期间单位发的六只大对虾给煮了，以至于妻子回来之后吃了一惊，问他是不是在路上捡到存折了。韩子歆笑笑说："捡到存折有什么了不起的，还不照样得落实拾金不昧的传统美德？"妻子不解，又问道："那你干什么这么兴师动众，又炒鱼又煮虾的？"韩子歆说："不捡到存折就不能吃鱼吃虾了？别的没啥，就是改善伙食。"

因为家里毕竟还有两个客人，妻子就不再说什么了。

这天晚餐,形势较好,韩子奐还开了一瓶老家的涵河大曲,跟老客人对饮了差不多有半斤。妻子在一旁看得纳闷,料想丈夫今天有好事,现在不说,也憋不到明天,到了床上略施雕虫小技刁难他一下,不由他不从实招来。

韩子奐和舒晓雯都不是北京人。靠着有点舞文弄墨的小才气,韩子奐于六年前调到北京某环境保护部门下属的某办公室当了一名文牍小吏,做案头工作,属于翻身农民一族。舒晓雯是个教师,原来在老家省城教初中化学,工作也不难安排,就一同进京了。虽然都在清水衙门里供职,但小日子还是够过。

这个家庭的政治体制和经济体制都比较开明,政治上韩子奐负主要责任,但韩子奐的政治责任主要转移到外交上了,他的老家和原来工作的那个地方是个贫困地区,韩子奐虽然是一介寒儒,但毕竟工作单位沾了个国家机关的边,不明底细的人认为韩子奐能从穷乡僻壤一步登天调到北京,想必是很有背景的,所以,老家县以下的官员到北京来,大都要同韩子奐联系。偏偏韩子奐是个很讲面子的人,有朋自远方来,不亦乐乎?韩子奐曾经对内发表过宣言,朋友来了有好酒,只要找上门来,一律接待,就算喝的是二锅头,脸上的表情也应该是茅台的档次。韩子奐对舒晓雯说,尤其是穷朋友穷亲戚来了,更要重视。他们来找咱们,求咱办事,想省点钱在咱家吃住,说明他们看得起咱们,也说明咱混得还不算太差,不然就该咱求人家办事到人家家里吃住了。咱好歹到北京工作了,人家热巴巴地贴着咱来,咱苦点抠点也不能冷落了穷乡亲。

舒晓雯生长在城市里,不像韩子歆是彻头彻尾的农家子弟,起先对韩子歆的所作所为深恶痛绝,最初几次连续接待几批客人,累得心力交瘁。好在两个人都是受过高等教育的,至多也是君子动口不动手,不像一般的市井阶层和其他时来运转打进城市内部的翻身农民,为了几个亲戚朋友,动不动就上演家庭武打。近墨者黑,磨合的次数多了,舒晓雯慢慢就适应了,韩子歆为朋友两肋插刀的模范行为和在这方面自成体系的理论,她是充分领教了的。

如此一来,这个家就常常有点鸡飞狗跳的动静。来了客人要吃要住,官方公干的住宾馆吃饭店,但穷亲戚穷朋友来了就要在家里垒窝搭铺。好在单位住房解决得比较好,给韩子歆分了两室一厅,虽然在市区边缘,但是面积较大。现在流行厅大卧室小,韩子歆却有自知之明,根据自己老家来人较多的实际情况,逆潮流而动,将十八平方米的厅间一分为二,用木板隔开,靠窗的八平方米安一张双人床,供刚读小学的儿子韩得翰起居,也同时为接待老家来的孩子提供准备。寒暑两假,客人最多,韩府于是就有了男生宿舍、女生宿舍和少儿宿舍之分,双人床单人床再加上钢丝床,安置七个八个没问题,然后把床上的席梦思垫撤下来,每间屋里都搭上地铺,再安置七个八个还不成问题。吃的问题就更好解决,上班之前去把菜买回来,吃完早饭该上班的上班,该办事的办事。中午或者晚上,谁先回来谁做饭。有的朋友明明是公出办事,偏偏放着宾馆不住,香的辣的不吃,硬是要跟韩子歆挤在韩氏的男生宿舍里,白天办事,晚上喝酒,夜里聊天,倒也很有穷快活的味道。

在经济体制上,按分工是舒晓雯负主要责任,但她的实际工作就是负责采买。她的工资比韩子歆稍高,将近千元,按计划或实际情况,全部或大部存入银行,为儿子积攒一点底子。韩子歆每月领了工资,原封不动全部上交,担负生活开支——实际上就是吃喝开支。韩子歆每月还有五十到五百元不等的"润笔",则无论多少全部作为生活补贴。

这个家庭的收支预算是没法做的,很不稳定,就像心脏病人的心电图,忽高忽低。"朋友来了有好酒"是一个方面,加上韩子歆的父母和弟弟都在农村,时不时要写封信来,也时不时地要汇点钱去,自然常常透支。但在来客处于淡季的时候,精打细算又可以略有结余。有时候韩子歆也会发点小财,一次性地收到七八百乃至千把元稿费或奖金,那就有点麻烦,家里没有现成的客人,也要打电话央求几个过来,到宿舍区外面的黄五羊肉店里涮一顿,剩下的钱则添置点日常用品。

按照韩子歆的理论,什么叫有钱人?有钱敢花就是有钱人,有钱人的定义是,不仅有钱,还得有有钱的心态。哪怕腰缠万贯,但是抠抠搜搜缩手缩脚的,钱再多也是个有钱的穷光蛋。钱这东西生不带来死不带去,多少存一点以应急用就可以了,反正咱们无论怎样省吃俭用也成不了阔佬,犯不上为一点小钱所累,存钱存出瘾来了人就萎缩了,还是要宽宽绰绰地把日子过好,没钱咱们也得有有钱的心态。舒晓雯对此不完全赞同,也不完全反对,因此,对于额外收入,一律消费殆尽,也是这个家庭的重要原则,几年来雷打不动。

现在,住在韩子歆家里德高望重的那位客人是他的表叔,也就是他父亲的舅舅的儿子。在韩子奦很小的时候,这个表叔认为他"天庭饱满,地阁方圆,将来是要当人上人的"。基于这种认识,表叔对他就很偏爱,那时候乡下孩子对水果糖都很稀奇,少年韩子奦却从表叔的手里享受过一种叫作果脯的点心。年景不好的时候,往往饿饭,表叔善于逮鱼捉虾,有了好吃的,还偷偷给小奦子留几口。如今,尽管韩子奦只是个文牍小吏,还不算"人上人",但是在京城做事,京城里的狗腿子也是七品官呢。表叔对表侄的作为感到很满意,也印证了他老人家的先见之明。他老人家既然胆里面长了一块石头,连县里和地区的医院都看不上眼了,自然要到北京来治治,村里的人谁不知道他有个出息的侄子在北京吃皇粮啊。

　　韩子奦家里还有一位资历较浅的客人,同韩子奦的老表叔共同占据韩子奦的男生宿舍,是韩子奦初中同学的孩子谢春生。韩子奦的那个老同学不仅上学时高龄,而且晚婚晚育都不落实,韩子奦是年三十五岁,儿子韩得翰八岁,他的年侄却已经二十有一了。谢春生在家乡读的是自费中专,毕业后找不到工作,又考了北京一家费用自理的职业学校,谢家一贫如洗,租不起床铺,只好也先住在韩子奦的家里,每晚在韩家吃一顿晚饭。老同学倒是提出来每月交五十元生活费,韩子奦自然是不会收的。

　　　　　　　　三

　　这天夜晚,舒晓雯果然刁难了韩子奦一把。

舒晓雯是个有目共睹的漂亮的女人,虽然三十出头了,生孩子也没有破坏婀娜的体形和脸上的风韵,依然明眸皓齿。跟韩子歆摸爬滚打惨淡经营这个别具特色的小家,几年下来,不能说不累,但或许由于心胸开朗的缘故,从她的眼睛里看不出多少生活的沧桑,还像少女那样光彩照人。有这样一个妻子,也是韩子歆对身外之物不那么上心的原因之一。韩子歆曾经跟朋友吹牛说,什么是男人的财富?首先要有一个漂亮贤惠的老婆,再有一个聪敏听话的孩子,然后,能够做自己想做的事。这就是男人的财富,其他都是次要的。这对夫妻的恩爱生活并不严格遵循规律,主要是看心情,心情好了就水到渠成。

韩子歆因为这天心里憋着高兴的事情,某方面的激情也油然而生,吃罢饭后,同表叔和谢春生简单聊了几句,看了一会儿电视,就进了卫生间,认真地打扫了身体各个角落的卫生。再回到女生宿舍,就有点色眯眯的样子,表示要在法律许可的范围之内同妻子互相配合一下。舒晓雯却很冷淡,说:"我看你今天有点反常,不是遇上了高兴的事情就是遇上了不高兴的事情。你不说清楚,就在钢丝床上睡。"

韩子歆本来还想控制一下,尽量避免喜形于色,以保持淡泊和矜持的君子风度,但是,这一点似乎很难做到。别的姑且不论,单一万六千元奖金,怎么说也不是个小数目,此前,他什么时候一次性地见到过这么多钱啊,想想都紧张。说到底,韩子歆还没修炼到超凡脱俗的境界,能提虚劲营造点小文人的小清高就算不错了。

自然是不能再坚持矜持了,为了争取主动,不等舒晓雯继续追问,索性把关于《满大街都是披着羊皮的狼》获某某某某奖、即将得到一万六千元奖金的事情和盘托出。

舒晓雯起先以为韩子歆这是为了达到个人不可告人的目的而采取的坑蒙拐骗手段,经再三审讯推敲,证明属实无诈,幸福得一塌糊涂,几乎热泪盈眶,说:"没想到啊没想到,韩子歆不是个庸才嘛。这回好了,在政治和经济上都打了翻身仗。"说着,就把自己彻底解除了武装,把正当年的一副姣好的身段光明磊落地交给了丈夫,并且十分真实地配合了一下。

功课温习得质量极高,夫妻二人都是全副身心地投入,同心同德,互相帮助,携手并肩,把一套传统程序操练得如火如荼。事毕之后,累是在所难免了,但是却久久难以入眠。

旧的问题解决了,新的问题又出现了,舒晓雯突然想到了一个问题,问丈夫说:"一下子有了这么多钱,咱们怎么办?"

韩子歆不假思索地说:"什么怎么办?好办得很,按既定方针办,当然是花掉。"

舒晓雯说:"不合适吧,一万六千块可不是个小数目,你那轻飘飘的一句话就花掉了,眼都不带眨一下的,那也太不勤俭了。"

韩子歆说:"我早就想买两组书柜了,你看我们单位的人,连伙食管理员家里都有书柜,我却只有单位淘汰降价的一个。好像他是知识分子,我是伙食管理员似的。现在我正式向你提出申请,等钱来了,我要买两组像样的书柜。"

舒晓雯思忖片刻,觉得丈夫的申请实在不算过分,韩子欤之所以一直没把自己当知识分子看待,就是因为他没有几组像样的书柜。舒晓雯对于丈夫要买书柜的申请表示批准,但是也提出一个计划,说:"这是一笔大数目,不能按老章程办,不能吃干咂净。再说也用不着一下子花这么多钱,总不能囤积大米酱油吧?我看这样,一万整数还是存起来,剩下的六千,可以用掉,但也不是瞎花,主要用于家政建设上。咱俩现在可以商定一份清单,看看哪些是当务之急。"

韩子欤想想,觉得妻子的话很实际。在老规矩里,额外收入百儿八十就地解决不是个问题,连想也可以不想,但是这么大个数目,差不多等于他们全家几年的积蓄了,以他们家的实际情况,毕竟不具备一掷千金的硬件,也缺乏这方面的思想准备和实际经验,因此,韩子欤就同意了舒晓雯关于存起一万,剩下六千改善目前生活局面的大政方针。

韩子欤说:"我提出的就是两组书柜,再有,给表叔摘除胆囊的手术已经联系好了,他老人家手里带来的那几个钱,都是面朝黄土背朝天挣来的,不容易,能不能给个四五百补贴一下?"

舒晓雯在黑暗中没有吭声,她想提出来,钱就不要直接给表叔了,反正还要在他头上用的。但是转念一想,树老皮多,人老愁多,表叔已经是快七十岁的人了,侄儿给他几个钱在手里攥着,脸上好看,心里熨帖。如此一想,就没有驳回丈夫的提议,说:"行。就给五百。"又说:"咱家的沙发还是结婚那年买的,弹簧都钻出来了。在咱们这幢宿舍楼,还用这种带辘轳的老式沙发,恐怕只此一家,别无分店。这回无论如何得给换了。"

韩子歆欣然同意，说："好说，有钱了，什么都好说。"

舒晓雯想了一会儿，又说："韩得翰喜欢涂涂画画，我看是不是可以给他报一个课外美术辅导班，用不了多少钱的，一个月也就是三百多一点。"

韩子歆再一次爽朗表态，说："好说，就报吧。另外，谢春生上的那个学，收费很高，他爸爸那个人我是知道的，老实巴交的，弄不来钱。这孩子只身闯天下，苦得很，也很自觉。不知你注意没有，在咱家吃饭的时候，我们不给他夹菜，好一点的菜都不轻易动筷子，怪可怜的。能不能给他个三二百块零花钱？"

舒晓雯把脑袋枕在丈夫的胳膊上，沉默了一阵，笑了，说："你现在真是有钱人了，阳光雨露普照天下。谢春生这孩子也确实不容易，人也老实。好吧，咱们就有福同享吧。谁让咱们是天子脚下的首都人呢。"

韩子歆说："去年，你妈过生日，咱们只寄了二百元钱，实在是不成体统。眼下，老人家的生日又快到了，我看就寄一千吧，也别让人家把咱们看得太穷光蛋了。"

对这个提议，舒晓雯当然不会反对，虽然娘家家道尚好，但是做儿女的，力所能及地尽点孝道还是应该的。而且这个钱是韩子歆的奖金，给爸爸妈妈一说，也可以给韩子歆做点广告。当初跟韩子歆谈朋友的时候，二老多少有点勉强，现在，是向他们展示实力的时候了。如此一想，就对丈夫又多了几分理解。但是她没防备丈夫还有一手，此举属于抛玉引砖。韩子歆不失时机地说："我的丈母娘是城里人，级别高一点。韩得翰的爷爷奶奶在农村，可以降低一下标准，也给寄个三五百怎么样?"

舒晓雯心想,这个狗东西,还玩起战术动作了。不过,也实在没有驳斥的理由,便说:"什么叫级别低啊?都是父母,不能厚此薄彼。我看,也不要给我妈寄一千了,两家都寄五百算了。"

韩子歆断然否决,说:"我们农村,见到五百元已经是天高地厚了。城里人眼高,五百块钱和二百块钱没有太大的区别。给你家寄一千,我家五百,就这么定了。"

舒晓雯轻轻地叹了一口气,说:"那就依你。"停了停又说,"到此打住吧,咱们不能再拉清单了,再拉,两个六千恐怕也不够。"

韩子歆说:"是啊,要想一步到位,那是不可能的。别的可以暂免考虑了,但是你上次说你看中的那件衣服,似乎也到了该解决的时候,不就是四百来块钱嘛,好说。"

舒晓雯掰着指头算了算,在计划内的,除了给表叔的五百,给谢春生的两百,给韩得翰报名上美术班的三百五,给韩得翰姥姥姥爷的一千,给韩得翰爷爷奶奶的五百,六千元只剩下了三千多,要买两组书柜和一套沙发,显然已经不是很充裕了,便说:"衣服早晚都可以买,还是先拣要紧的办。"

韩子歆说:"衣服要买,再紧巴也不在乎那四百来块钱,买了再说。"

舒晓雯说:"听你这口气,果真是有钱人的感觉了。"

韩子歆说:"我什么时候为钱发过愁,多挣多花,少挣少花。这是我们的一贯原则嘛,有了这样的心态,没有钱也不寒酸。"

四

　　花钱的计划是比较周密了,结合多向多元多层次的实际,针对轻重缓急的不同情况,该考虑的都考虑了,该照顾的也都照顾了。韩子歆和舒晓雯夫妇还详细地研究制订了一套花钱程序和行动方案,准备着钱一到手,立即实施。

　　可是,自从上次接了电话之后,就再也没有消息了,直到十多天过去了,还是没有动静。这时候表叔已经住上了院,韩子歆同舒晓雯商量,只好先从伙食费里拿出五百元塞到他手里。

　　麻烦了。

　　如果没有那个一万六千元的奖金在心里折腾着,日子倒也平静,过去一直都是这么平平静静过来的,难一点,办法总是有的。可是,自从有了那个电话,有了一笔属于自己的财富在空中悬着,倒更显得拮据了。

　　又过了几天,还是没来。韩子歆表面上不动声色,心里却暗暗着急,不禁怀疑起这件事情的真实程度,想来想去没个头绪,说不是真的吧,谁吃饱了撑的没事干给他开这个过火的玩笑呢? 这种耍弄里面是有人格侮辱的。他的朋友多,但没有京油子狐朋狗友,大部分都是乡亲,他的乡亲朋友断然不会给他开这样促狭的玩笑。说是真的吧,林先生确凿地说,核实他的通信地址,立即电汇,最多也就是三四天的事情。可是几个三四天过去了,还是杳无音信,韩子歆的心里就不能不虚了。

前几天每次下班回去,舒晓雯都会察言观色,期待他报告喜讯,即便他毫无表情,舒晓雯也不会完全失望,以为他又在故弄玄虚故作矜持,等到时机成熟再给她一个惊喜。可是那种惊喜连着十几天也没有出现。舒晓雯只好一次又一次地安慰丈夫,不要着急,面包会有的,黄油也会有的。也许是人家工作忙,暂时还没发出来。也许是没有电汇,普通汇款总是慢一些,还有可能是邮路上出了问题。

舒晓雯说的这些可能当然不是完全没有,可是这些可能怎么能消除韩子歆的焦急呢?那种难言之隐的别扭实在不是个好味道。

到了二十天以后,韩子歆简直都不敢回家了,不敢正视妻子那双期待和探询的眼睛。妻子呢,倒也善解人意,见丈夫回来,既不问他,也不沉默,想方设法讲一些当日听到的逸闻趣事,偶尔还开个玩笑,分散丈夫的注意力,改善丈夫的情绪。

有一个周末饭后,谢春生因为在职业学校旁边找了一份临时性的小工,勤工俭学,没有回来住,家里只剩下了一个完整的体系,显得很清冷。

上小学三年级的韩得翰做完了作业,便再一次敦促爸爸:"你上个星期就说要带我去参加美术班,现在还没去。爸爸你撒谎,撒谎不是好人。"小家伙长得虎头虎脑,一双乌黑的眸子圆溜溜的,一边看着爸爸一边琢磨爸爸,很有思想的样子。

韩子歆把孩子拥在怀里,摸着孩子的脑袋,体会着瞬间的舐犊深情,心里突然涌上一股豪气,说:"谁说爸爸撒谎啦？爸爸这几天忙得抽不开身。明天不是星期六吗？明天我就带你去报名。"

小家伙一下子从爸爸的怀里挣脱出去，转过身来，看猴子一样看着他的爸爸，似乎不相信这么一个老大难的问题这么简单就解决了，伸出小拇指说："爸爸，你不是骗我吧？"

韩子歊也伸出小拇指，钩住孩子糯米团一样雪白的小指头，认真地说："骗孩子的爸爸算什么爸爸？大丈夫一言既出，驷马难追。明天，我先带你去报名，然后你跟我一起去医院看爷爷，行不行？"

韩得翰顿时雀跃欢呼，并扑上来，搂住爸爸的脖子，一阵快乐的亲昵便送进韩子歊疲惫的心田。

这天晚上，韩子歊没有住进女生宿舍，搬了一把椅子，坐在男生宿舍外面的阳台上，一边看万家灯火，观赏三环路上熙熙攘攘五彩缤纷的车流，一边喝茶。

这正是初春季节，坐在十六层的阳台上，就可以清晰地看见天上的月亮。韩子歊对这个发现略微有点惊讶，在他的记忆中，已经有好长时间没有看见过月亮了，而月亮对他来说，总是亲切的，关于月亮的记忆总是和故乡以及童年联系在一起的。他不能不承认，这个古老的大都市于他仍然是陌生的，这里是政治、经济、军事、外交和文化的中心，因此这里生活的主旋律也是政治、经济、军事、外交和文化的中心。可是这里有什么文化呢？一个民族越是庞大，其文化受到侵蚀的面积也就越大，其文化特色也就在不知不觉中被腐化和削弱。什么成了时代的最强音？钱，钱就是这个时代生活的最强音。这是一件悲哀的事情，也是一件危险的事情，它不仅使人类越来越变得目光短浅,而且还会导致精神萎靡的恶性蔓延,对后人生活的空间构成相当程度的破坏。

在这个能够享受到月光沐浴的晚上,韩子歆又走进了"杞人忧天"的境界,似乎忘却了"那件事情"给他带来的冲击和尴尬。陪伴他的,是一杯袅袅泛着清香的绿茶。

茶是今年谷雨前的新茶,是家乡那些亲朋好友用快件寄给他的。每年的这个时候,他总能比别人提前月把享受到这种优待。身在茫茫人海,劳累之余,能沏上一杯新茶,对月品茗,而且能喝出故乡的味道,委实有一种神仙的意境。

自从表叔住进医院,他就没有喝酒了。他的酒量本来不大,全是因为老家经常来朋友,不得不陪几杯,渐渐地也就有一些量了,但是没有成瘾。韩子歆还有一个观点,他认为在人的一生中,做什么事都不能成瘾,成瘾就是贪婪的另外一种说法。就像对于金钱,他不可能超然物外,但是,要让他刻意去追求,他又觉得划不来。人生有很多有意义的事情,老是去忙乎钱有什么意思啊?钱是什么东西,不就是纸吗?一个人的创造力有限,消耗力也有限,就算把地球给你,你有地方存放吗?就是把全世界的财富都攫为己有,到头来也不过是一场空,白白浪费了短暂的一生。人不是为了钱才来到这个世界的,如果把生命的意义局限在财富上,那就是白活一场了。当然,人也不能没有钱,一文不名,要饿肚皮,饿肚皮的人生也是没有意义的人生。

韩子歆突然想到了一个奇怪的问题,他现在所生活的这个城市在几百几千年前乃至更久远的年代里,是个什么样子呢?那时候,也许这座城市本来是一座森林,一片普照着纯洁阳光、弥漫着透明氤氲的水肥草美的生息地,枝叶繁茂,林荫幽深,各族动物在此安居谋生,攀缘戏耍,一派生机盎然其乐陶陶的景象。现在,这座城市同样是一座森林,布满了荆棘和藤蔓,但是,在这里已经听不到那种宁静的天籁了,在这个城市里——甚至可以推而广之在任何一个城市里,都有欲望的河流穿心而过,穿着各类衣服的同一种动物们也在这里构筑了许多规范的或不规范的洞穴。这些动物日出即起,月升而息,每当天色破晓,思想的叶片上便有欲望的露珠滚动,动物们又投入到新的寻找之中,寻找一株又一株粗大的树干,把别的动物杀死或者驱走,粗暴地占有那些大树并恶狠狠地使用它们。人们在这座森林里还修了许多路,开辟了各种名目的地下通道,架起了密密麻麻的空中网络,到处都是垃圾场、污水沟、排气管,把这座森林糟蹋得日益千疮百孔,日益面目全非,日益险象环生。人啊,哪里好就迁徙到哪里,到了哪里,就糟蹋哪里。人们总是在不厌其烦地发现和创造,发现什么,就破坏什么,创造一种东西,就破坏掉另外一些东西。人类,你到底是这个星球上的主人还是它的败家子?

舒晓雯安置好孩子入睡,轻轻地走过来,也搬了把椅子,坐在丈夫的身边。见丈夫沉默不语,不知道他已经思接千古神游八荒了,还以为他仍在为"那件事情"发愁,显得心事重重的。看样子,这个人今晚好像无意于幸福的配合。舒晓雯觉得她有责任帮助他解脱出来,就开始主动靠拢,缠缠绵绵地拥着丈夫,说:"子歆,咱们犯不着再为这事愁眉苦脸的了,就权当压根儿没有这回事行不行?没有那笔钱,咱们不也照样过得好好的吗?"

韩子歆回过神来,也回到了人间,这才觉得有必要同妻子好好谈一谈了,以驱除"那件事情"带来的不良影响。韩子歆想了想,微微一笑,说:"要是真的什么也没有发生倒好了。你也知道,我不是个把钱看得很重的人。问题是人家已经说了,说得明白无误,这简直是折磨人。我很后悔不该沉不住气,跟你说了,让你也空欢喜一场。"

舒晓雯说:"也不一定就是空喜欢,没有的事,总不会空穴来风。那个林先生不是给你留电话了吗,不妨打个电话问问。"

韩子歆心里一动,是啊,是可以打个电话。但是转念一想,又觉得不合适,既然有了就跑不掉,如果没有,当真是个恶作剧,打了这个电话不就掉价了吗?那个林先生是个什么身份他不清楚,要是别有用心,他打那个电话就把洋相出大了。人穷不能志短,再说他从来就没有为自己的贫穷自卑过,从来都是一条自命清高甚至愤世嫉俗的汉子,这样的电话他是不能打的。

韩子歆对妻子说:"再等等,再等一个月没有消息,才打电话。"

舒晓雯说:"那好,我们现在就算压根儿没有发生过什么事情。我们要放下包袱,一如既往,该怎么过就怎么过。"

韩子歆说:"你看,钱这东西不是好东西吧?它天生就是个折磨人的东西。我同意你的意见,权当这是一个梦,是个虚幻的诱惑。我们从今天开始不再想它了,还像以往那样过我们平静的穷日子。"

舒晓雯笑道:"你真的能放得下吗?"

韩子歆说:"我要不是怕你失望,我根本就没把这回事放在眼里。我有什么放不下的? 我们不谈这件事情了,别让铜臭玷污了这么好的月色。"

妻子就把身体和丈夫挨在一起,轻轻地抚摸他,从上到下,营造了一种温馨的氛围,开玩笑似的说:"你说你能放下,我却不信。到底是真的能够放下,还是故作洒脱,就看你的实际行动了。"

韩子歆明白了妻子的意思,翻过身来,抱住妻子,笑道:"那就请你检验吧。就在这儿?"

妻子笑而不语,意思含糊。

韩子歆说:"好,在十六层高楼的阳台上,放眼苍穹,遥望月空,做一件高尚恩爱的事情,很有诗情画意。这个主意无比美妙。金钱诚可贵,获奖价更高,若为爱情故,二者皆可抛。看看还有什么比这更重要的事情? 一切都是次要的了。"说着,就动手要解除妻子的武装。

动真的了,舒晓雯却慌张了,韩子歆凭感觉也知道妻子的脸变得绯红,红得烫人,也更加诱人了。舒晓雯说:"不,不行,这不合适,我不习惯。"

韩子歆低下头,用宽厚的嘴唇堵住妻子抗议的嘴,嘟嘟囔囔地说:"我也不习惯,可是又有什么不习惯的? 这是我们的权利,还是我们的自由,也是我们的法律,用不着瞻前顾后。"

舒晓雯却坚决不答应,很犟地挣扎起来,说:"太……那个了,这样不好,不像我们正经人家的行为。"

韩子歆怔了一下,便松了手,说:"那好,我们还是按老传统办吧,循规蹈矩按部就班地进行。"

舒晓雯这才重新靠到丈夫的身上,撒娇地说:"抱我进去。"

检验的结果表明,韩子歆确实是把那件事情"放下了",至少是在这个有着美好月色的夜晚,那件事情的困扰被暂时抛到了九霄云外,丝毫没有挫伤他在某方面的积极性和战斗力。看起来,舒晓雯也完全解脱了。

五

韩子歆的表叔住进医院,身体各方面的指标都检查完毕之后,本来可以很快就做手术的,但是医院方面却通知家属,说是老头子有点贫血,要把血色素补上来才能做。韩子歆找熟人打听怎么个补法,熟人说:不是你家老爷子血不够,是医院里的人要补血。简单得很,你家老爷子要做的是个小手术,也用不着太破费,你给我一千元,我再过两天就给你回话。你要是不愿意花这个钱呢,什么时候能等出结果,就只能看手术医生的情绪了。花钱折灾,我劝你还是出手气派一点,把手术医生打点好了,怎么说都不是坏事。

韩子歆恍然大悟,自愧这两年有点不食人间烟火。以往,老家的朋友大病小病到北京来治疗的不少,但那多是家乡的父母官,平头老百姓是摆不起这个谱的。那些人来了,一般不会到韩子歆家里吃住,往往还要把他拉到相当级别的饭店里开开眼界。至于看病,他更是帮不上忙,充其量带个路，其他的自然有随行人员打点斡旋。看来，这里面名堂不少。

韩子歆虽然不痛快，但是表叔在人家的刀下，还不能不忍气吞声，只得回去找钱。

可是问题又来了。自从有了姓林的那个混账电话，他和妻子都多少有点被胜利冲昏头脑的感觉——事实上在经济生活里，他们的脑子本来就不怎么够用。一想到有一万六千元垫底，花起钱来就少了许多算计，还没到月底，就已经捉襟见肘了。韩子歆后悔上次不该不听舒晓雯的劝告，牛气烘烘地直接把那五百元钱交到表叔的手里，还是妻子相对要深谋远虑一些。现在怎么办，跟表叔讲清楚，再把钱要出来交给医院？好像不太合适，那钱说好了就是手术的钱，补血一说是节外生枝，你当侄儿的既然没本事当个大官，没本事免掉这些苛捐杂税，那这钱就活该你出。

想来想去，只好借了。

韩子歆在单位虽然不爱求人，但同事相处得还是可以的，再说，借钱的事情是经常发生的，也谈不上丢脸。还有一点，韩子歆借钱实际上只定向找出纳小于一个人借。找出纳借钱的好处在于，双方都放心，韩子歆不会忘记还钱，就算忘记了，出纳小于也不会忘记按时扣他的工资。这是一种最科学和安全的借贷结构。

第二天到单位上班，韩子歆先翻翻自己的抽屉，里面积累了近一个月的稿酬收入，都是百儿八十的数目，六张加起来，才四百多一点。看来，借是在所难免了。正要到三楼财务办公室去找小于，只见送报纸的老黄师傅拎着一只大筐，进门就嚷嚷,要小韩请客,"发财了发财了,小韩发大财了。"

韩子歆心中一惊,一瞬间竟把"那件事情"完全忘记了,脑子里一片空白,稀里糊涂地问:"老黄你嚷嚷什么?想让处长收拾我啊。"

老黄说:"收拾你一顿也合算。乖乖,一万七啊,你小子不哼不哈的,一下子就挣这么多。今天中午你就得请客。"

韩子歆这才清醒过来,顿如醍醐灌顶——"那件事情"是真的。那当口,他差点就要骂出来了,他娘的,该来的时候不来,老子都忘记了,你又来了,你害得老子好苦。

接过来一看,果然是那个从未谋面的"万物和谐俱乐部"寄来的,只不过不是一万六,而是一万七。半个名片大的寄款人留言条上写的是:"由于某某后来参与,又赞助一笔资金,所以增奖一千元。"

韩子歆明白了,这东西之所以姗姗来迟,恰好是因为多加了一千元。直到此时,韩子歆才对"万物和谐俱乐部"肃然起敬——当然不仅是因为增加的一千元奖金,令他感动的是,这个世界上毕竟还是有那么多有责任感的人,有为人类的长远利益"杞人忧天"的人。这个奖太光荣了,太有意义了。要不是还有那么多实际问题在等着他解决,要不是因为老表叔还躺在病床上等着他去"补血",他甚至都想把这笔钱重新捐献回去,为"万物和谐"献出自己微薄的力量。

中午的客是请了,动的不是这笔奖金,韩子歆只是请经常性向他提供临时贷款的小于和几个同事以及老黄吃了一顿烤鸭,花了不到二百块钱,心里就开始疼了。他有点奇怪,这是怎么啦?现在是真有钱了,怎么反倒格外吝啬起来了?

不知道,当真是不知道自己的心态是怎样变化的。

下班之后,韩子歆顺便到邮局把钱取了出来,背着沉甸甸的挎包,一路春风得意地回到家。进门之前,先在外面停了一会儿,把情绪稳定了才进门。正在厨房忙活的舒晓雯一如既往地跟他打了个招呼,他也一如既往地笑笑,然后就进去帮忙。

舒晓雯说:"我想了一下,韩得翰的美术班还是要上,不行就先从活期里取一点。"

韩子歆不动声色地说:"你说过,存的那点钱雷打不动,怎么又灵活起来啦?"

舒晓雯叹了一口气,说:"我是当教师的,明白这个道理,再苦不能苦孩子,再穷不能穷教育。就灵活一下吧。"

韩子歆绷不住了,从后面搂住了妻子的腰,说:"啊啊我的好老婆,看看,看看这是什么?"一转身扯过来挎包,打开,顿时,一捆厚厚的钞票出现在舒晓雯的眼前。舒晓雯这回没有惊讶,只是定定地看着天上掉下来的财富,霎时,眼泪就流出来了,不知道是委屈的还是高兴的。

六

问题又变得简单了。

计划是现成的,不用再推敲了。

星期六上午,夫妻二人就轻装上阵,到邮局给两家寄钱,到银行存款。到医院看望已经做了手术的表叔时,隆重地买了刚刚上市的新鲜荔枝,韩子歆还别出心裁地给老头子买了一束鲜花,以至于原先看不起农村老汉的那些护士捂着嘴偷笑。

然后,就是买沙发和书柜了。

由于奖金比事先知道的又多出一千,同节外生枝要给表叔"补血"的一千正好抵消了,所以,当该花的花完之后,还剩下三千四百元,加上韩子歆又收到的十几笔小稿费六七百元,现在共有四千余元。按照韩子歆的想法,四千多元买两组书柜和一套沙发,应该是比较有品位的。

两口子便兴冲冲地骑着自行车,首先赶到离家最近的大昭寺家具广场。一进大厅,果然气派,富丽堂皇的装饰看得二人眼花缭乱,心里先就有点虚了。但毕竟还有四千多元撑腰,虚得不太厉害,仍然意气风发地往里进。首先进的是欧洲厅,一看沙发,多是皮货,韩子歆拉着妻子就走。他是一个皮货抵制者,以前是理论上的,现在手里有了钱,当然得付诸实际行动了,虽然说这些皮货都是牛皮羊皮猪皮等等普通之皮而非稀有珍禽之皮,属于不受国家保护之皮,就是供人类享受之皮,但韩子歆还是不习惯把自己的愉快舒适建立在其他动物的皮肤上。舒晓雯理解这一点,自然也不会买几张皮回家让丈夫坐着难受,便转移到以木器为主的广东厅。

到了广东厅,二人自然分工,韩子歆侧重于他的书柜,舒晓雯则侧重于考察沙发。这里的东西都是舒晓雯没有见识过的,件件都很惹眼,舒晓雯尤其相中的是一套原木色软垫沙发,做工精致,线条流畅,造型大方,便在这套沙发前流连忘返。旁边的促销小姐一看舒晓雯的眼神,就知道她不是一般的动心,走过来微笑着说:"小姐好眼力,这是我们家具厂最近推出的款式,名牌系列,品位高雅,很吃香的,从昨天下午到现在,已经有七个订户了。"

舒晓雯被人称了一声"小姐",多少还有点不好意思,都三十多岁的人了,怎么说也是"大姐"了。不过她也没打算纠正那个伶牙俐齿的真小姐,人家称呼她"小姐",至少也说明她从"小姐"的年纪上往前走得并不远,还可以鱼目混珠。再说,她苗条的身材和青春的风韵依存,再当一回"小姐"也不算弄虚作假。

舒晓雯朝推销小姐笑了笑,又用手摸了摸家具的皮肤,手感果然光滑细腻,而且能够感受到质地厚重,不像有些木材一摸就能摸出轻飘飘的感觉。看得有几分动心,就注意地看了茶几上的标价牌,见标的是两千七百元,价格显然是贵了些,如果按照这个价格买了沙发,就只能剩下三分之一的钱买书柜了。但东西的确是好东西。舒晓雯寻思,还是可以讲价的嘛,现在的东西标价水分都很大,如果能把七百元抹去,那就比较合适了。这样想着,嘴里就开始嘀咕,说:"东西是不错,可也太贵了,也就是几根木头,能值两千七百元吗?能不能降一点?"

促销小姐听了这话,把一双俊俏的眼睛瞪得老大,吃惊地看着舒晓雯,看了好大一阵才说:"大姐,你是开玩笑吧?"——这回她找到年龄的感觉了,不叫舒晓雯"小姐"了,"大姐,你再看看,这后面还有一个零呢,这是两万七千元呢。"

舒晓雯顿时僵住了,像是被谁施了定身法,一动不动地盯着促销小姐举到眼前的标价牌,震惊之后良久,才有一种说不清楚的滋味从心底沁出来,慢慢地洇红了两腮。

这时候韩子歆走了过来,一边走一边说:"匪夷所思,匪夷所思,一组书柜居然要七千五,他们也真敢要。"

舒晓雯苦笑了一下,说:"人穷志短见识少,少见多怪啊,看来我们两口子都被吓住了。看看这个。"

韩子歆这才看清楚,妻子遇到的问题远远比他遇到的还要"匪夷所思"。韩子歆笑了笑说:"这真是不看不知道,一看吓一跳。我们走吧。这里不是我们光顾的地方。对不起了小姐。"

促销小姐倒是保持了礼貌,仍然笑容可掬地说:"没关系,欢迎再来——欢迎有钱了再来。"

二人出了广东厅,一路上谁也没有说话。信心极其不足地又走到福建大厅门口,舒晓雯却站住了,说:"算了,咱们回去吧。"

韩子歆说:"好歹总得看看吧,就算买不起,也得了解一下行情,当土老帽儿,咱也得当个明明白白的土老帽儿。"

舒晓雯便不再言语,跟着丈夫又进了福建厅。

仍然是高档,价格高得令人望而却步,连继续看下去的勇气都没有了。

一个中午,夫妻二人转了六处,均因囊中羞涩而草草收兵,乘兴而来,败兴而归。出了大昭寺家具广场,韩子歆说:"太过分了,什么檀木、楠木、酸枣木、花梨木,这里简直是名贵木材的集散地。这样下去怎么得了?人们是越来越知道伺候自己了,你砍我也砍,你能卖高价,我比你还会把价整上去,挖空心思找高级木材就是了。可是这样大量地砍伐,会把高级树木砍绝种的。"

舒晓雯笑笑说:"又当杞人了吧,老是弄些不着边际的大命题来折磨自己,忧国忧民夜不能寐食不甘味,像个党和国家领导人似的。我看你是吃不到葡萄说葡萄酸。买不起就买不起吧。别找不满掩盖心虚。"

韩子歆一边大步流星地往前走,一边义愤填膺地说:"什么叫买不起?能买得起就能容忍这么无休无止的砍伐了?现在人们的生活水平看起来是提高了,是富有了。说实话,我对这种富有是持怀疑态度的!我们的富有是从哪里来的,是从天上掉下来的吗?连原子弹都是从土地里长出来的,我说这话你信不信?今天的富有有可能是以明天的贫穷作为代价的。"

舒晓雯无精打采地说:"别高谈阔论了,想想我们的书柜和沙发怎么办吧!"

韩子歆说:"我说不到这里来,你偏要来,好像腰缠万贯了。这回长见识了吧?这里是剥削阶级的天堂,不是我们穷人的世界。走,找个平民家具店,我就不信,现在的北京人都是大款了,就没有咱无产阶级买得起的书柜和沙发了。"

于是继续长征。一个中午,加上下午,终于在地安门附近一个小型家具店里相中了一套沙发,书柜的样式也确定了,价格果然是平民价格——当然也不是下岗平民能够承受得起的,两样加起来再侃下去,一共是四千八百元,价格有点超过了预算,但是样子还比较符合这对夫妇的审美趣味,于是就交了二百元定金,签订了购销合同,单等半个月后送货了。资金不足的部分,由小两口分别从各自掌握的日常开支中紧缩。

如此,也就了了一桩心事。韩子歆一想到半个月之后就能像知识分子那样拥有两组梦寐以求的书柜,舒晓雯一想到半个月后就能像有产阶级那样拥有一套新式沙发,心里自然都很滋润,回家的路上也不怎么觉得累了。

这天晚上,韩子歆夜不能寐,才情泉涌,又进入了"忧天"的境界,而且由原来的以动物关怀为主要思想转移到植物关怀的思路上来,奋笔疾书,写下了一篇洋洋洒洒近万字的《有限度地使用大自然赋予我们的财富——贪婪的砍伐者必须悬崖勒马》。为了引起重视,韩子歆先引用了恩格斯的一段语录:"整个自然界,从最小的东西到最大的东西,从沙粒到太阳,从原生生物到人,都处于永恒的产生和消灭中,处于不断的流动中,处于无休止的运动和变化中……这是物质运动的一个永恒的循环。"然后,笔锋一转,就开始站在党和国家领导人的高度,指点江山了,"……自然科学证明,有生命的和一切具有持续发展能力的物质,都是处于循环往复的动态平衡之中的。人类本身就生活在地球的岩石圈、水圈、大气圈之间的生物圈中。人体作为一个开放系统,其生命就在于同外界环境不断地进行物质和能量循环。其中任何一种循环和平衡遭到破坏,都会直接或间接地危及人类的生存。随着科技文明日新月异和对生活质量的盲目追求,现在我们生存空间出现的最大的破坏,就是对水循环的破坏。破坏水循环的第一步是摧毁植被,接着是表土流失和土壤质量恶化,致使诸多物种加速灭亡,造成生态平衡的失调,最后危及人类自身的生存和发展……我们应该看到,在人类生活水平空前提高的今天,有相当一部分'提高'是建立在对生态平衡破坏的基础上的。根据物质不灭定律,我们当然也可以认为物质不是凭空增生的。一种财富的出现，就是另外一种财富的转变，一批高级木制家具的出现，就是一批高级树木的消失……当今市场呈现的情况表明，越是珍贵稀有的树种，越是有人虎视眈眈，越是面临灭顶之灾。这种竞争性的砍伐带有毁灭的趋势……从一定程度上讲，人类的欲望是地球灾难的导火索，科技文明在无形中被贪婪者利用为帮凶。发现了金矿人类就去开采，发现了珍贵动物就去捕获，发现了稀有树种就去砍伐。大自然给我们每个阶段的人类的财富是有限的，容许我们阶段性动用的家底子并不多，在有限的范围内采取使用，可以维持生态平衡，超过了一定的限度，有些物种会因之而绝迹，就会造成严重失衡。我们得为后人想想，不要使他们只能在考古的时候才知道地球上原来还曾经有过檀木、楠木和花梨木，还曾经有过那么多精美高级的树种。那时候他们会痛恨我们的。我们把好东西拼命地挖掘出来，恨不得一次性消费殆尽，实际上就是对后人财富的透支，也是一种掠夺，而且是更残忍的掠夺……贪婪的欲望必须悬崖勒马……"

这是韩子歆迄今为止写出的最长的一篇文章。写好之后的第二天，韩子歆不仅将其寄给一家环境保护刊物，同时，为了表达对"万物和谐俱乐部"的感谢和支持，又将复印稿寄给了林先生。

七

就在签订了购买沙发和书柜合同之后的第三天，舒晓雯供职的学校下来一个通知，说是为了照顾教师，教育部门同邮电部门联系,可以为教师优惠安装电话,个人只需拿出一半资金,别人交四千,教师两千,而且是分期付款,先交一千就行了。

舒晓雯得到这个通知,又喜又愁,喜的原因是不用说了,愁的原因还是一个钱字。回家跟韩子歆商量,韩子歆说:"这是好事,给教师的照顾,咱们不能拒绝。再说,咱们单位里,没有电话的也就是我们家了,处长说过我好几次了,家里没个电话的确不方便。安吧。"

舒晓雯忧心忡忡地说:"可是要一千啊,这笔钱从哪里出?"

韩子歆想了想说:"不是还有十几天吗,车到山前必有路。我有几篇稿子在外面,也许能见点效益。一千块不是个大事。"

于是就安了。

第五天韩家就有了电话。韩子歆看着自己家里有了电话,一高兴,就试了几个出去,美滋滋地把电话号码通知了亲朋好友。岂料这下又是自找麻烦,电话打到老家一个同学家里,同学说:"你这个电话打得真及时,我正满世界找你呢。你老父亲上午跑到县城来找我,说你二弟找了对象,到女方家去需要见面礼,少说也得两千,你好歹在京城高就,人家女方也很看重这一点,怎么着也得支援点。钱是一方面,你亲自寄钱还有政治上的意义。"

放下电话,韩子歆怔了半晌,左想右想,估计前几天寄出的五百元家里还没有收到,就算收到了,也是杯水车薪。只好同妻子商量。妻子叹了一口气,说:"韩得翰他二叔也是老大不小的人了,找个对象不容易。谁让你是他哥哥呢,谁让咱在北京工作呢?责无旁贷,这个钱不能不出。再电汇一千五,凑够两千。"

韩子奢为妻子的通情达理十分感动,说:"真是好老婆。可是,这样一来,买沙发和书柜的钱又少了一大截,恐怕不是我那几个零打碎敲的小稿费能够抵挡的。"

舒晓雯说:"电话一千,加上这个一千五,正好把买沙发的钱冲了,沙发先放放,以后有钱再买,先把书柜买回来。"

韩子奢知道妻子一直对那几个老气横秋的沙发反感,换沙发是她近年的主要追求,如今,眼看就要煮熟的鸭子又要飞走了,他于心大为不忍。便说:"先买沙发,我翻翻我的外快,有几百了,加上基本资金,够买沙发了。沙发是一个家庭的重要门面,先坐为快。"

舒晓雯说:"你口口声声说自己不算知识分子,不就是因为没有书柜吗?书柜是一个知识分子的重要标志,先买书柜。"

困难的时候,两个人都表现了高风亮节,一个坚持先买沙发,一个坚持先买书柜,最后还是没有定下来,说是等两天看看,说不定哪里又有奖金寄来,岂不皆大欢喜——这自然是异想天开的奢望了,一天见到两个太阳的事情韩子奢还没有遇到过,权且这么自我安慰吧。

岂料,福无双至,麻烦却跟踪而来。

电话刚安上两天,老家的一个堂弟就打电话来,说是父母官县委书记一行七人到北京来了,住在某某宾馆,要韩子奢务必拜见,最好能请一顿,规格一定要上去。堂弟在县政府办公室当副主任,急于更上一层楼,县委书记自然是个举足轻重而且是决定性的关键。

这个电话让韩子歆很不痛快,花钱是一方面,但是"规格一定要上去"就让他不舒服了。他韩子歆爱交朋友是众所周知的,但那都是穷朋友,是有困难才来找他的,就在家里吃喝拉撒睡,实在不行了,把谢春生叫回来,炖大锅菜就可以对付,人是累一点,钱却花不多。而县委书记是个什么人物?到北京来,也是吃香喝辣的,不是一般的规格能看得起的。但是堂弟布置任务的口气不容置疑,因为堂弟为了韩子歆的穷家也是出了力的,没有那个当县政府办公室副主任的堂弟帮忙,他老父亲病了连医院都住不上。

想来想去,这个客还得请,能请来就是天大的面子了。

这就苦了韩子歆,既要把规格搞上去,又想最大程度地"为革命节约每一个铜板",实在很难两全其美。只好骑上他的破自行车,满大街寻找物美价廉的慈善餐馆。经过一番实地考察之后,终于在某某宾馆附近找了一家中等档次的酒店,所有的费用都推敲了,连酒水层次都确定下来了,估计一桌饭下来,要在一千元以上,一千五百元以下,心里这才算有了一点底,才敢去拜见父母官,"热情邀请"父母官给个面子,薄酒一杯,略表寸心。父母官是个四十岁还不到的年轻人,很精明也很随和的一个地方官,出乎意料地爽快,说:"早就听说韩老弟是我们某某县出来的大笔杆子,有候补鲁迅的美誉。你的酒我一定要喝,这也是给我面子。"

生米就这样做成熟饭了。请客那天,韩子歆夫妇尽可能地换了一身相对体面的衣服,又托朋友借了一辆桑塔纳和一辆伏尔加,不远十几公里把父母官一行接到预订的酒店,对准要喝个荡气回肠——花就花个潇洒,钱是人挣的。

哪知道峰回路转,父母官坚持不进包厢,点菜的时候,父母官亲自把关,一概点中档以下的,酒是二锅头。韩子歆粗算一下,这样下来,这顿饭怎么也不会超过四百元,心里又感激又惭愧,坚持要点几个高档菜,父母官阻拦说:"你韩老弟是著名的好朋友,恕我直言,也是著名的穷光蛋。你的富裕是精神上的,君子之交淡如水。我来吃你这顿饭,实际上就是想当一回君子,跟你建立个君子之交。搞虚假繁荣,在你是打肿脸充胖子,在我是摊派困难户。何必呢?"

父母官的一番话讲得在情在理,又让人温暖备至,韩子歆觉得这人果然是个好官,没喝酒已先有了三分醉意,一激动,就把桌子拍了起来,掏出了肺腑之言,说:"实话说,我原来也是硬着头皮,把你当个土豪劣绅对待,那热情都是假的。我花钱再多也没有朋友的感觉。父母官你这几句话一说,我们就是朋友了,我韩子歆穷光蛋穷得再著名,也不至于请家乡的父母官喝二锅头,我真是让你喝二锅头,全县八十万人民都看不起我。"说到这里,陡提一股豪气,高声叫道:"小姐,上三瓶五粮液!"

县委书记赶紧对服务小姐摆手,说:"别听他的,就上二锅头。"又对韩子歆说:"韩老弟,你要是上了五粮液,那我就要让黄局长结账了,你也跟着我们腐败一下,公款吃喝怎么样?"

韩子歆面红耳赤地说:"那可不行,明明是我请客嘛,让黄局长结账算是怎么回事?这不是给我难堪吗?"

父母官笑笑说:"那你就听我的,喝二锅头。用你的话说,朋友来了有好酒,什么是好酒,到北京来,二锅头就是好酒。"

如此,韩子奭就无话可说了,但还是坚持从服务小姐手里要回了菜单,又点了一个清蒸鳜鱼和一斤基围虾,双方才达成统一。

这顿酒韩子奭喝得痛快,三两的量,发挥到半斤以上,依然朝气蓬勃。父母官一行是久经沙场了,个个都是高手,加上父母官兴致极高,敬酒碰杯踊跃空前,八个喝酒的男人共喝了五瓶二锅头。直到结账的时候韩子奭才后怕起来,倘若父母官未能体察民情,不阻拦他头脑一热的冲动,当真喝了五粮液,恐怕六瓶酒也打不住。这个酒店中度五粮液标价是三百六,三六一十八,六六三十六,光酒钱就两千往上了,加上菜钱和其他费用,三千就出去了,而他口袋里只预备了两千二百元。这已经是他掌握的全部活钱了。

感激父母官啊,这顿饭才吃了六百三十元。

八

请完父母官的第二天,手里只剩下一千五百多元了,韩子奭同舒晓雯商量,看来不光是沙发,连书柜也买不成了,便忍痛给家具店打电话退货。对方态度倒是很客气,但有一条,两百元押金就泥牛入海了,这是当初订合同时就明确了的。舒晓雯心疼得脸都白了,神色黯然地对韩子奭说:"算了,什么都不要买了,留着吧,不知道还有什么地方花钱呢。"

一天晚上,谢春生回来了,说他打工的单位效益不好,招聘了几个年轻漂亮的姑娘,把他给辞退了,只好又回来住。韩子歆说:"辞退就辞退吧,也好多在功课上下功夫,家里有住的地方,也不缺你吃的那一口,晚上还是回来吃饭吧。"

这期间,表叔的刀口也快痊愈了,韩子歆寻思要把他接回家中养伤,也可以省点住院费,便去医院同医生商量,商量的结果是再过两天出院。

晚上回来,韩子歆交代谢春生把男生宿舍再准备一下,就到女生宿舍安歇了。

第二天上班之前,韩子歆想买点水果和营养品回来预备着,谁知找钱却找不到了。那天请完父母官的客,韩子歆多少有点醉意,恍惚记得回到男生宿舍之后,随手一塞,不知道把钱塞到哪里去了。开始还信心百倍地翻箱倒柜,把个房间翻得昏天黑地也没有找到。

谢春生也帮着找,神情很不自然,家里就他一个外人,一千五百多块钱找不到了,他无论如何不能无动于衷。倒是韩子歆安慰他、也同时安慰妻子,说:"一定是塞到哪个死角去了,忘了,不过肯定不会丢。丢了就怪了,家里又没有个会七十二变的神仙,难道飞天遁土了不成?"

舒晓雯说:"有时候就邪门,急找反而找不到。别找了,以后再找吧。我相信它不会丢,过了这个急坎,就是挖地三尺我也会把它找出来。"

韩子歆的话里似乎没有怀疑谢春生的意思,舒晓雯的话里也似乎没有怀疑谢春生的意思。两个人都在想同一个问题,当着谢春生的面,这么兴师动众地找钱,不是怀疑人家,也会给他造成压力,所以就做出泰然的样子。吃过早饭,便一前一后地上班走了。谢春生因为这天要去联系新的打工单位,时候还早,便先留在家里拾掇找钱的残局。

韩子歆实际上没有上班,他在楼下的公共电话亭里向单位请了个假,顺便到菜市买了一点水果,准备给老表叔享用。估计谢春生离开家门了,就又返回家中,开始"扫荡式"的寻找。眼下正是用钱之际,一千五百元不翼而飞,他不可能心安理得。

正忙活得起劲,忽然听见门锁有响动,韩子歆吃了一惊,怕是谢春生回来了,大家脸上都不好看。正冒冷汗,却见是妻子,原来舒晓雯也找借口请了假,小两口一个门里,一个门外,相视苦苦一笑,心照不宣,便全神贯注地接着寻找。

舒晓雯说:"那孩子老老实实的,应该不会吧?"

韩子歆说:"应该不会。"

舒晓雯说:"但是我听你早晨留下的话,什么七十二变,有暗示的味道。"

韩子歆说:"你那个挖地三尺之说,简直就是敲山震虎。你是不是怀疑他拿了,不明说,敲他一下,让他警觉,再悄悄地放回来?"

舒晓雯说:"你就没有这个意思?没有这个怀疑,你为什么等他走了又回来找?"

韩子歆说:"唉,钱这个东西害人吧?好好的人,被它弄得神经兮兮的,好好的关系,被它弄得疑鬼疑神的。我们不想怀疑他,可是如果真的找不到,不怀疑也得怀疑了。丢这几个钱不是大事,可这样不就把他毁了吗?"

舒晓雯说:"我真是希望他悄悄地放回来,大家的尊严都保住了,他也可以引为教训。"

韩子歆说:"现在还不能说这样的话。我们还是多从自己身上找原因吧。革命尚未成功,同志仍须努力。老婆,把床挪开,把铺盖一层一层地卷起来,没准就在床上发生奇迹。我们的儿子都是在这个床上下种的,就不能在这下出个一千五百元?"

舒晓雯一边落实丈夫的指示,一边笑说:"你要有本事下钱,我宁可当你的车床,让你每天二十四小时在上面工作。"

韩子歆说:"贪得无厌。我就是有那个功能,我每天也只工作十几分钟。你要生那么多钱干什么?昨天的晚报看了没有?翻身农民牛得田有三千万,一个心肌梗死就把他送到西天了,三千万没能延长他一个小时的寿命,一百个亿也救不了一条小命。还有那个什么大型国有企业的书记,到日本开会,头天晚上乘飞机回国跟情妇睡觉,当天夜里又乘飞机回到日本会场,那算有钱啊。可是,顶个什么用,现在下了大牢,连坐马车都有一定的困难了。"

舒晓雯说:"又来你的贫富辩证了。既然这么想得开,你还这么穷凶极恶地找钱干什么?"

韩子歆说:"这跟他们两回事,这钱是劳动所得,是该得之得,是不该丢之丢,我当然得把它找回来。还不仅仅是个钱的问题,它还涉及人与人之间的关系问题。"

说起来尽管轻松,但是一个上午过去了,还是没有找到。为了安慰舒晓雯的情绪,韩子歆提议说:"何必为钱所累呢?现在老的小的都不在家,就你我一对青壮劳动力,结合一下,也算是对一个上午无效劳动的彼此慰劳。"

舒晓雯说:"你这个人,总是在没法快活的时候找快活。"

韩子歆说:"这就对了,这才是正确的人生观。快活的时候已经快活了,还用找吗?就应该在最不快活的时候找快活。让一千五百元见鬼去吧,我们要穷快活了。"

这样一说,舒晓雯就被发动起来了,含笑不语,算是默许。

完事之后,韩子歆愉快地说:"真是塞翁失马,焉知非福。想想看,我们结婚以来,什么时候在大白天光天化日之下做这样的事啊?不为钱财所累,简直如入无人之境,畅所欲望,真是妙不可言。"

九

表叔出院后的第二天,谢春生跟韩叔和舒姨说,又找到一份临时工,可以半工半读了,要搬出去住。韩子歆和舒晓雯见谢春生这两天有点神情恍惚,脸色很不好看,估计是学习紧张、干活太累的缘故,劝他不要再打工了。谢春生却坚持说不要紧,他还年轻,老是给韩叔和舒姨添麻烦,心里不安。再说,他打工挣点钱,多少也可以补贴家里,他母亲又住院了。

韩子歆和舒晓雯想了想,怕他有什么隐情,先出去住几天避避尴尬也好,就不再挽留了。

这天舒晓雯调休,在家里照顾刚刚拆线的表叔,帮助表叔喝了自己煲的红豆桂圆粥,便陪表叔聊天。表叔因为胆里的疙瘩消除了,心胸就开朗了许多,话也多了,说起住院的感受,唠唠叨叨地没个完。

快到九点钟了,舒晓雯对表叔说,要去买菜,要给表叔买只乌鸡补补元气。表叔这些天也看见侄儿侄媳妇为他付出的操劳,心里很有些过意不去,说:"闺女,你表叔身子骨本来就结实,喝稀饭都能补。这些天你们又送汤送肉,都是好东西,天天过年,一辈子的空缺都补回来了。别再去买贵东西回来,你们挣那俩钱也不容易。"

舒晓雯笑笑说:"表叔怎么又见外了。听子歆说,他小时候吃不饱饭,表叔捉鱼摸虾都给他留一口呢。平常人都知道受人滴水之恩,当以涌泉相报,更何况您老是疼他爱他的表叔了。"

表叔靠在床上,欠欠身子说:"表叔这回住院开刀,跑前跑后受累不说,还全是你们花的钱。就是待亲老子又怎么样?亲老子有这样的儿也是天高地厚了。表叔的四个儿才给老子凑了七百块,四个亲儿不如一个侄儿。闺女你过来,上回你们给我的五百块,一个子也没动,我带来的也才动了几十块,我手里还有一千多呢。这钱你拿着,临走给我打张站票就中了,回家我还得找我的四个儿要养老金,不能便宜了他们。"

说着,就把贴身的小褂子捋出来,刺啦一声将缝着的口袋撕开,掏出了一大把票子。

舒晓雯见状,忙说:"表叔快别这样,我们给您老的是孝'敬'钱,您那两个钱都是血汗钱,您快收好,我若要了您老的钱,韩子歆会骂我的。"

表叔说:"他敢!这件事情我在医院就寻思好了,这钱表叔不能带走了。说是咱侄儿侄媳妇在京城做事,可表叔看出来了,你们的日子也难着呢,交往多,应酬多,家里拖累大。你有个堂弟在县城工作,我去过他家,那是什么气派啊?地下铺的都是羊毛毯子,进门要脱鞋。几间屋子里都有电视机,还可以自己放电影唱歌。他比咱子歆官当得大?差远了。表叔打听过,他拿薪金才四百多块钱,两口子加起来没有侄媳妇你一个人拿得多,可人家过的是啥日子,你们过的又是啥日子?我在医院里,病房的一个老工人眼气我,说老哥你好福气啊,有这么掏心掏肺孝顺的儿子儿媳。我没跟他说你们是我的侄儿侄媳妇,我心里滋润啊,也难过。那老工人还是城里人,儿子儿媳一大堆,都说下岗了,来看老子空着手,来一回哭一回穷。那老哥看我吃荔枝,问我是啥味道,我心里也不是味道,给了他几颗,高兴得他眼泪都流出来了,说,好人有好报,好人有好报……闺女,这钱你一定得收下,你不收,表叔就赌咒了。"

老头子唠唠叨叨地说着,老眼上滚下一串泪花。舒晓雯见老人执着,不好再坚持,便说:"那好,我先收下,等子歆回来了,由他决定。"

老头子说:"他也不敢胡乱决定,这个家表叔当了。"

舒晓雯买回乌鸡,放到砂锅里煨好,得了空闲,又到男生宿舍里陪表叔,表叔因为早晨说了不少话,有些累了,靠在枕头上迷迷糊糊地睡着了。舒晓雯因为心里还有一桩事情没有了结,又想起那一千五百元的悬案,便轻手轻脚地在有关角落触摸了一番。

奇迹就是在这时候发生的。

真是踏破铁鞋无觅处,得来全不费工夫。就在表叔睡觉的床边,一张三屉办公桌上堆着一摞几十本书,舒晓雯只翻到第五本,一沓钞票便赫然入目。舒晓雯怔了怔,回过神来,不动声色地把书合拢,悄然离开。

晚上韩子歆回来,舒晓雯先跟他讲了表叔白天讲的那些话,韩子歆听了,感慨不已,说:"做人还是要做好人,未必刻意图个好报,图的是个心安理得。人的一辈子还是应该心安理得地度过。送人鲜花之手,历久犹香。有些人把钱看得过重,有钱不敢花,说到底其实还是个穷人。有人有点钱,乐意为别人分忧,没钱也敢花,没钱也是个有钱人。前几天我看了一篇文章,季羡林老先生评说圣人之言,说,先天下之忧而忧,后天下之乐而乐,要是人人都能做到这一点,共产主义恐怕早就实现了。这话说得精辟。我们当不了圣人,当个好人还是应该的。有钱人是一辈子,没钱人也是一辈子,好人是一辈子,坏人也是一辈子,最后的结局其实都是一样的,那为什么不去当个好人呢?如果既能当一个好人,又是一个有钱人,那是再理想不过了。如果二者不能兼顾呢,我是宁肯当一个没钱的好人,也不当一个有钱的坏人。"

舒晓雯把钱交给韩子歆,说:"你看着处理吧,老人家的态度很坚决呢。"

韩子歆说:"不要紧,咱们先替他拿着,等他上车的时候再塞给他,就由不得他了。"

舒晓雯说:"还有一件事。那钱找到了。"

韩子歆没有反应过来,说:"什么钱?"

舒晓雯说:"你可真是大尾巴狼,好像真当了大款似的。一千五百块,才丢了几天,转眼之间就忘了。"

韩子歆惊问:"你是从哪里找到的?"

舒晓雯说:"就在你那本《自然的呐喊》书里夹着的。"

韩子歆失声叫道:"你好糊涂!那本书就在眼前摆着,我能让它漏网吗?我不知道翻过多少遍了,都没有翻出来。难道它是成心要我不成?"

舒晓雯也怔住了,说:"那就是说,是他干的了?"

韩子歆愣了半晌,突然问道:"我上次换的西服你洗了没有?"

舒晓雯说:"你就那一件上档次的衣服,我哪敢随便乱洗啊。那天请客,你只穿了三十分钟就挂在椅背上了,我看不脏,回来后就又把它挂在衣柜里了。"

韩子歆闻言,精神一振,二话不说,就到衣柜里取西服,一取出来,就摸出了一把钞票,夫妻二人顿时面面相觑。

韩子歆说:"我要赶快去找谢春生。我怀疑这孩子卖血了。"

舒晓雯一脸痛惜,讷讷地说:"你看这事闹的……真不应该,他为啥这样做啊!"

韩子歆说:"家里就他一个外人,你就是跟他说死了不怀疑他,他也不会坦然,无法解释嘛。为了证明自己的清白,他只能采取这个办法了。可这是多么愚蠢的办法啊!我韩子歆也是混账,让老同学的穷孩子受委屈了,竟然说了个'七十二变',竟然逼得他去卖血!"说着,眼圈就红了。

舒晓雯说:"我们也没有逼他啊,不要过于引咎自责了。再说,他也不一定就是卖血了。"

韩子歆的情绪前所未有地坏了起来,阴沉着脸对妻子生硬地说:"不卖血,他在一个星期内从哪里能弄来一千五百元?难道是偷?那比卖血更糟。我看他脸色惨白,就是失血的症状,而且估计是卖得不少。"

后来的事实证明,韩子歆的推测果然是正确的。谢春生确实卖了血,小伙子倚仗年轻健康,找打工的小兄弟帮忙通融,连续卖了好几次,不仅把韩子歆丢失的一千五百元"完璧归赵",还给老家寄了三百多元。韩子歆了解到真相之后,痛心疾首,把谢春生狠狠地骂了一顿,不由分说,接回家中,让其跟表叔享受同等待遇,每天受用一只乌鸡。

十

过了十几天,表叔的身体就恢复如初了,由于补得及时,气色反而比刚来北京的时候好多了。就提出来要回老家。恰在这时候,韩子歆又接到"万物和谐俱乐部"林先生的电话,说了两件事:一是他的稿件《有限度地使用大自然赋予我们的财富——贪婪的砍伐者必须悬崖勒马》收到了,"万物和谐俱乐部"的同人们都看了,认为虽然有点过激和偏颇,但是发人深省,可取之处大于糟粕,尤其是忧患意识难能可贵;二是"万物和谐俱乐部"为了促进该项事业的发展,要在珠海召开一个研讨会,原计划邀请部分一等奖作者参加会议,因为他的《有限度地使用大自然赋予我们的财富——贪婪的砍伐者必须悬崖勒马》有新意,把他也补请了。食宿费用由会议负责,往返交通费用由作者自理,如果有困难,或者请不下假,会议也不勉强。

接到这个电话,韩子歙又是喜忧参半,同舒晓雯商量,这一去就算是坐火车,也得千把块,再说,毕竟是到沿海开放城市风光一番,除了衣食住行,别的总不能一毛不拔吧?

韩子歙的意思是不去。

但舒晓雯心里明白,韩子歙实际上很想去,他热衷于这项活动,这样全国性的会议,致力于自然保护的仁人志士会聚一堂是可以想见的,能到这样的场合跟精英们交流思想,无疑是一件很有意义的事情。

舒晓雯说:"去吧,这是个机会。"

韩子歙说:"请假是没有问题的,我们那个单位是个冷衙门,只要不花单位的钱,出去个十天半月都是可以争取的。问题是要花钱。"

舒晓雯说:"还是你的一贯原则,该花的还得花。"

韩子歙就顺水推舟了,开玩笑说:"那我可就要风光了啊,你不会不平衡吧?"

舒晓雯说:"你是我们家的主力队员,你花几个钱我有什么不平衡的? 不过,到了开放地区,可不能学坏啊。"

韩子歙说:"能够学坏的,不到开放地区也照样可以学坏,不是坏人,学也学不坏。再说,学坏也不是一件容易的事,还有经济基础决定意识形态呢。"

事情就这么定下来了,然后小两口开始算经济账。

这段时间,家里没有大进大出,收支基本平衡。表叔的钱自然是不能留下的,谢春生卖血的钱更是不能收下,小两口能够掌握和支配的就是失而复得的一千五,加上工资补贴,还是两千元上下。鉴于谢春生上次的悲壮举动,韩子歆又心疼又内疚,提出要对谢春生家里进行支援,寄五百元给他母亲补贴医疗费。同时,由于二弟的女朋友提出的条件升级,老父亲又托人打电话来,希望再支持千把。"过了这一关,一年之内不要你的钱了。"老父亲的话是这样说的,言辞恳切也迫切。

有了这两项开支,就基本上没有活钱了。

这天夜晚,两口子躺在床上,没有了幸福的活思想,又觉得钱的问题是个棘手问题。后来韩子歆就提出一个大胆的设想,心怀叵测地问舒晓雯:"老婆,你说说,如果没有'万物和谐俱乐部'的这笔奖金,你说我们现在是个什么样子?"

舒晓雯不假思索地说:"当然还是这个样子,我们结婚快十年了,没有上万的横财,不是照样过来了?饥寒交迫的事从来没有发生过嘛。"

韩子歆说:"这就对了。随遇而安,车到山前必有路,就是我们这些人得以生存的理论依据。"

舒晓雯说:"其实,没有这笔意外的奖金,说不定我们的生活还平静一些,就因为有了这笔鬼钱,弄得我们两个心力交瘁,神经都紧张了。"

韩子歆说:"这也怪我们自己,咎由自取。"

舒晓雯揣摩出了丈夫好像有点居心不良,警觉地问:"你这话是什么意思?"

韩子歆说:"为什么有了钱反而日子难过了呢?是因为

我们违反了我们既定的财政原则,见到万元以上就乱了方寸,就想存上一大笔。你想啊,像我们这样的人,光靠零打碎敲的积攒,能攒出个阔佬吗?不可能。什么勒紧裤带啊,抠牙缝啊,都是不得已而为之,我们还不到那一步。每个月把你工资存起来,以应急用,就是相当负责任了。有了一万七,正好可以大大改善一下现状,你却主张把一万元存起来,其实是作茧自缚,弄得连一次性的阔佬也没当成,反而更加捉襟见肘。"

舒晓雯一骨碌坐起来,扯着丈夫的耳朵说:"天啦,你莫非又打那一万块的主意?"

韩子歆笑笑说:"夫人此言不差,韩某正有此意。"

舒晓雯半天没有吭气,又瞪了丈夫一会儿,才说:"二十岁的大姑娘,看来在娘家是住不长了。可是,这真是太……太……"

韩子歆说:"有什么好太的?壮士坚信马列,我韩子歆此生不会太有钱,也不会太缺钱。我的原则是,君子爱财,取之有道,不义之财分文不取。但是,老婆你放心,只要你需要,我还会挣回来的。你看,才几天工夫,《人类与自然》就打电话来了,我上次写的《有限度地使用大自然赋予我们的财富——贪婪的砍伐者必须悬崖勒马》要上,你算算,就是千字五十,也是五百元啊。实践证明,钱这个东西就像井水,你不舀它,它永远都是那么多,你越舀它,它浸得越多。不破不立嘛,能花就能挣嘛,有一双劳动的手,还怕没钱?就这么定了,明天就把钱取出来,沙发是要买的,书柜是要买的,用不了多久,计算机都是要买的。而且沙发的档次要提高一等,书柜要增加一组。除了这两项开支,还要把你相中的衣服买回来,我下星期要到珠海去,也要换一身行头,再穿那身灰不溜秋的西服,人家还当我是农民企业家呢。韩得翰的书包也要换了,不能再让我的儿子背破书包了。还有……"

舒晓雯赶紧制止:"别再有了,再有几条,只怕一万块钱也堵不住缺口。你这个人啊!"

就这么定下来了。

第二天,舒晓雯果然去储蓄所将还没有焐热的一万元存款取了出来,有了这一万元垫底,一切问题都迎刃而解了,就连家具店黑下的两百元押金也重新发挥了作用。

家具送来的当天,看着簇新的书柜和沙发,韩子歆春风得意,舒晓雯的脸上也是鲜花灿烂。因为白天都在忙活腾挪,没顾上做饭,韩子歆气壮山河地提议:"别烟熏火燎了,出去撮一顿。"

儿子韩得翰第一个响应,要吃麦当劳,韩子歆不屑一顾地对儿子说:"麦当劳是个什么玩意儿,标准太低了,再说你表爷爷也吃不来。既然是撮,就得撮顿像样的。你表爷爷和春生大哥自从到咱家来,还没在外面享受过呢。"

舒晓雯表态赞成。不是有钱了吗,还在乎撮一顿?撮两顿也不是个问题。

于是就倾巢而动。韩子歆挽着老表叔,谢春生牵着韩得翰,舒晓雯揣着钞票,浩浩荡荡地下了楼,并且目标明确地选择了这一带颇负盛名的南海鱼村。在过去没钱的那些日子里,韩子歆和舒晓雯无数次在这里徘徊过,而从未涉足。据说很高档,据说很宰人。这回就不谦虚了,对准是要好好消费一下的,对准是要伸出有钱人的脑袋让人家好好宰一刀,看看究竟能宰出个什么水平出来。

岂料又是个误会,一家人点了荤素七八个菜,吃得心满意足,也不过百十块钱。出了南海鱼村,韩子歆哈哈大笑,说:"有钱了感觉就是不一样,你越是不怕宰,人家就越是不会宰你,人穷了不怕,怕就怕心穷。"

十一

表叔离开北京是在一个艳阳高悬春光明媚的上午,出租车在机场高速公路上飞驰,路两旁绿油油的杨树就像两条碧澈的小河,快速向后流淌。韩子歆和舒晓雯陪伴着表叔坐在车里,心中一片绿色。

让表叔坐飞机走,可以说既是韩子歆的灵机一动,又是水到渠成,既偶然又必然。

买车票的时候,表叔先是坚持要买"站票",说是乡下人骨头硬,也就是一夜一个半天的事情,站着打个盹就到了。韩子歆就解释,说:"不是春运大忙季节,没有什么站票。就是买了站票,价格也是一样的。"这样,老表叔才将信将疑地同意了。韩子歆本来想给表叔买硬卧,谁知售票小姐不懂事,坚持说一个人只能给中铺。韩子歆琢磨表叔毕竟是老人,做过手术时间不长,爬中铺显然不妥当。一气之下,就要买软卧。软卧倒是个下铺,一问价格,六百多,韩子歆盘算,再加几百就够买张飞机票了。这时候,韩子歆的脑子里就碰撞出一串璀璨的火花,心想,老表叔已经快七十岁的人了,到北京来次数有限,不吉利地想一下,恐怕也就是这一次了。老表叔是个农民,一辈子没坐过飞机,老农民怎么啦?老农民就不能坐一把飞机?老子这回就让老表叔坐一把飞机。

想到这里,韩子歆当机立断,拉起表叔就走。

到了民航售票处,老表叔一听说要让他坐飞机,脸都骇白了,又是摆手又是摇头,一连声说:"使不得使不得,造孽啊造孽……"

韩子歆问表叔:"您老是不是害怕?"

老表叔说:"你表叔这么大把子年纪了,黄土都埋起脖颈子了,我连入土都不怕,还怕上天?我是怕花钱,就这么到半空中臭美一圈,要花多少钱啊?怕是够我跟你表婶吃个三年五载的。"

韩子歆说:"这个钱是我负责,你不要管。"

老表叔说:"这个我知道。可是你也不富裕啊,你看你那个家,就是添了两样像样的家伙,还有一大堆家伙不像样,你别瞎整了。"

韩子歆说:"你就给我坐在一边歇着吧,这个飞机我让您老坐定了,您老还不光是自己坐,您还代表咱乡里没有坐过飞机的乡亲坐一把,回去给他们说说飞机是个啥德行。"

如此,老汉就不阻拦了,只在一旁嘟嘟囔囔地说造孽。

韩子歆和舒晓雯把表叔送进候机大厅,买了机场建设费,又找了个慈眉善目的机场老工作人员,委托他照顾好表叔的下一步行动。机场老工作人员热情答应了,当即就领着表叔换登机牌去了。老表叔一步一回头,老泪纵横,挥着那双举惯了锄头的胳膊,瘪着嘴高喊:"家去吧,孩子,别耽误了小翰子的晌午饭。家去吧……"

上午十时二十分,5107次航班腾空而起,韩子歆和舒晓雯站在机场外面的绿树林里,仰望蓝天,白云悠悠,晴空无垠。

决　战

一

老军卒们都说,这日子热得邪乎,热得山林子冒火人皮子冒油。天象不爽,恐怕于战事不吉。当然这话只能在私下里阴着说。倘若让统制将军听见了,怕是要挨军棍。

老军卒们说这话的时候,统制将军巩羽正蹲在一蓬槿树的后面,目光之手长长地伸出去,密实地梳理着前方三百丈远的琵卢坡。对于巩羽来说,天上的这点子酷热委实算不上什么,此刻热烈烤灼他的是另外一种东西。半个月前,司马卓以轻兵出击他的右翼,引诱他分兵驰援。他派出少量兵力向右虚晃一枪,另率中军迂回至阢炀侧后,企图端掉司马卓的老窝。岂料司马卓回马一枪杀过来,反而一举攻克了琵卢坡,使得整个南蓼军的阵势天塌一角,乃至造成全线颓势。

这样的惨败,在巩羽的戎马生涯里,是绝无仅有的。战后的十天,巩羽的脑子里涨满了一个强烈的欲望,那就是夺地雪耻。

从今日辰时开始,斥候不断送来阴符,报说西羟趁火打劫,攻打北蓼重镇七丈崮甚急,司马卓已率精锐火速驰援,琵卢坡一线只留下副将子夔指挥的不足三千兵马据守。

机会委实是好得不能再好了。

然而一个晌午过去,巩羽却始终按兵没动。

谋天易,谋人难,这个道理巩羽比别人体会更深。他同司马卓你来我往斗智斗了将近二十年,先前总是有胜有负,近年却是负多于胜。也正是因为有了上次战斗的教训,巩羽比以往又多了几分谨慎。

现在,巩羽把目光呈扇面泼洒出去,充溢在他的全部视野里的,是横贯东西十余里的坡面,连接着十几座城堡。垛口上不时出现几队盔甲簇新的步哨,扛着红黄绿橙各色旌幡,肩上的戟槊像一片移动的森林,在阳光下熠熠闪烁。

仅凭笼罩在北蓼军卒头顶上的那团凌厉的势象,那种隐忍含蓄而缓缓升腾的杀气,巩羽便十分疑惑司马卓是否真的离开琵卢坡。他甚至认为,假如司马卓已经离开了琵卢坡,那么他的军卒就不大可能迈出如此豪迈的步伐,那些戟槊就不会闪烁出如此富有进攻性格的光芒。

可是副将呼延干和公孙阳却坚持认为斥候们所报的军情是可靠的,琵卢坡呈现的雄兵之势,耀其武扬其威,恰好说明北蓼军是虚张声势,乃是虚而实之之计,是欺我新败不敢作为,示伪势以惑我。如果继续优柔寡断,则坐失良机。

直到几天之后,巩羽依然记忆犹新,诱惑他做出错误判断和决定的最初的诱因,仅仅是北蓼军卒的一个哈欠,就是那个松懒散漫的哈欠诱导他看见了一群羸马,接着又让他不由自主地相信了琵卢坡城池上展现的一批又一批威武雄壮的军伍,其实不过就是十几队兵马在反复走来走去,那些军卒和赢马劳累得疲惫不堪了,终于暴露了虚弱的蛛丝马迹。从而使他最终得出一个结论性的判断——司马卓的确率军远征了,而只留下副将在此虚而实之。

悲剧于是发生了。

当南蓼军的进攻队伍满怀激情地扑向琵卢坡,呐喊着要去收复失地的时候,北蓼军起先并没有表现出太大的胃口,只是十分慎重地抵抗了一阵。南蓼军于是更加亢奋,两名副将甚至向军卒们发出了夺回琵卢坡席卷阳泉山的豪言壮语。等巩羽隐约意识到前景不妙时,他已经无法遏制潮水般汹涌澎湃的军卒了。

骤然传来的鼓声,像是从山的腹腔拔地而起的膛音,轰然升腾于空中,再穿透烫热的战争云层,赫然君临于双方军旅的头顶之上。

随着这隆隆的鼓声,北蓼军当仁不让地发起了强劲的并且是全面的反冲击。山野里旌幡纷乱,似一湖彩色的浪潮,在方圆十八里的战场上流动、撞击、旋转,血盆大口般地咀嚼,一点一点地裹挟着吞噬着被围困在垓下的南蓼军队。深厚的莽原被战争的浪潮冲刷出隐雷般的轰鸣。

只在瞬间,这里便成了一个天然的猎场。

一个不容置疑的事实像毒药一样无情地摆在巩羽的面前——南蓼军的最后时刻到来了。在整个琵卢坡山下偌大的战场上,南蓼军全线溃退,兵败如山倒,军势一落千丈。

当他的军队兴高采烈地拥向琵卢坡城堡的时候,他看见了城堡的垛口上出现了一个熟悉的身影——那是司马卓。那时候他就清醒了,他所有的判断都不存在了,一切过程都将被那两个字淹没,那就是——失败。他再一次输给了老谋深算的司马卓。他的军队倒是真实地抢占了琵卢坡的城堡,可是麇集在山上的伏兵就像茂盛的森林,一呼之下便长出几万棵来。

军卒们是好军卒,他们身陷绝地而不屈不挠,左冲右突浴血鏖战,密密的人群中戟槊横飞日月无光,热血迸溅惊天地泣鬼神,然而这依然改变不了失败的结局。

左翼的呼延干战死沙场,他做完了一个将领的最后一件事情。公孙阳和十几名营将还在督部突围,可是强弩之末势难穿缟。

三万大军眼看就要灰飞烟灭。巩羽痛心疾首,不禁仰天长叹,一将无能,累死三军啊。他现在已经失去指挥作战的机会了,他尚且能够做到的,就是充当一名武士,来往冲突单打独斗。

力斩数将之后,巩羽拔出了佩剑,横架在自己的颈脖子上。

二

滂沱的大雨没黑没昼地倾泻下来,浇灭了酷热,也洗净了血污,使得夏天的隗娥山之晨又重新焕发了旖旎的风姿。群峦叠嶂峻岭嵯峨,莽林古柏苍翠,坡上嫩竹翘首。栀子花于晨曦弥漫时绽放,莺燕黄雀于朝霞腾空时离穴。

巩羽是被一群烂漫的小鱼弄醒的。

在恍惚中巩羽觉得度过了千百年,这千百年他经历了很多事情。他又看见了那一片战场,看见了那个血肉横飞的黄昏。一个名叫巩羽的南蓼将军兵败琶卢坡,正在引颈自戕之际,一道寒光从天而降,将他手中的佩剑震落,飞出十丈开外。

他在一片浓郁的血色中看清楚了那张再熟悉不过的脸——哦,是司马卓,北蓼军的右路统制将军,也是使他一再蒙辱含垢的强有力的敌人。

巩羽几乎咬碎了钢牙。

啊,这个匹夫,他又以胜利者的身份出现了。他骑着一匹体魄健壮的白色战马,正在居高临下地望着他,擦满尘糁的脸上飘荡着鄙夷的微笑。巩羽记得他当时既没有被激怒,也没有仇恨,更没有悲哀,只是冷冷地迎视着那个阻挠他自戕的敌手,向他发出了命令般的请求——杀死我,请你以胜利者的名义杀死我。

司马卓阴阳怪气地看着他,嘻嘻笑道,我怎么会杀死一个既无战马又无兵器的败军之将呢?

他说那好,那就让我拿起剑跨上马,你我在此决一雌雄。

司马卓仍然不同意。司马卓阴阳怪气地说你太累了,你已经鏖战了三个多时辰,人困马乏,兵器钝残。落井下石非君子所为。你我对阵十几个春秋了,我知道你是很有英雄气概的。这番战败乃大势所趋,从根本上讲也算不上你的过失。再说,败给我司马卓,也算不上什么耻辱的事情,有什么想不开的呢?

他怒不可遏,骂道,司马匹夫,休得辱我,我巩羽既是败将,死不足惜。说完纵身上前捡剑,司马卓的长槊却不屈不挠地横过来,挡住了他的手。

司马卓哈哈大笑说,巩羽匹夫也太小家子气了。胜败乃兵家常事,咱们赢得起也能输得起,何必一败便痛不欲生呢。老兄不妨冷静下来,听我司马卓一言忠告,战争之道,一张一弛,总得有个尺度,而你南蓼几乎年年出战岁岁黩武,百姓惊慌,军卒寒心,加之远战长征,辎重粮草供不应求,地势敌情一无所知,如此岂有不败之理。我劝将军与其临渊羡鱼,不如退而结网。力劝伯约匹夫,即日退兵,回去精心准备十年八年,待兵精将强马壮器利,再来与我争斗不迟。说句心里话,看你们那种马瘦毛长师老兵疲的样子,我司马卓都下不了手,不忍心赶尽杀绝。我乃一世名将,不屑于同弱军赢师作战。

巩羽尽管仍然昂首挺胸,做出一副势不两立的样子,但是他心中那块最软弱的地方却恰好被司马卓击中了。司马卓拒绝杀死他,更增加了他对自己的蔑视。而司马卓对于战势的分析,与他又是不谋而合的。只是,他不能认这个账。他仍然必须高声怒骂,仍然真诚地要求速死,并声言如果司马卓不杀死他,来日狭路相逢,他一定要把司马匹夫斩于马下。

他记得司马卓听了他的宣言后,居然显现出十分高兴的样子,说那好极了,本将军要是能够死在你的刀下,还真说明咱俩投脾气。你们连续受到重创,我不逼你,容你从容准备,十年怎么样?

他咬牙切齿地说,十年足够了,十年后的今日,就是你司马匹夫的忌日。

然后,司马卓就发出了那种嘹亮的笑声,那笑声像是一只彩色的蝴蝶,从此便翩翩起舞在巩羽未来的岁月里……

再后来发生的事情就有些模糊了。

出水的太阳从莽林的身后钻出,一丝不挂地升起来,柔软的光线如花似雨地铺排在山谷河边,在野生的栀子花丛和水面上溅起扑朔迷离的晕环。河水清澈见底,黑脊的鱼阵在水草间灵巧地游弋,愉快地寻找着食物。它们惊喜地发现了一只手,那是一只被浸泡得雪白的手。这意外的发现激活了鱼虾们的浓厚兴趣,它们很快便聚拢起来,成群结队地向那只漠然的手发起进攻。它们试图将那只手连同手臂一起拖下河岸,拽进水底分而食之。可是直到筋疲力尽,它们也没有能够完成这个宏伟的战略计划。

后来那只手自己动弹起来,先是五个手指在水中微微抽搐,继而聚集在一起,攥成一个拳头,再松开,再攥紧。最后,这只拳头便咔嚓作响地抽出了水面。

鱼们大惊,四散奔逃。

巩羽第二次睁开了眼睛。强烈的光线在他眼前汹涌如潮,天地间弥漫着一片灿烂的亮色。茫然四顾,全然不知身在何处。那片汹涌澎湃的战场呢?那些铠甲褴褛的军卒呢?那些掠天揽月的兵器呢?

许久之后他才明白,那场战争已经结束了,那场战争以他的南蓼军的失败而告结束。中帅已经率领残存的军队含恨撤离了隗娥山,他们将要回到千里之外的故国的腹地安丰州,在那里休养整训,补充兵员,筹集粮草辎重。此次北征大伤元气,国力军力都已经不容许在短时期内出兵了,他们至少要在三年或者五年之后,才能再度出塞来战。那么敌人呢,按照以往的惯例,胜利之后北蓼军主力又要撤回越趾岑一带屯田备战,而留下一路或者两路统制据要扼守阳泉山。

此后的几年,将是干戈平息山水常的日子了。

巩羽试着活动了一下筋骨,腿脚都还管用。只是在河边雨后的泥泞里浸泡了许久,动弹起来不大灵便了。他于是撑地坐了起来。

他无法弄清楚自己在这里昏睡了几天。根据胡须的长度,他判断至少是三天了。肚子一阵绞痛,他知道这是饿的。

他站起身来,想从河边捞出几条鱼虾。可是身子还没有站稳,眼前一黑,便身不由己地栽进河里。于是又想,自己恐怕已经在这里搁置很长时间了。气力双虚,单凭这点子力气,是很难捕到鱼虾的。

他决定运用战术。他又重新爬到河岸,重新卧进泥窝里。不过这一次不是仰天而卧,而是俯卧在地,并且将那只雪白的手插入水中,依旧分张五指,呈现一副宁静的死相。另将双眼微眯,从细细的不易察觉的眼皮的缝隙里密切地窥伺着平静的水面。

很长时间过去了,依然不见鱼虾的踪影。那些聪明的家伙显然是被河岸上这个蓬头垢面的庞然大物吓坏了。尽管那只雪白的手对于它们来说充满了诱惑——那无疑是一种鲜美的食物,可是它们再也不敢轻举妄动了。

现在,就要考验意志了。巩羽不屈不挠地等待着。

他坚信,只要他不抽回那只已经溃烂的手,只要他能够抗得住急躁的情绪,最后的胜利一定是属于他的。

在难挨的饥饿和坚决的等待中,他想起了一位兵家的名言——兵以静胜。

是啊,静——这是多么难能可贵的境界啊。静则无形,动则有影,静在暗处,动在明处,静则有备无患,动则患得患失。谁在暗中静伏,主动权就在谁的手里。谁在明处张牙舞爪,谁的弱势就将一览无余。虎豹不动,不入陷阱,飞鸟不动,不坠罗网,鱼虾不动,不入烹炝。

这是多么睿智的运兵之道啊。想一想前不久的琵卢坡之战,不就是敌以静而诱我动才导致大败的吗?自己在最后的那一瞬间昏了头。与其说是知彼不够,不如说是犯了性格错误。本来有那么多的疑惑,本来已经控制那么长的时间了,可是——一招失算,全盘皆输……

啊,我这个败军之将不能再败了,这些鱼虾们毕竟不是司马卓,它们毕竟没有那么深的城府,它们不可能永远韬光养晦,它们最终要被本将军的无为之静引诱而来。

哦,看它们又麇集在一起,前呼后拥,摇头摆尾。哈哈,它们也有先锋。前面的那条太小了,还不足二两重吧,莫非也是派出的斥候来刺探本统制的虚实?啊,来吧,别那么瞻前顾后疑鬼疑神的。来吧,我不会把你怎么样的。嘿嘿,狡猾的家伙,啃了一口就跑,还当真有一股伶俐俏皮的劲头,就像我那军中训练有素的军卒。好,又来了几条,像是一伍。来吧,放心地来吧,你们太小了,本统制不斩无名鼠辈,本统制一定要擒拿你们的主将。

在同鱼阵较量谋略和耐心的过程中,巩羽的饥饿感减轻了不少,心灵像是被这明净的河水洗濯了一番,被智慧的阳光照耀出了一片鲜艳的玫瑰色。

啊,它终于来了,看它步履稳重,气度不凡。那是一条长有尺余的黑鲑,它几乎是贴着河床的鹅卵石潜伏而来。它的翼翅轻舒缓敛,慢吞吞不慌不忙,稳当当不惊不乍。哈,快了,只剩下不到两尺远了,它正在向这里注目凝望呢,它的下颚已经膨胀了,它的翼翅已经张开到最大的限度。

巩羽的心跳骤然加快了。你过来啊,还犹豫什么呢?一道鲜美的佳肴正在等待你来攫取呢,只要你敛起你的翼翅,只要你一口气释放出积蓄在腔的气势,来一个箭镞般的冲刺,那么,一切都将结束。

令巩羽大失所望的是,那条雍容大度的黑鲑,没有按照他既定的方式行动,就在距离那只雪白的手还有一尺多远的地方,黑鲑停止了前进,并且凸着一双深思熟虑的眼珠子,对那只可疑的手作长时间的观察。最后,它一反大将风度,急急忙忙地扭过头去,坚决而又迅速地离开了这个是非之地。

众星拱月般伺候在侧的中等末等的鱼兵虾将一看情形不对,也哗哗快速撤退,眨眼之间就不见了踪影。

巩羽笑了。哈哈,这场战争他又输了。战争总是这样,胜利和失败竟然距离得那样近,只有一步之遥。而这一步之遥往往又只出现在最后的关头。

三

现在,他可以静下心来想一想司马卓了。

以他眼下的心情,这个世界上他最为痛恨的有两个人,一个是他自己,另一个便是司马卓。

算起来,他和司马卓的首次交锋,是在十六年前。那时候他还是一个初出茅庐的营将。那个秋天的日子,北蓼南征军在闳宓塬被围困,两军将士也是从晌午杀到黄昏,杀得飞沙走石阴风呼号。

在那场战争中,尤其让巩羽触目惊心的,是北蓼军中的一名同他年龄相仿的少年小将。小将于混战中驰骋白马,左冲右突如入无人之境,力保北蓼军中帅突围。巩羽挥槊追击,被少年小将截住杀了四十多个回合,眼巴巴地看着北蓼军中帅遁入莽林却脱身不得。后来,又追过来两名营将,白马小将寡不敌众,长戟被巩羽架飞脱手,这才打马奔逃。

追过一道山梁之后,巩羽看见白马小将回首搭弓,弦弩骤响,巩羽急忙伏鞍躲避,竟是虚晃一招,并没有箭镞射来,而白马小将却趁机纵马飞过一条两丈宽的小溪。

巩羽骑的是一匹重枣色的战马,整整一个后晌都在观战,当时精力正旺,激情正盛,蹄飞如箭,很快又同逃将缩短了距离。正要上前擒拿,白马小将回身又是一箭,巩羽急忙调拨马头避入路边,白马小将再次得以脱身。此时巩羽才知道白马小将的箭囊早已空空如也,居然连续将他捉弄了两次。

再追近时,巩羽就放心大胆了,瞄准逃将的背影,扯圆弓弩,实实在在地射出了一箭。

他想这一次白马小将势必命归黄泉了。岂料射出去的箭镞竟然被白马小将稳稳地接在手中,并且以迅雷不及掩耳之势回射过来。

巩羽急忙飞身跳马,不是动作神速,几乎丧命。

巩羽在心里大为感慨,既感慨于对手的骁勇,也感慨于对手的胆魄,更感慨于对手的机变。看来这个白马小将绝非等闲角色,倘若公平对阵,自己未必是他的对手。

直到暮色将至,他才终于追上了白马小将。两马相迎,两将厮杀。白马小将已经手无寸铁,只能举着一张空弩招架,自然支撑不久,很快就被巩羽挟下马去。就在巩羽挥剑欲砍之际,他看见了那双眼睛——白马小将的那双坦然受死的目光,在将落未落的夕阳的照射下,闪动着纯净的光波,令他怦然心动。

后来他收起了剑,微笑着问,败军之将,愿降否?

白马小将嘿嘿一个冷笑说,大丈夫立于天地之间,纵也天下,横也天下,可杀不可辱,断无投降之理。

巩羽说,不降则死。我看将军聪慧骁勇,可谓文韬武略前程无量。如此绝妙年华,为一庸将俗战送死,委实可惜可叹。

白马小将圆目怒叱道,少说废话,来取这颗头颅邀功就是。

巩羽想了一会儿说,此次交兵,你之所以战败并非你的过失,我之所以得胜也并不是我的能耐。依我之见,将军气度不凡,有英才之相。你我正值血气方刚之茂盛年华,来日方长。今日暂息干戈,隔年若遇良机,公平交手,或者阵前斗智,或者沙场比武。将军意下如何?

白马小将这才似乎有点动心,拱了拱手说,既然你有如此风范,小将当然愿意奉陪。

后来他用自己坐下的那匹魁梧剽悍的战马换下了对方疲惫不堪的白马。

就在那个霞飞西天雁阵南去的傍晚,两位少年将军无语对视良久,默默执手而别。

那个遇难不死的白马小将就是司马卓。

巩羽留下了一段战史佳话,也为自己留下了一个难以战胜的敌人。尽管巩羽后来因为此事受到了中帅的严厉训斥,也尽管后来他在跟司马卓的交手中多次败阵,但是他从来没有后悔过。他总是认为,为将之德,应该有坦荡胸怀君子之风。赢得起也输得起,他是十分鄙夷那些乘危暗算偷鸡摸狗的勾当的。

春华秋实,十六个岁月流逝了。琵卢坡的那一幕,与当年是多么的相似啊。不同的是,这一次蒙恩被赦的不是司马卓了,而是他巩羽。他很难说清楚心里是一种怎么样的滋味。

四

晌午时分,巩羽离开了河岸。他决定到山上去寻点野果或者捕捉山鸡蛇虫之类的东西充饥。对于山地作战,比对付水下动物他更有信心。

路上他果然投石击中了一只将飞未飞的鸷鹰,不用火烧,捡起来扒皮剖膛,一顿咸淡适中的美餐便以神速之势进入腹中。食毕,掬一捧山涧泉水润润肠子,精神顿时为之一振。

根据太阳的位置和山脉的走向以及河流的出入始末，他判断他现在还在隗娥山脉，但是他很快便认出此处已经距离飙荽砜不远了。

他在山下坐了半个时辰，然后做出一项重要决定。他决定向飙荽砜进发，他将要把那里作为他的立足之地。

飙荽砜南北走向四十几里长，虽然不算太大，但是山里壑深林密，古木参天。厚厚的莽林如同巨大的网络，严丝合缝地覆盖着嵯峨的峻岭。林中藤缠蔓延盘根错节，加之年复一年落叶成泥，沼深泽广，瘴气浓郁。

自古这里就是兵家不争之地。前几次北征，军中也有谋士向中帅进言凭此山之险之蔽，出奇师披亢捣虚，断故犀邡山辎重营地，可以达到疾水落川之势。但是这些谏计都被中帅坚决地驳回了。

据说，早在三十年前，伯约中帅还是一名营将的时候，跟随当时的中帅圭尔忽北征，那时候就曾经派出过一路统制进入飙荽砜，岂料一去不返，一万多名将士如雪水般化进了这高深莫测的苍莽的林海之中。那支军队究竟是葬身蟒狼黑熊之腹，还是坠入沼泽深渊之中，抑或真如传说的那样误饮瘴气而立地成树？没有人能够知道这个谜底。听伯约中帅说，此后派出去寻找的人，也是杳无踪影。于是，飙荽砜便成了南蓼军和北蓼军之间的一块无人问津的军事禁区。

现在，巩羽铁下心来，要将飙荽砜为己所用。他很清楚，无论是阳泉山还是隗娥山，都已经没有他的容身之地了，两边的戍兵将会一遍又一遍地梳理那些地方。他只有首先征服飙荽砜，在飙荽砜的莽林兽窝里生存下去，他的崇高的长久计划才有可能实现。

他在山下坐了很久,细密地扫视这座如魔似幻的山峰。这时候他忆起了他昏迷前的最后一件事。

那是在司马卓阻挠他自戕之后不久,他仍然处于生与死的徘徊的时候,公孙阳带领几百名残兵败将杀出重围赶到他的身边。公孙阳对他讲,呼延干在混战中被斩,三路统制的兵马像散珠碎玉一样再也无法收拢了。那一会儿工夫,他脸如冰铁心如断石,坚决地拒绝了公孙阳的劝说,用剑锋刺破中指,以马背为案,在一方残破的旌叶上写下了以下文字——

中帅大人钧鉴:琵卢坡之战,一败再败,祸及全军。盖因末将违令妄动所致。今虽存苟且之身,但无颜归见故人,心如枯木。绝意葬身败地,寻旧部探迷津,论战事运机谋,于黄泉之下助我北征。末将遗下一子,年方二七。恳中帅念末将一生征战,纳其入伍为卒。待他年北征有成,嘱其寻父骨骸归葬故里。罪将巩羽绝拜。

当他把这封信交给公孙阳的时候,几名老军卒扑过来抓住了他的袍角,声泪俱下地恳求他回心转意。公孙阳也慷慨表示,此次兵败琵卢坡,他和呼延干也有不可推脱的干系,绝非巩羽将军一人之过。巩羽将军乃是朝廷重臣、中帅股肱将领。中帅一定能明辨是非,给巩羽将军一个机会的。

但巩羽的决心是不可改变的。他挥剑割断了老军卒们紧拽不松的袍角,然后纵身跳下山崖。再往后,就什么也不知道了。

事实上,那时候他并没有打算把自己摔得粉身碎骨,他跳下去的那块地方是事先就看好了的。没想到跳下去之后立足不稳,竟然噼里啪啦地滚出去好几十丈远,差点当真葬身败地了。也算是天遂人愿,他好歹还算活过来了,只是后背有点伤,头皮磕烂了一块。这点子伤对于他来讲,委实算不上什么。死是早晚都要死的,但是眼下是不能死的。眼下还有好多事情要做呢。

他要做的第一件事情就是给自己找到一条上山的路。

五

巩羽当初很难想象得出来,仅仅是一条登山的路,竟会让他付出如此沉重的代价。直到雪花落下来的时候,巩羽这才意识到,自己已经在飘菱砜的这面山坡上度过了半年时间。也就是说,从山下到山顶,他整整花费了半年的工夫,居然没有能够走上去。

路自然是没有的。起先他用自己的佩剑开路。

他在那些盘根错节纠缠不清的树藤之间寻找薄弱的环节,尽量少砍几刀,以减少消耗。在经历几个回合的失败之后,他才沮丧地发现逢山劈石遇河架桥的办法是行不通的。往往是在开出去几丈十几丈甚至是几十丈之后,前面又突如其来地横出一座陡壁或者裂壑。更有甚者,有一次他用了十二天的时间开出一条路径之后,前面竟然出现了一片洼地,往前几步就是瘴沼。

他是看见了两颗动物的头颅才骇然后退的。

他又重新返回山下休整,在河边临时搭起树棚作为营帐。这里有他屡次攻山猎到的野兽。过冬的食物是不愁了,问题是寒冷难耐,山里下起了大雪,河面也封冻起来。他的铠甲早已不复存在,身上的那件战袍被荆棘和山石剐得支离破碎。他将猎到的狼皮风干,然后将毛朝里捆成一卷,在河岸的石头地上反复摔打揉搓,直到柔软如绵,再用佩剑割成若干片块和细条,凿孔联系成衣,穿在身上,感觉颇为实惠。

下河凿冰取水时,他被水面映照的那个怪头怪脑的家伙逗笑了。

那个家伙蓬头垢面,整个脑袋和面部被头发和胡须蒙得严丝合缝,只剩下一双眼睛黑咕隆咚地亮着。再加上身上那件非狼非豻的袍子,差不多就是个野人了。

很好。他在心里对自己说。这副模样,别说司马卓的军卒认不出来他,就是回归故里,连妻小恐怕也很难辨认。

尤其走运的是,在一次开路的跋涉中,他遇见了一架骷髅,从骨架旁边的残骸上分析,很有可能就是中帅说的几十年前派出的那路统制军中的一个成员。他在尸骸附近反复搜索,找到了一块鼻头大的打火燧石。

这个收获使他喜出望外。他决定狠狠地奖励自己一下,当天晚上就下山引火烤了一只山貂,美美地食用了一顿人间烟火。

大雪封山,一个冬天都施展不开。除了强硬的寒风和山啸林吼,连野兽的嚎叫都很难听见了。独自蜷曲在阒无人迹的深山老林里,也就只能从自己的记忆里寻找春天了。

最初的时光,占据他记忆世界里的主要成分还是中帅伯约。

十六年前，也是在北征的途中，几名略有文墨的军卒聚在一起议论战阵，有个年纪大一点的军卒举出了古今各种奇阵方略，譬如什么五行梅花阵、八列乾坤阵、水火虎牢阵等等，说得天花乱坠，引得新丁们心驰神往。而他巩羽却大不以为然。他认为以阵对阵乃上古兵法，上古战者毕竟蒙昧未化，战争中多是以力战力，以器制器，所以就十分重视阵法。所谓布阵，也就是企图运用现有力量造成一种有利态势，使之在短兵相接时得以充分发挥。在以力战为主的上古战争中，布阵手段的高明与否、阵形是否精巧得当，的确是战争制胜的重要因素。

但是巩羽又认为，归根到底，兵者乃诡道，再漂亮的战阵也只有一个阶段的辉煌，一旦时过境迁，它便黯然失色。战争运行至今，已经深邃如渊，山川地理、日月水火、狼虫虎豹，无不为之所用；奇正虚实，示东隐西，攻南击北，阴其谋而阳其形无不为之所诈。兵形如水，造势谋局全靠灵巧机变，军力运用必须因势利导，以变应变，以变制变。当然，运筹自如，也就可以以不变应万变，以万变制不变。当今之世，兵家争鸣，谋略丛生，智者如云，诡计如林。倘若两军对垒再按部就班摆开阵势，你来我往，你一拳我一脚，岂不成了儿戏？尤其是有些术士，竟然还有呼风唤雨点石成兵的名堂，简直就是装神弄鬼，实在是不可取至极。

巩羽没有想到，他的这一番自成体系的见解，会传到中帅的耳朵并引起了高度重视。几天以后，中帅将他召入中军大帐，让他谈谈对于北征的看法。他当时提出此次北征宜久战不宜速成,并且划分了对峙、任势、攻心、屈人四个战略阶段。虽然伯约当时并没有采纳他的建议,并且哂笑他是纸上谈兵,但是对于他的谋略头脑,伯约还是大为赏识。没过多久他便由卒长擢升为营将,以后他屡建功勋,不断得到升迁,直至统制将军,并且是一名先锋统制。

可是,这一回他太让中帅失望了。他完全能够想象得出来,当中帅得知他再一次兵败琵卢坡的噩讯后,会是怎样的痛心疾首。

在一个阴风呼号的夜晚,他又见到了中帅。

……他是被反缚双臂推进中军大帐的。他依稀看见中帅面壁而立,很长时间连看也不看他一眼。最后,他跪倒在中帅的身后,泪流满面。

中帅回过头来问:将在外,君命有所不受,行在外,帅禁有所不止。这话是你说的吗?

他说是罪将说的,罪将知罪。

中帅的面容在一瞬间变得遥远了,仿佛从很远很远的地方传来一声冷笑。那个遥远的声音说,十日前败于琵卢坡,十日后再败琵卢坡。区区掌心之地,一败再败,可谓军中奇闻。如此庸将,留待何用?推出去——斩了。

他便大叫一声——中帅……

中帅又像是乘风而来,逼近他的眼前,挥了挥手说,大丈夫敢作敢为,横天下纵也天下,生英雄死亦英雄。何以啼哭?你虽然有才有功,但是军法无情。本中帅也不能徇私包庇。你……就甘心受死吧。

他说罪将之所以痛哭是因为悔恨,绝没有哀求的意思。

败军之将违令之罪法不容存。倘若论及个人荣辱,只求速死。但是罪将心中尚有一块垒结,不消死不瞑目。

中帅有点奇怪地看了他一眼说,有话只管讲。

他便一梗颈脖子站了起来,挥泪陈述——中帅,本军十年之内七征北蓼,四打夷番,几乎连年兴师动众。而每次北征均以无利告退,徒然损兵折将。罪将痛定思痛,窃以为本军北征之所以屡战屡败,一个根本的原因,就在于……中帅过于急于求成了。

恍恍惚惚中,他感到自己也像中帅那样,时而飘逸于云端,时而行走于人间,很有点虚幻的味道。他看见中帅的眼睛里闪过一丝冷冷的光。但是他没有被这道冷光封住嘴巴,反而有一种豁出去了的轻松,依然不卑不亢,继续陈述——为什么这样说呢?罪将认为有以下依据。第一,每次北征,本军千里迢迢,师老兵疲。而北蓼军则以逸待劳,以静制动。敌在气势上胜我一筹。第二,两军交战之地,北险南缓,南有通衢而北无捷径,敌人守之坚固而我攻之艰难,敌人在态势上胜我一筹。第三,北蓼军守隘扼要,士卒寡众调停自如,动辄盛其鼓张其旗。本军初来即战,全然不知底细奥秘,进退茫然。敌人在情势上胜我一筹。第四,北蓼军久居战地,前有坚固屏障,后有万亩屯田作为依托。而本军征途遥远,粮草辎重供不应求。敌人在物势上胜我一筹。有此四势之弊,本军战必败,再战必再败。

说完这番话,他看见中帅的脸上凸出了几条蚰蟮似的青筋,暴怒的火苗从青筋里汩汩流淌,燃烧着中帅的眼睛。他知道他触动了中帅的痛处。阳泉山就是当年从中帅的手里丢失的。这些年来,中帅殚精竭虑屡次发起北征,所有的努力都是为了夺回阳泉山。中帅是不能容忍别人对于神圣的北征说三道四的。果然,中帅拍案而起,厉声喝道:你这个败军之将,为了推卸你的罪责,竟敢在此妖言惑众,罪上加罪,死有余辜。

他说中帅息怒,罪将这是肺腑之言。

中帅又是一声冷笑说,依你之见,本军北征就断无取胜可能么?

他说请中帅暂且寄下罪将这颗头颅,自率大军回安丰州养息,留下罪将于隗娥山中,探察山川走势地脉本末,侦悉彼军城池堡垒将性卒技,勘踏通衢桥梁捷径屏障,揣摩辎重车马营寨,掌握日月星辰之节,计较风雨雷电之利,运筹全胜之造势。到那时候,中帅再引兵前来,则战无不胜攻无不克,胜券稳操矣。

他看见中帅的脸色缓和了许多,并且步履飘逸地向他走近了两步。中帅说,难为你如此深谋远虑。可是,做完这些事情,需要多少时间啊?

他几乎是冲口而出——十年。

哦……中帅沉吟一声,语音又变得模糊了,像是飘忽在云端。那副因为急于胜利而永远严厉的神色此时也似乎慈祥起来。中帅说,这深山如狱如渊,阒无人迹而猛兽麇集,险象环生。这十年你吃什么穿什么?谁来陪你走山入川运兵谋势呢?十暑十寒,十春十秋,瘟疫疾病在所难免,你能活下去吗?

他的热泪汹涌而出——请中帅放心,在我南蓼大军没有到来之前,罪将绝不敢擅自死去……

是一声凄厉的狼嚎把他惊醒的。

这一梦做得好长啊。

这一梦做得又是那样的真切。这是半年来一直萦绕在他心中的情景。自从琵卢坡战败之后,他再也没有见到过中帅本人,但是他却在心里看见了许多面对中帅的场面。

除了他自己,这个世界上已经没有人知道他还仍然活在人间了。

他有点不太明白,在这凛冽的寒冬之夜,万籁俱寂为何又有狼嚎,难道在野兽的世界里也发生了战争不成?

而更使他为之动心疑惑的是为什么会在梦里向中帅约定十年期限。好像这个期限是上苍在冥冥之中早就为他安排好了的,他与司马卓相约十年再战,又鬼使神差地向中帅预定了十年后的战事。

哦,十年,三千六百多个日日夜夜。对于他来说,这是多么漫长的黑暗啊。三年不行,五载还不行吗?为了一场战争,他将要付出十年的人生代价,倘若不胜,天理难容啊。

六

孤独的日子犹如涓涓溪流,运行得总是格外的缓慢。天和地都是昏沉沉的。深山里的阴风像是一柄锈钝的锯子,吱吱嘎嘎地割析着巩羽的神经。

他把山下那条不知名的宽河命名为漫流河。

他眼下还没有弄清楚这条河是从哪里流过来的,也不知道这条河又流向哪里。但是他知道,在不久的将来,这条河将会成为他的计划的一个重要组成部分,将不容置疑地被征为军用。

天气稍微晴朗了一些,他便决定利用冬天的最后的日子,对这条河道进行勘察。为此,他花了两天的时间进行准备。他用兽皮缝制了裹腿和靴子,又筹备了足够的食物,然后以冰为道,顺河向东进发。

从河床的坡势上,他分析这段河道是向东流的,而东边群山叠嶂,必然会有一段绕山转向,很有可能向北迂回。

事实证明他的判断是正确的。

是在离开出发地的第二天的后晌,一座陡峭的大山突兀地横在前方,河道果然转向了。他继续前行,进入到大山的腹地。冬季的干风被阻挡在山外,只有头顶上的天空不时传出呜呜的号角般的轰鸣。视野依然苍茫,除了一片浩荡的雪原,飞鸟走兽树木草虫一律不见。

跋涉到第十六天,食物消耗殆尽,靴子也烂如糟糠。他只好停下来,依山傍河寻觅一个避风的崖洞作为栖身之地,焦躁地等待春天来临。

等待的日子漫长无垠。蜷曲在山洞里,却又往往思接千古神游八荒。有时候昏天黑地地想,倘若中帅在深秋出兵,冬季沿着这条河的冰道前进,会出现什么情况呢?眼下他虽然还无法准确地判断前方究竟是什么地方,但是无疑距离北蓼军的防线更近了。如果能够顺利地通过老天爷这道堑途,预先在这近处的山间沟壑扎下一支军队,那么,势必会大大地缩短攻击的距离和时间,从而造成出其不意的神速之势。

苦苦盼望的春天终于姗姗而来。

冰雪逐日消融,深山慢慢地升起一层清香的嫩绿。河水开始蠕动,然后爬行,渐渐地被雪水涨高了澎湃着向前翻卷。

望着滚滚远逝的河水,巩羽就有一种别样滋味在心头。先贤之言委实精辟——激水之疾,至于漂石者,势也。鸷鸟之疾,至于毁折者,节也。是啊,善于运兵谋机者,一是要凭险造势,二是要短节神速。位势、地势、态势、心势、情势,无一不是作战制胜的重要因素。运兵之妙,全在任势,恰如高山蓄水,骤然决之则一泻千里势不可当。又似猛禽捕兽,从长空振翼临风,俯冲而下,势不可敌。

他再一次坚信自己当年对中帅的建议是符合先贤用兵之道的。虽然说本军是攻方,但是这并不等于说就要一味地凭借进攻取胜。对于不远千里长途跋涉的军旅来说,要想击溃对方的防线,必须首先稳住自己的阵脚,恰到好处地布局造势,使双方在非战的前提下,处于势均力敌的抗衡状态,然后才可能机变以计破敌。

春天给洪荒的莽林里种下了蓬勃的生机,也给平静的山野带来明媚的喧闹。但是令巩羽始料不及的是,春天的铺排也给他带来了一场几乎是毁灭性的灾难。

这一次他遇到的敌人既无铠甲也无戟槊,赤手空拳却又威力无比——就在他离开崖洞之后不久,两个庞然大物便大腹便便地尾随而来。

巩羽是在蓦然之间回首的。

他先是隐隐约约地听见身后传来一阵压抑不住的似乎

是十分兴奋的喘气声,像是有一支兵马在隐蔽地向前运动。在他尚未回首之际,一阵偶然飘过的山风就预先送来了热烘烘的腥臊的气味。

巩羽转过身去,稳稳地站住了。

赫然出现在他视野里的,是两只态度傲慢的丹阳雌虎。见他立得坦然,雌虎对视一眼,似乎踌躇了一阵,然后并肩跃上了一块巉岩上,严阵以待地看着他。

冷汗是惊出来了,然而脸色却没有改变。巩羽很清楚眼下的处境。敌人是两个,而他是孤军作战,力量对比处于绝对劣势。丹阳虎们饿了一个冬天,此次出窝想必是初战,欲望正炽,激情正盛,气势上又占了一筹。自己只有一柄卷了刃的佩剑,而虎们无论是血盆大口还是铁钩般的利爪乃至旗杆般的尾巴尽为兵器。势差如此之大,倘若短兵相接,断无生还可能。

硬拼是愚蠢的。巩羽决定运用智慧进行抵抗。

他的第一个战略行动就是不动,迫使自己在原地稳住阵脚,在这弩张剑拔的大战爆发之前,利用自己沉着坦然的表现营造出一个凝重的静场,使丹阳虎们不摸虚实,也从而使自己争取到喘息之机,得以运升丹田之气,在有限的时间内从附近找到兵器。

对峙果然出现了。他甚至向丹阳虎们做了一个皮笑肉不笑的狰狞表情。

虎们没有轻举妄动,只是莫名其妙地停在原地。它们大抵也弄不清楚这个似人似妖非驴非马的怪物究竟是哪路神仙,到底有多么大的法力。单看他那临危不惧、面对两只巨虎仍然不惊不乍的姿态,就能估计到这家伙身手不凡,想必是有些拳脚的。丹阳虎们在山中跟各路好汉都打过交道,可以说见多识广,但是还从来没有见过这样一个蓬头垢面浑身褴褛的怪物。

可是毕竟不是势均力敌,因而这种对峙是不可能持久的。

巩羽若无其事地冷眼瞟着丹阳虎,并且用眼角的余光扫描附近的地势。

倏然,他看见了两只雌虎不约而同地伏下了身子——但是他迅速就判断出来了,这两个畜生是在施展骄兵之计,是在愚弄他,其企图是以假象松懈他的警惕。他再进一步观察,果然看清楚了,虎们只是伏下了前爪,后蹄却是仅仅弯曲矮下去不到半尺。尽管它们还是那么一副不卑不亢的表情,甚至还表现出了傻头傻脑的憨样,但是巩羽还是敏锐地听见了隐隐约约的雷声在虎的腹腔里隆隆滚动。那八只利爪在山石地上抓出了咬牙切齿般的咔嚓声。

对峙在刹那间被弱肉强食的欲望搅得粉碎,暗中较量的杠杆被举到了空中。这片狭长的山涧坡地正在缓慢地同时又不可遏制地升腾着一股浓郁的杀气。丹阳虎们在积蓄,它们腰腿上的肌肉在抽搐,它们把所有的力量都点点滴滴地聚集在前爪上了。只要他有异动,它们首先使用的将是前爪——奋力后踞而猛然前跃,构成泰山压顶之势,落地后则又改后爪为依托前爪为兵器,呈张弩发机之态,将势若破堤地撕开他的胸膛。

巩羽最终把胜利的希望寄托在右侧十余丈远的一棵合

抱粗的老树上。在虎们将跃未跃之际,他冷丁大喊一声,纵身跳出石坎,攀上了老树。

丹阳虎们愣怔片刻,回过神来,恼羞成怒,发出山呼海啸般的吼声,张牙舞爪地扑了过去。

第一个回合以巩羽暂且脱身而告结束。这株大树当真是一座宏伟的城堡。然而局势仍然不容乐观。巩羽清醒地明白,不消灭这两只丹阳虎,一切计划都将到此终止。

虎们在猝然间进攻扑空之后,也冷静下来了。它们似乎已经摸清了对手的虚实——那家伙看模样挺骇人的,披头散发面黑毛长,兽衣兽靴,恰似魔鬼,其实不过如此。倘若不是心虚又何必逃之夭夭?

既然摸清了底细,虎们就有主意了——你爬到树枝上不要紧,不信你能飞到天上去。栖枝踞高不过是权宜之计,早晚你得老老实实地下来。嘿嘿,只要你下到地上来,胜负输赢就由不得你了。

巩羽当然能够看得出来虎们的险恶用心。

经过一番运筹之后,他开始采取第二个行动。他把身上的兽衣、兽裤和皮囊全部解下来,用佩剑割成数十条,结成一根五六丈长的皮绳,将一端系在小腿粗的枝丫上,另一端捆在自己的腰上。这一切巩羽做得十分从容。他现在距离地面有三四丈高,只要他不主动送下去,沉重的丹阳虎对他是无可奈何的。

但是他终于主动送下去了。他先是纵身往下一跳,在离虎口还有半丈远的地方,骤然用力蹬树,身体重新腾空,像鹰隼一般飞向一座巨岩,稳稳地落在上面。

虎们大惊,以为那怪物要逃,便不顾一切地扑了上去。岂料还没有靠近,那怪物又翩翩起飞,落在另一座巨岩上。虎们赶紧掉头,气咻咻吼喘不止,爪石相撞,火星飞迸,无奈怪物身轻如燕,再遁彼处。丹阳虎们被激怒了,它们感受到了被戏弄和蔑视的侮辱,终于燃红了冷眼,张着宫殿一样血红的大口,吞吐着兵器一般锐利的舌头,纵横腾跃,掀起了声势浩大的攻势。就这样来来回回左冲右突,眨眼之间就把这片山涧空地震撼得摇坠欲裂。

　　战斗进行了一个多时辰。巩羽精疲力竭地夺取了最后的胜利。先是那只个头稍微大一点的丹阳虎,不知是因为怒不可遏还是羞愧难当,在一次冲击时立足未稳,势不可当地撞在前方的巨岩上,脑浆迸裂而亡。另外一只丹阳虎则不知是因为心力交瘁还是识破了巩羽的劳而挠之伎俩,竟然豁达大度地自动休战,静卧一旁养精蓄锐。

　　当然,为了胜利,巩羽也付出了巨大的代价。在连续几十次腾跃之后,系在枝丫上的皮绳被磨断了,他像一只断了翅膀的大鸟重重地跌落在疲虎的身旁。于是,一场短兵相接的厮杀又重新开战,虽然他最终用佩剑在疲虎的颈脖子和腰上捅了十几刀,但是,那只疲虎在倒下去之前,仍然怀着深仇大恨,使出了最后的力气,撕破了他的半边脸和肩膀。

七

　　巩羽重新见到当年兵败的琵卢坡,是他留在飘菱砜的第三年的春天。

现在,他只能用一只眼睛看了。一只眼睛看东西,总是不大灵便,色彩和模样跟过去大不一样。

事隔几年回首琵卢坡,如梦似幻,那些鲜活的面孔不断地浮现在独眼的视野里。有时候还能隐隐约约地听见千军万马呐喊厮杀的声音。心里觉得怪怪的,恍若隔世。

他登上了飙菱砜的顶峰,北蓼军的阵势果然尽收眼底。

自去年夏天开始,他从东往西走了半年,也揣摩了半年。越琢磨心里感慨越深。一脉百里的阳泉山,时凸时凹,时峻时险。北蓼军依山任势傍水下寨,得天独厚。巩羽像是翻阅一本厚厚的书,看久了就品出了许多玄奥。

从阵前看,北蓼军的兵锋似乎并不凌厉,前沿设置也无出奇之处,无非是鹿砦石障之类,是那种常见的守城保寨的态势。

但是巩羽的独眼执拗地穿透了这层薄薄的覆盖,洞悉了北蓼军防御体系的纵深梯次和充满了阴谋的布势——六向合纵连横势。

这种阵势既有韧性又有弹性,一旦战事挑开,可以获得较大的游刃空间,进有辅,退有援,六向定势辗转剔抉,滚动杀伤。在这样的六向合纵连横阵势之下,进攻一方即使兵力再强,但是受到六向割离,必然分而流之,万人之众顷刻之间便会化作细水流沙,通过北蓼军防线柔软的表皮,悄无声息地渗进千沟万壑之中。而此时攻方已经完全掌握了战争的主动权,将以六处扼要为主干,枝叶横生,藤蔓纠缠,成联网之势收缩,尽吞对方星点之势。如此天势、人势、兵势、地势运用得浑然天成,可谓鬼斧神工,占尽了天赐人谋的优势,虽然难保其必胜,但是必能保其不败。先立于不败之地,待未知胜败之军,气势上又是攻方所不能比拟的。

这就难怪南蓼军屡次北征无功而返甚至大败而逃了。

巩羽确信,这种六向合纵连横之势绝对是出自司马卓之手。他同司马卓叫阵斗智十几年,不能不从心底暗服司马卓运兵造势的深厚功力和慎战精神。

接下来的日子,巩羽便陷入到一种难以言表的激情当中。

最后一次见面司马卓留下的那阵嘹亮的笑声不时从心灵深处飞出来,将他的思绪也诱成一叶蝴蝶,在阳泉山的千沟万壑间翩然飞舞,最终飘落在司马卓的内心世界里,在那里戏耍、挑逗和窥视。一个谋局运势的将军,心里会有一座深邃的奥秘的海洋。日升月落,风起雨飘,春去秋来,花开叶绿,都会在一颗敏感的海洋里推波助澜。依据北蓼军厚实的军势,巩羽得出一个结论,不出奇谋绝计,断无取胜之理。

他在飙荽砜南面阳处选择了一个豪华的山洞作为自己的巢穴。山洞的外面有一株叫不上名字的老树。他于是就把老树任命为司马卓。

每日歇息醒来,他便盘腿坐在树前,有时候会突然冷笑——司马卓啊司马卓,我已经看透了你的势形,我已经把住了你的脉跳。你当真以为你的六向合纵连横之势就是固若金汤吗?打蛇要打七寸,我已经捏出你的七寸在哪里了。你以为我南蓼军还会像过去那样围点攻寨全线平推吗?不,再也不会了。你能扼住我的咽喉却难以捆住我的手脚。只要我大军越过飙荽砜,你的左翼绝伦的位势就会顿失威力。

假使我以正面牵制而另以重兵先攻蓝桥,将会出现什么样的结果呢?即使攻不下蓝桥,我还可以在冬季借冰河为路,掐断你的援兵之路。先贤曰,其有必救之军,则有必守之城,无必救之军,则无必守之城。援路既断,粮草辎重也就断了,到那时候,我不进攻了,我也不要你的城池营寨了,我的全部行动就是断你退路掐你生路,不用半年,你军将不战自乱。那时候你的所有的优势都将灰飞烟灭,你就会主动舍弃那些已经不是优势的优势,硬着头皮向我发动进攻。那样就好办了,你急我不急,你动我不动,我让你上天无路入地无门。

然后他又反过来把那棵树假设为自己,而将自己假设为司马卓。司马卓也从冥冥中走过来对树冷笑。巩羽啊巩羽,你也得意得太早了。你的那点花花肠子绕得了别人还能绕得了本人?你无非就是化直为迂转攻为守,你是想让我和你掉个个儿,你想避开我的六向合纵连横之势,依你画地为牢,扬你之长而显我之短。可是你就不想想,你的对手他不是个庸将啊。交手这些年了,你应该是了解我的啊。你能攻蓝桥,我就不能袭击你的西椁?你能以河道为路,我就不能依山涧设伏?你能藏于九地之下,我就能动于九天之上。你大军远来,一举一动莫不在我视野之内。那些瞒天过海移花接木之计,咱们从前都是用过的啊,不算什么新鲜玩意儿了。你有你的千条计,我有我的老主意。随便你怎样疑兵怎样诱敌,我就是按住我的六向合纵连横之势不动,看你能奈我何……

每每争论到激烈处,巩羽的心里就不由得升腾起一股无名之火,就想朝树上踢几脚。他自己的想象空间里运筹了无数条破敌之计,然而都纷纷被自己或者说是司马卓给无情地否定了。他觉得这种对话——同司马卓的心灵对话是一件既痛苦又痛快的事情。

是的,所有的计谋都有可能实现,但是这只是一种可能而绝不是全胜之策。在战争没有结束之前,全胜的把握是不存在的。兵者诡道,计谋再好,还必须由人来实现,而在实现过程中,战场情态瞬息变幻,全靠将帅临机处置。

有时候他又有些奇怪的亢奋,庆幸自己仍然是和司马卓对阵。高手之间的斗智是一种艺术,像是在一个很高的境界里俯瞰彼此共同的作品。

琵卢坡之役,虽然蒙辱惨败,但是他事后不禁为司马卓的丝丝入扣的示形杰作而暗暗叫绝,甚至包括那个装神弄鬼的哈欠,也让他不得不叹服司马卓用兵之精妙细微。在兵家历史上,那种仅靠匹夫之勇单打独斗你杀我戮的战争是屡见不鲜的,也是巩羽所十分鄙夷的。战争一旦成了赤裸裸的杀伐,就无疑是一种低级趣味。上品之将应该在临难决疑运谋造势上做出锦绣文章。这一点他巩羽努力了,司马卓也努力了。扪心自问,他们都曾经有过漂亮的手笔。而未来之役,将会是华彩篇章还是糟糠败笔呢?

斗转星移,巩羽就在这时而亢奋时而郁闷的思维对抗中精神抖擞地又度过了一个寒暑。

出乎意料的是,南蓼军第三年没有来,第四年没有来,第五年还是没有来。

巩羽在第五年的夏季又出山勘察了一遍,居然发现司马卓的军势有了很大的变化,似乎是十分用心地加强了东边的力量。

　　这个发现让巩羽吃惊不小。他不明不白地想,难道司马卓已经知道自己还活着吗?难道司马卓已经洞悉了他的心机了吗?他想司马卓确实知道他仍然活在世上,这是有可能的,他跟那个人太熟悉了,只要两个人都还没有被埋在黄泉之下,那么,即使相隔千里,彼此也能互相看见踪影闻出味道。

　　他于是又重新开始跟树对话,又开始琢磨第二套化势计策。很长时间过去了,故国的天空依然平庸一片,依然没有出征的迹象。

　　难道是朝廷发生什么变故了吗?难道是中帅彻底地心灰意冷从而放弃了劳民伤财的北征了吗?

　　思维进入到这一步,就有一种很沉重的东西在心里坠落。啊,五年了,他风餐露宿,在这几乎与世隔绝的原始莽林,同狼虫虎豹为伴,天床地被,跋山涉水,数次死里逃生,为的全是一次北征啊。

　　他想,这必然是他最后一次协助中帅北征了。无论胜负,他都将解下铠甲,回归故里。

　　在漫长的野生岁月里,除了同那棵不知名的老树谈兵论势,他想得最多的当然还是夫人华阳君和绕膝小儿云飞。

　　静坐露夜,仰观璀璨星斗,聆听莽林深处虫吟兽鸣,那份坚硬的激情便会化作如水的柔思,飘飘洒洒地飞回到故地的天空下面,飞回到温暖明亮的统制将军府中。哦,算起来,小儿已经不小了,也该十九岁了,不知中帅能否体恤部属袍泽最后的请求,是否将云飞纳入军中。倘若已经从戎,想必也成了一个剽悍骁勇的少年小将了吧。

忙里偷闲,巩羽从山里找到了一块色彩斑斓的翡翠,花了十几天的工夫,精雕细刻了一个玲珑美丽的女像——那是他心爱的夫人华阳君。

那尊亲自雕刻的夫人头像便成了他倾诉感情和孤独的唯一寄托。有时候他会在暗夜里听见头像上的夫人说,将军啊将军,别的统制将军们都回来了呀,怎么还不见你的踪影呢?难道你是要抛弃我们母子吗?

他就对头像喟然长叹,夫人啊夫人,我哪里是要抛弃你们母子呢,我每时每刻都在思念你们啊。我的梦中全是夫人和我的小儿云飞啊。

夫人就说,那你为什么还不回来呢?

他说我眼下没法回去,我是个败军之将,无颜回见夫人啊。

往往就是说到这里,便会传过来一声轻轻的叹息。

这样的叹息他以往经常能够听见,每次他出征的时候,夫人总是要彻夜不眠地陪着他,时而就会发出一两声轻轻的叹息,那种声音缥缈而又意味深长。夫人对他的那些建功立业的豪情既不赞许,也不冷漠。但是他知道,夫人的心里隐藏着深深的忧郁。

有一次他果然听见了夫人的头像深情地对他说,回来吧我的夫君,仗打败了,别的统制爷们也都回来了,并不只有你一个人是败军之将啊,你回来吧。

他说我跟他们是不一样的,我中计丢了琵卢坡啊。

夫人便说,那也不能全都怪你啊,先前你不是向中帅大人分析了弊端了吗,是中帅大人刚愎自用才从根本上导致战争的失败啊。再说,就算是败军之将又能怎么样呢,我和孩子都盼着你回来啊。回来吧,咱们别去当什么将军了,天大的功咱们也别去争了,咱们男耕女织过几天不用担心的平静日子吧。

他说夫人啊夫人,你那是妇人之见,你不知道男人的心啊,男人的血性就是要征服,就是要叱咤风云纵横天下啊。我是一个文韬武略的统制将军,怎么能甘心去过那种挑水浇园的平庸生活呢?那样的日子对于一个将军来说,与死何异呢?

在梦里,他和夫人说得振振有词,可是梦里醒来,却又往往心跳不已。

扪心自问,夫人描述的那种日子又有什么不好呢?自己如今又是多么渴望能够过上几天田园生活啊。啊,渴望,渴望总是在孤独的境界中益发强烈。那尊翡翠女像在他一次又一次的抚摸和凝视中,更加玲珑晶莹,即使在深深的暗夜里,他也似乎能够看得见夫人那端庄贤淑的面容,那略带忧郁的文静的微笑,听见那牵肠挂肚的叹息。他打算一旦回到故乡,这就是他送给夫人的唯一礼物。以往他是坚奉先贤为将准则的——将受命之日忘其家,张军宿野忘其亲,援枹而鼓忘其身。那时候闻鼓而进闻金则退,挥军陷阵别无他念。可是现在好像不太行了。飙菱砜上经年累月,蓦然回首,铁打的汉子也有被情融化成水的时候。这几年,他发觉他想家想妻子的次数越来越多了,他似乎已经变成了一个情种。啊,是的,是情种。他既是一个能够跃马挥戈的冷血将军,又是一个时常多愁善感的情种。

可是,这一切什么时候才能结束呢?

八

第一只猴子是从哪里来的,巩羽不知道。

到第二只猴子出现的时候,巩羽就弄清楚了。第二只猴子是从对面的阳泉山上过来的,是被第一只猴子引诱过来的。

巩羽将信将疑地记得这是他在飙菱砜上度过的第六个年头了。那两只猴子想必是在暗中观察了他很长时间,见他既无兵器,也没有捕猎,这才放心大胆地走过来同他亲近。它们为什么要舍弃厮守多年的家园而到这个阴霾沉重的是非之地呢?它们是因为寂寞才来同他这个陌生动物相依为命的吗?不知道。但是这两只猴子给他带来的慰藉是巨大的。

现在,他可以同皮笑肉不笑的猴子作生动的交谈,而不必去理会那些麻木呆板的老树了。

每天清晨,太阳从东边的山脊湿漉漉地爬上莽林的上空,山野里便升腾起大片大片如烟似浪的氤氲,林子里也就喧闹起来。玫瑰色的霞晖像是流淌的丝绸,斜斜地落下来,融会在正在拔节的草丛里。

这时候,巩羽和他的猴子们便浸泡在莺啼燕鸣的潮水里,静静地感受着上苍赐予他们的灿烂。

然后,巩羽就带领猴子们到山坡上采集椹果,开始了他们忙碌而又充实的劳作。这座奇妙的无人之境似乎为他们准备好了一切。那种柔软的薄厚可人的蒲草可以用来编织衣裳,那种紫红色的又咸又甜的椹果可以用来充饥。

日子过得有条不紊,并且有滋有味。

是在夏天的一个夜晚,巩羽被一阵凄厉的尖叫和划破夜暗的狼嚎惊醒。他操起削尖的木棒钻出山洞,发现洞口边上蜷曲着一只受伤的麂子,被狼咬断的右腿还在汩汩地向外流血。不远处,那只肇事行凶的母狼正睁着一双充满了战斗欲望的眼睛居心不良地看着它。

巩羽决定保护那只麂子,为了打发母狼,他将自己从山下岸边捡到的十几条干鱼悉数扔给了它。

他没有想到母狼接受了干鱼却并没有满足,反而贪得无厌地冲着他继续呜呜地鸣叫,十分无赖地进行暗示和威胁。

依巩羽的武艺,对付这只狼自然是庖丁解牛,但是他仅仅同狼对视了一阵,便以他凛然的气势和镇静将狼逼退了。

于是他又有了第三个伙伴。

那只美丽的麂子陪着他和猴子们度过了一个夏天,可是不知道为了什么,它的伤养好之后,竟然在一次出山的途中不辞而别。

麂子的离去让巩羽狠狠地伤心了几天,他的全部感情从此便集中在那两只猴子的身上。有了新鲜饱满的椹果,先要尽着猴子们享用。夜晚睡眠,要让猴子们睡在洞里而他守在洞外。他生怕猴子们也有一天会离他而去。他担心他受不了那种深不见底地老天荒的孤独。

猴子们委实帮了他很大的忙。再去勘察北蓼军的军势就由猴子引导,攀缘跳跃,爬树悠藤,逢山过山逢水过水,简直无所不能。

巩羽有时候就突发奇想,倘若把军卒们都训练得像猴子这样灵巧,该是一件何等不凡的事情。

继而又想,光是这样还不行,牲畜们都是各有所长的,而人是各种动物中的精品,军卒们又是精品中的极品。

一个受过严格训练的军卒应该是这样的——具有猴子般的敏捷、狐狸般的狡诈、兔子般的速度、醒虎般的勇猛、疯狗般的激情、饿狮般的凶残、水牛般的坚忍,当然还要有乌龟般的沉着……啊,他简直不敢再想下去了。军卒倘若真的能够全面具备上述牲畜的优势,那么他还是人吗？当然不是。那样他就无疑成了神仙或者魔鬼。一个将军如果指挥成千上万的神仙或者魔鬼,这个世界就再也不会安静了,混沌宇宙苍茫乾坤就只能任凭洪水猛兽恣意妄为了。

遇到疑难,他就要问猴子。

你们说,我这连环疑兵之策能够调动司马卓吗？我这野马分鬃之势能够破掉司马卓的六向合纵连横之势吗？

往往是一个猴子点头而另一个猴子摇头。

他相信猴子们是能够听得懂他的话的。相处日子久了,举手投足大家看在眼里,便会心有灵犀。

他又问,你们说说往后那一仗究竟应该怎样打才好,是计赚还是武攻？是谋胜还是兵胜？

往往又是一个猴子点头而另一个猴子摇头。

猴子们似乎莫衷一是。

猴子们对于运兵谋势不感兴趣。

神奇的事情发生在一个春天的清晨。

那天巩羽一觉苏醒,照例扛起竹筒准备下山汲水。就在他钻出洞口的那一瞬间,他被眼前的景象惊呆了。

啊,麂子,那个曾经受恩于他又有恩于他的美丽的动物,在不辞而别半年之后,又不期而至了。它不仅自己回来了,身后还跟着一大三小四只麂子。更加让人喜出望外的是,同来的还有两只山兔和一只蠓驴。蠓驴的背上背着一个很大的编篓,里面装着粟米、盐石,甚至还有一块燧石和燃纸。

那一时刻,巩羽幸福得快要眩晕过去了。这难道是从天上掉下来的吗?这难道是苍天有眼奖赏我的吗?

他把这些无言无语的山兽们安置在树棚里,带领猴子们去采集了许多椹果,再把果子装在竹筒里捣碎,掺进粟米,用水化点盐石放进去,打火烧烤。

很快,巨大的香味便漫山遍野地飘荡开来。

巩羽充满感激地给每个山兽都分了一节竹筒,并且帮助它们把竹筒劈开,主持这支特殊的军伍举行了一次隆重的庆筵。

在巩羽的记忆中,他这是第一次流过这么多的眼泪。眼泪和着烤熟的香饭一起弥漫,像是热热的温泉,从眼眶里汩汩涌出,悄然无息地消失在茂密的须发里。

关于这群山兽尤其是那只蠓驴的来历,巩羽做过许多推断。他想也许是一支商旅在翻越阳泉山或者陨娥山时走散的,后来同麂子们相遇,麂子出于感恩,便把它作为一份厚礼引了过来。也许是从西夷的某支羟军的辎重队里走出来的,也或许是阳泉山或者陨娥山中某一个殷实人家迁徙途中岔道流落于飙荽砜的。他甚至想到了司马卓。

司马卓倘若知道他巩羽留在飙荽砜,那么,给他派来一只蠓驴是完全有可能的,当然那就说不清楚是嘲讽是羞辱还是恩赐了。

蠓驴的来历成了一个能够无限启动思路的谜。后来他从蠓驴颈部的革圈上分析,这只蠓驴确凿无疑来自军旅而不是商贾。

他终于拥有了一个红红火火的家族。

觅食之余,他便指挥它们充当各路大军演练兵势。

根据能力大小,他把两只猴子任命为自己手下的营将,将四只麂子作为四路进攻的军队,用两只山兔和后来加入这个家族的三只黑羊演练司马卓的六向合纵连横阵势,而将蠓驴当作司马卓——他总是不明不白地把蠓驴和司马卓联系在一起。

他在山坡上选择了一块恰如其分的所在,反复观摩权衡。

有个晚上,他在猴子和麂子的颈脖子上系上皮绳,让它们把山下的一块巨冰拖上来备为食用。结果等了很长时间也没有拉回来。他到山下一看,不禁捧腹大笑。原来是两只猴子往上拽,两只麂子往东拖,还有另外两只麂子往西走。

他便训斥猴子,哎呀你们这两个蠢东西,你们是营将啊,你们要统率你们的军队结成集势啊,结成集势才能一势向前啊。你看你们这三路兵马,各唱各的调,各走各的道,这就成了散势,散势是最没有力量的。你们连这个道理都不懂,怎么能够当营将呢?我看还是把你们降下来,让你们当卒长吧。

猴子们像是听懂了他的话,龇牙咧嘴地做着怪相,表示了强烈的不满。就连麂子也似乎受到了莫大的委屈,一个个耷拉着脑袋,表现出心灰意冷的态度。

当他意识到山兽们果真能够听懂他的话时,心里不禁一阵着慌。

哦,天啦,山兽们都能听得懂我说的话,那我说的是什么话呢?难道是兽语吗?他赶紧又张开嘴巴说了几句:司马卓你等着吧,你的六向合纵连横阵势我已经有办法破了。你用的是滚刀辗转,我给你来个乱麻扯筋,让你锋钝刃崩。

他一边说一边用自己的耳朵倾听,确实还是人话。

可是他又不能相信自己的耳朵了。同山兽们耳鬓厮磨了许久,他觉得他也能够听得懂山兽们的言语了。譬如那只下山的麂子回来之后,就会依在他的腿边,眨一眨美丽的丹凤眼,嘴巴动几下,发出几声细细的呜呜声,那就是在说,将军你放心吧,我又回来了。还有那两只猴子,有时候会嬉皮笑脸地跑过来请安,向他指手画脚,叽里哇啦,那就是说,现在没有什么事情可以做了,咱们玩耍去也。

他惶惑地觉得他当真成了这些山兽中的一个成员,成了它们的部落首领。人间如今发生了一些什么事情,他是一点也不知道。但是他又知道,人间肯定已经发生了许多并且还正在发生着许多事情。人间的事情每个春秋都在发生着变化着。中帅以往挥师北征,歇息一年,筹集一年,到第三年头便拔营起寨。巩羽闹不明白,这一回怎么隔了这么长的时间。

他在心里无数次对中帅说,中帅大人,我在这里把什么都筹备好了,大军一到,胜利指日可待。可是你们为什么迟迟不来呢?你们是信不过我呢还是当真以为我已经死了呢?

九

出征的日子,是一个寒风呼啸的冬天。

没有太阳,没有雨雪。只有干硬的沙和粗糙的风从很远的地方旋过来,接踵掠抚着畿辅的阡陌,无孔不入地钻进阵列里。沙糁落在盔甲上,发出细碎的刺刺的响声。绵密的尘埃则不失时机地落在军卒们的脸上,粘在眉毛或者胡须上。时间久了,浩浩荡荡的阵列也就变成了灰蒙蒙的一片。

冷。寒冷像一面褴褛的旗帜,在风中装神弄鬼地发出极其刺耳的猎猎之声。新招募的军卒们心里便难免有些凄惶。此一去如发机弩,委实难说能不能再走一遭回头路。老军卒们则大多目不斜视神色庄重,一个个显出经多见广满不在乎的样子。这些老军卒的军龄多在十年以上,有些卒长、什长甚至已经在军中生活了二十几年,跟随中帅北征已经不是一次两次了。

远处有了动静。那是文武百官在为中帅和统制将军们饯行。

阵列是按照旌幡颜色分支排布的。京都畿辅十里古道像一条彩色的抖动的河流。竖在最前面的,是一面丈方折半的镶红嵌翠的巨幅旌幡,上面绣着斗大的黄字,那便是南蓼军的帅旗了。比帅旗略小寸幅的绿底红字的是先锋统制的将旗。往后又依次按照十路护卫统制的姓氏排列着十面蓝底红字旌旗,各旗号令两万人马。每名统制下面又分为十营。营将的号旗一律红底黑字。一营二十卒,一卒十什,一什二伍十丁。卒有三角小旗,什有长条旗带。这些大大小小五颜六色的旌幡,如同纹路清晰结构严谨的神经系统,丝丝入扣地提挈着二十万大军。

一切仪式都像以往出征那样按部就班,只有几个细心的老军卒发现一个奇怪的现象,那便是先锋统制的将旗上没有绣上姓氏——眼下,他们还不知道谁是他们的先锋统制。

新的北征大军较之十年前已经有很大的不同了,一个显著的特征是多了六十四名少年营将。他们全是南蓼军名将之后,他们是吸吮兵法韬略的奶水长大的。还是在当年北征再次无功而返之后,中帅痛定思痛,下了一个重大的决心,那就是在本国名将的后裔中选拔有志军旅的堪琢之器,组成一个专习谋略专攻武艺的官练营。六十四名血气方刚的贵族少年于是在纯粹的战争泉水的灌溉之下蓬勃地长大了。子承父业,而且大有青出于蓝的趋势,使中帅增添了不少信心。

现在,巩羽之子巩云飞就站在这雄壮的阵列之中。他也是从官练营里生长起来的出乎其类拔乎其萃的一棵战争的树苗。基于一种十分复杂的感情,中帅在他的身上投入的心血和对于他的厚望,几乎超过了官练营里的任何人。

作为一名号令千人的营将,巩云飞既没有被旌幡的河流淹没,也没有被军卒的浪潮举高。他恰到好处地伫立在中军第二营阵的前首位置上,平静地注视着远处萧瑟的原野和前方热烈的场面。而事实上,在平静的目光的遮掩下,他的另一双眼睛——心灵的眼睛已经穿越了活跃在这里的芸芸众生,触到了遥远的地方。啊,十年了,他在这戟槊如林、坚硬如铁的军旅长大了,他在中帅和统制将军们的呵护和训导下长出了庞然的身架和强大的膂力。

没有人告诉他他是一个败军之将的后代。

从父辈们断断续续的叙述中,他知道在千里之外有一座阳泉山和隈娥山,那里埋藏着许多惊心动魄的故事。军中的那些兵器已经被他操练得出神入化,谈兵论势已在心中咀嚼得炉火纯青。在操练场上,他单枪匹马可以力敌数人。纵马驰骋在畿辅的原野上,挥动丈八钢槊,迎着呼啸而来的狂风,他的胸腔会体会到巨大的快感。争斗的欲望随着出征日子的迫近,一天胜过一天地膨胀。

母亲说他将会成为一个英雄,横槊立马有八面威风,那股冲天的气概比当年他的父亲还要豪迈几分。

中帅和统制爷们都说,龙生龙凤生凤,老鼠的孩子会打洞。老的老了,北征大业就要看后辈们的了。老将军们都满怀热望,期冀他们的后辈为他们刷新北征屡战屡败的耻辱历史。于是,在这支即将出征的军队里,心情最为迫切最为激动的,自然要数六十四名少年营将了。

是啊,龙生龙凤生凤啊,一种血统的英雄观和天将降大任于将门之后的优越感以及神圣的使命感,无时不在冲撞着振奋着他们,使他们年轻的血管膨胀欲裂。

巩云飞的荣誉感丝毫不亚于任何一个少年营将。

那支溃退回来的残军里,没有人向他提起琵卢坡兵败的真相。中帅和统制爷们都对他讲,他的父亲是一个文武兼备的统制将军,在十年前的北征中还担任先锋,是战死的,死得很英勇很慷慨。于是,巩云飞又比别的少年营将们多了一分热望,他盼望早一点杀向那片山高林密的神奇的土地,即便壮烈战死,也给家族更添一颗辉煌的将星。

鼓声慷慨响起。最初的几声缓慢而沉闷,渐渐地加快了速度,一声声隆重地拔地而起,升腾在空中,在军卒们的心灵深处震撼翻卷。二十万双眼睛聚集在一起,聚集在那面于干硬的风沙里时卷时舒的巨大的帅旗上。

啊,它终于动摇了。这支军队的灵魂之旗,在人们的视野里荡漾着金色的光芒,召唤着远征的精神。顿时,所有的旌幡都升腾起来,像是一夜之间从地面生长出来的云霞,映照着森林一样茂盛的戟槊和铠甲。

潮水涌动了,离开了庄严肃穆的待发之地,沿着远征的河床,向前滚滚流动。

十

中帅伯约是在出征一个月之后的一个晚上单独召见巩云飞的。

此时十路兵马齐头并进,或通衢,或捷径,或日夜兼程,或昼伏夜行,已经离开京都千里之外,抵达南蓼北域别叠山下了。中帅传令沿别叠山安营扎寨,准备歇息至春暖花开,待斥候回报前方军情,再拔营起寨。

巩云飞进入中军大帐的时候,中帅正在面壁研读一幅绘在丝帛上的《阳泉山兵形军势详图》。

很长时间中帅没有回过身来,似乎已经进入无人之境,独自一个人面对一个巨大的空旷的世界。

伯约已经老了。衰老的不仅是他的年龄,更是他的锐气。想当年,这是一个何等英雄的将军啊,就是他挥兵荡平东西八夷,并且一次又一次力排众议,数次率领大军进行艰苦卓绝的北征。可是如今,在中帅的脸上,再也看不见昔日那种果决和凌厉的气势了,衰老的疲惫和屡战不胜的困惑,掩饰不住地堆积在他的目光中。

中帅似乎感受到身后那双年轻的眼睛的灼热了,他缓缓地回过头来,用一种复杂的眼神看了巩云飞一会儿,然后让他走到图前,问道:云飞小将,你知道这张兵形军势图的来历吗?

巩云飞的心中隐隐动了一下,回答说不知道。

中帅却没有接着这个话题再说下去。中帅说,自从南蓼建元以来,他这是第七次领兵北征了。每次出征的时候,他都只想着一件事,那就是胜利。可是,要实现胜利,又是一件多么不容易的事情啊。

巩云飞抬起头来,看见一缕黄昏的阳光从营帐的缝隙里斜斜地射过来,落在中帅那张饱经沧桑的脸上。从中帅微微悸动的肩膀上,巩云飞似乎听见了一种奇怪的声音,像是河流哗哗奔流的声音,从眼前这个有着历史的辉煌和现实威仪的身躯里溢出来。

他想中帅当真是老了,按说这样大的年纪是不应该再出征了,可是这个倔强的老头却是那样的奋不顾身,用了整整十年时间筹集粮饷辎重,招兵买马纳贤求将,出征之日在文武百官面前老泪纵横,声泪俱下地表示此次出征倘若再次无功,再不夺回阳泉山,他就不回来了,他要马革裹尸葬身败地。

哦,这个清廉而又寡欲的老头儿,他没有别的任何财产和兴趣,他的一生只做了一件事,那就是战争。他把北征夺回阳泉山看成是他毕生的最后一项事业,而且是一项神圣的事业——这种神圣像一颗坚定的种子,从中帅那棵巍峨的大树枝丫上落下来,深深地种进了巩云飞心灵的沟壑里。

大约就是从这个霞光荡漾的春天的傍晚,一位即将退出战争舞台的老将用他的伤感的情调震动了巩云飞,使他更进一步地领略到战争的事业对于一个将军的生命是何等的重要。

巩云飞越来越强烈地意识到,中帅用眼前这样的方式召见他,是意味深长的,很有可能是要告诉他一件十分重要的事情——随着年龄的增长,巩云飞总是无端地认为,在他的生命中,有一件十分重要的事情被周围的人们密封了,他总是隐隐约约地感觉到他的生活中存在着一个谜。他希望有人告诉他谜底。这个人也许只能是中帅。

果然,中帅以一种缥缈的声音开始诉说了。

中帅说,很多年以前,我们南蓼军里,曾经有过一位像你一样年轻的营将,他不仅骁勇无比,在沙场上不避矢石舍生忘死,而且聪颖过人,自幼熟读兵书,文韬武略都十分出色,深受主将和部属的爱戴。随着功勋的积累,他后来成为南蓼军中的一名独当一面的先锋统制将军。但是在此前的最后一次北征中,他却连续两次被对方将领诱骗失策,招致惨败,并且由于要塞沦陷,造成全线溃退,从根本上决定了北征的再次失败。这位统制将军不堪忍受奇耻大辱,跳崖自尽了。

巩云飞的心再一次剧烈地跳动起来。

这些年来,虽然人们都对他讲他的父亲是一位英雄,是壮烈战死在沙场上的,但是,他渴望知道父亲战死的每一个细节,他不止一次地对那次战役的背景刨根问底。而恰好在细节问题上,无论是母亲还是父辈将领们,总是闪烁其词,似乎是高深莫测,从而使他心中的疑问日益深沉。此刻,中帅的话似乎正在一步一步地接近他的那份痛苦的预感。

那位跳崖自尽的统制将军是我的父亲吗?

中帅没有马上回答,只是凝重地看了他一眼。

巩云飞明白了。一股热辣辣的烫血从他的骨髓里涌上来,涨红了他的脸。

如此说来,我的父亲他是因为战败才自尽的了。那么,他原来是一个败将啊。

中帅依然默不作声,重新转过身,久久地看着那幅《阳泉山兵形军势详图》。许久之后,中帅才转过身来,把自己浸泡在苍茫的暮色里,缓缓说道:啊,云飞小将,你提出了一个让人很难准确回答的问题。世界上没有绝对的常胜将军。一个将军的功过是非也不是一战两战就能盖棺论定的。也是在十年前,最后一次北征行将开始的时候,你的父亲向上进言,认为北蓼军防务造势诡奇,而且以逸待劳以静制动,以优势挟劣势。而本军劳师远征,粮草辎重运输遥远,不宜贸然进攻。而且本军进攻出发地隗娥山地势绵缓,无险可据。鉴此,他提出了一个以退为进的长远战略,后退一舍三十里,凭借别叠山之屏障,就地安民屯田,据险造势,与北蓼军形成长期对峙局面。在对峙的大前提下创造局部优势,不显山不露水地蚕食对方的要点,化全面强攻为点滴争夺,易一举突击为分期割据,积小胜为大胜。应该说,你父亲的这个设想委实是久谋之计。但是,由于他的统帅刚愎自用而且急欲成功,断然拒绝了你父亲的建议。统帅不容置疑地命令三军不惜一切代价争夺阳泉山,达到逼敌后退三十里的战略目的。你的父亲是在这个强硬的命令下面选择了琵卢坡,他是硬着头皮想从对方的软肋部撕开一个口子。但是他恰好被对方的将领司马卓算计了。你父亲同司马卓斗智斗了几十年,胜负都很平常,唯有这一次输得惨重。事实上,败军之将并不是你父亲一个人,甚至可以说,如果不是那位权倾朝野的军中统帅一味强调进攻,按照你父亲的战略构想,也许失败的就不是南蓼军。

那位拒绝接受我父亲建议的统帅是谁呢?

巩云飞差不多已经明白了,可他还是忍不住又问了一句。

中帅淡然一笑,算是回答了,然后看着巩云飞说,所以,本帅从来不认为你的父亲是一个败军之将,不仅如此,即使在整个南蓼军中,也没有人认为你的父亲是一个败军之将。这就是我们过去一直没有跟你细说的原因。而现在你已经成为一名营将了,在你即将开始挥戈上阵之前,我有责任把一切都告诉你。我要让你坚信不疑,你的父亲确实是一个英雄。你要以你的父亲为楷模。

可是……我的父亲他却蒙受败军之将的耻辱结束了他的生命。

巩云飞的心里倏然涌上一阵酸楚,差点儿就掉下了眼泪。

中帅轻轻地点了点头,又转过身去,反反复复地看那幅挂在壁上的兵形军势图,直到很长时间之后,才回过头来,十分肯定地说:云飞小将,你的父亲他没有死。

巩云飞心中一震,睁大了双眼,嘴巴动了动,半天没有说出话来,呆若木鸡地看着中帅。

中帅说,你过来。

然后,中帅指着《阳泉山兵形军势详图》上的一个地方对巩云飞说,据最后一个见到你父亲的公孙阳将军说,你的父亲是从这里跳下去的。这个地方开战之前我去过,这不是跳崖的最佳位置。再说,以本帅对你父亲的了解,假使他当真要自杀,他也不太可能选择跳崖这种婆婆妈妈的方式。为将之死,尤其是像你父亲这样征战了几十年的将军,更习惯于使用兵器。据我所知,你父亲是带着兵器跳下去的。这不符合他的性格。

可是……他为什么要制造身亡的假象呢?

是啊,是有点奇怪。不过,我倒是有点明白他的意思。他好像是要做一件很大的事情。在这件事情没有做成之前,他不希望我们打扰他。他想一个人留在那里。

他到底是想做什么事情呢?

中帅又沉默了,无言地凝视营帐外面越来越暗的暮色,似乎在倾听着什么,神情庄重而又虔诚。

这一瞬间巩云飞恍若梦中,心中悲喜交集。他多么希望中帅的推断是真的啊。他想,他的父亲既然能留在那里十个春秋,那是要下天大的决心的,他的父亲肯定会有一个气吞山河的宏伟计划,可那到底是什么呢?

中帅终于把答案告诉他了。中帅几乎是微笑着告诉他这个巨大的秘密的。啊,云飞小将,你的父亲他要干的事情,就是等待今天我南蓼北征大军的到来,他将把你把我把我们南蓼军带向最后胜利的道路。

巩云飞惊呆了。令他惊讶的不仅是事实的本身,更有中帅对于自己推断的自信。中帅的语调告诉他,这一切已经不是假设,而确凿无疑是真的了。

中帅大人,你……是说,我的父亲他当真还活着?可是……已经十个年头过去了,就算他当初没有死掉,可是这十年里他吃什么穿什么呢?山里还有那么多野兽……你说他能活下来吗?

中帅笑了——孩子,如果你的父亲本来就没有打算死去,那么他就一定能够活下来。一个将军如果不是战死在沙场上,那么别的敌人就很难击垮他。

啊,中帅,我现在应该做些什么呢?巩云飞感到周身的血液势不可当地澎湃起来。他恨不得插上一双翅膀,立即飞到某个地方。

果然,中帅下命令了——孩子,你看见那面未绣姓氏的先锋统制将旗了吗?那是你父亲的旗帜。带上它,去寻找你的父亲吧。

十一

一支由百人组成的轻骑军伍于夜幕中悄然离开中军大

帐,昼夜兼程,三天后赶到了飙荽砜下。

按照中帅的推断,巩云飞让军卒们首先找到了一条河流,然后便顺着河岸往东走。出发之前。中帅十分肯定地对巩云飞说,你将从河岸的某个地方发现攀登飙荽砜的捷径,你的父亲会为你引导路线的。

军卒们在山下寻找了许久,也找了许多地方。这里几乎嗅不到人类的气息。所有攀登的路都被密实的藤蔓封死了,所有空间几乎都被浓烈的陈腐的气息涨满了。仅仅半天,就有两个军卒晕倒在寻找的途中。

事后巩云飞也觉得蹊跷,已经走出很远了,他竟然神使鬼差地又回过头来,就这么蓦然回头一望,那枚娇艳欲滴的椹果便旗帜鲜明地出现在他的视野里。他的心脏立即就像被巨大的希望之手狠狠地揪了一下,膨胀出一阵幸福的眩晕。

那枚椹果不是长在枝头上,也不是落在树下,而是半隐半现地闪烁在山下的荆棘石坎上,像一滴凝固的血珠。

巩云飞没有多想便带领军卒们返了回去。

只在瞬间,巩云飞便证实了,他的父亲果然还活着。这枚红色的椹果就是父亲为他点燃的烛火,将照亮他的前行之路。他弯下腰去,小心翼翼地捡起椹果,手心倏然一阵战栗。哦,这颗晶莹剔透的果子,多么像一颗心脏在他的掌中悸动,向他诉说着这远离人间的洪荒莽林里,那些顽强的生命们不屈不挠的光荣历史和灿烂的梦想。

泪水迅速地溢满了巩云飞的双眼。他仿佛看见一片辽阔的疆域,金戈闪烁铁马奔突,天上云卷云舒,地下刀光剑影。一位铠甲庄重的将军手执丈二钢槊,迎着呼啸而来的风沙,纵横驰骋于战争的河面上。他又似乎看见飓风起处,一匹剽悍的骏马扬起四蹄腾空而起,悠然飞向绵厚的云端。将落未落的夕阳在山脊上跳跃,玫瑰色的湖面波浪翻滚。将军巍峨的身影被投放在潮水般的天幕上,远处传来一阵悠扬的琴声……

巩云飞挥手驱散了眼前的氤氲,转身面向翠绿葳蕤的飙荽砜。

军卒们很快又从前方找到一颗椹果。

再往前又有一颗。

于是,这支年轻的军伍便沿着一条由红色椹果串起来的山涧捷径,弯弯曲曲地走进了阴森潮湿的山腹。

他们最初进入的是一个冬天,那里冰雪覆盖。在皑皑白雪之上,不断出现的椹果仍然不避风寒地鲜艳着闪烁着。于是他们并没有花费太大的力气便超越了冬季,尺尺寸寸地走进了春天。

从高耸入云的古木的叶梢上看出去,年轻的军卒们被一个前所未见的景象震撼得目瞪口呆。在他们的经历中,还从来没有见到过如此纯洁的天空,那片一尘不染的蓝色像一叶柔软的丝绸,轻轻地抚摸他们心中那块正在开花的地方。于是,他们在一瞬间感到有些眼花缭乱,脚下的步伐又变得轻飘欲飞。他们是踩着盎然的春意走进一个崭新境界的。

上了一段陡坡,再走一段平地,前方的景色又像湖水一样将军卒们的眼睛擦拭一新。那儿已经是更加纯粹的春天了。山坡上的一块平缓的坝地上,不见了参天的古树,无垠的花海如同一片落在地面的天空,满地都是跳跃的星星。蓬勃的芬芳汇成一条温热的河流,在山林之间和军卒的身边荡漾弥漫。

巩云飞倏然从心底升起一丝异样的感觉。他在这一刻惶惑了,他无法确定他到这里来是为了寻找他的父亲还是为了寻找一场战争。他现在已经被引导到一个远离人间的高处,一个远离了世俗纷争清澈透明的境界了。

可是,父亲他怎么会居住在这里呢?

在巩云飞的想象里,父亲似乎应该生活在一个肃穆和艰苦的地方,或者应该在一个可以布势运谋的地方……当然,那里究竟是个什么样子,他也很难说清楚,但是他却无端地认为,不管怎样讲,一场生离死别的骨肉重逢在即,一场蓄谋十年的大战即将拉开帷幕,父亲出现的地方,至少应该能够看见一件兵器啊。

十二

巩云飞和他的军卒们是在后响走进那块地方的。

那里已经是鲜花之海的岸边了。那是一片嫩芽初绽的果园,顶上飘荡着如梦似幻的阳光。阳光的下面是一群形态各异的生命。几只华丽的麂子正用漂亮的眼睛奇怪地打量着这群闯进家园的不速之客,并且频频回头去用目光询问它们的主人——在这个由山兽组成的庞大家族的中央,端端正正地坐着一位身着苇蓑的独眼老者。

老者纹丝不动,唯一的右眼射出的光束从深厚的毛发里透出来，像一团朦胧的沉雾，溅落在巩云飞的面前。

巩云飞无法透视独眼老者的意思。使他感到安慰的是独眼老者身边匍匐的几只膀大腰圆的丹阳虎，丝毫没有流露出威慑的意思，反而用一种安详而友好的态度向远道而来的客人注目行礼。

在丹阳虎的外围，还有几只西皋狼和蠓驴。这些山兽都似乎不大关心眼前将要发生的事情，仍然我行我素磨皮蹭痒地晒太阳打哈欠。

巩云飞向身后挥了挥手，军卒们便疾步跟了上去。在快要进入果园的时候，冷不防从旁边的树丛里传出尖厉的一声嘶鸣，接着就有一条尺把粗花里胡哨的蟒蛇从天而降，十分霸道地横在军卒们的前面。

军卒们骇然而退。

巩云飞站着没动，想了一会儿从腰间抽出自己的佩剑。这时候他听见了一声浑厚的咳嗽，然后就有一句含糊而有力的话——

来者通名报姓。

巩云飞昂首回答——南蓼军先锋统制巩羽将军之子、第八路营将巩云飞。

噢——一声轻哦从独眼老者的胡须里不冷不热地飞过来，像一盆冰凉的河水迎面泼来，几乎浇灭了巩云飞的满腔热望。

没有出现他所预想的那种大喜大悲的场面，更没有飞泪倾盆抱头大恸的骨肉重逢仪式，只有独眼老者这一声漫不经心的轻哦，表示他知道来者是谁了。

将军不避猛兽毒瘴,来到这人迹罕至的深山僻壤,是要做什么事情呢?

小将寻找我的父亲、南蓼先锋统制巩羽将军。

独眼老者又哦了一声,抖动了一下胡须,像是微微一笑,说,据我所知,你的父亲已经死了。

巩云飞怔了一下,集中目光仔细地看了独眼老者几眼,朗声说道:我的父亲十年前兵败琶卢坡,导致全军溃退。父亲引为奇耻大辱,跳崖自尽。但我中帅大人熟知父将秉性,推论父将仍在人间,必定隐没于昔日交战之地,潜心侦悉北蓼军势,运筹出奇方略。如今我南蓼中帅伯约大人提二十万虎狼之师,进行第八次北征。特命小将前来寻父,请回军中,重振一代名将雄风,报仇雪耻。先生您……

啊——独眼老者伸出胳膊挥了挥手,挡住了巩云飞的话。那条忠于职责的蟒蛇也像是接受了调遣,原地噼里啪啦地翻了几滚,以极快的速度钻进了丛林。

小将军不必费心了。你的父亲他当真是死了。他当初跳崖的时候的确没有死掉,也确实像小将军说的那样,他历尽数年悉心揣摩北蓼军势,誓以残生微力报兵败之辱。可是他最终还是离开了人间。他在三年前殁于疾病。

巩云飞心中大疑,颤声问道:那么,先生你是什么人?

我是西域兽王。

独眼老者依然平静如水,又说,我也是最后一个见到你父亲的人。

他指着山兽们说,三年前这些可怜的孩子们遭到西羟猎王的捕杀,我带着它们逃到了这座山下。我们是在河边看见你父亲的。那时候他已经被疾病彻底地打垮了,连喝水的力气都没有了。我喂他喝水,也喂他服用兽药,他才又多活了两个多月。他向我讲述了他所经历的战争,讲述了他的功勋和遗憾,也讲述了你和你的母亲。他已经预计到你会到来,所以他委托我在这里等待。让我向你转告并且请你呈报贵军中帅大人,依你父亲将近八年的勘探和揣摩,发现北蓼军势年年更新,边寨城池联势成网。贵军远道而来,师老日久很难取胜。令尊留下遗书一封在此,嘱小将军来日持此书去北蓼军中会见北蓼先锋统制司马卓,他见到此书必然同意议和,两家从此平息干戈,永世交好,使社稷得以风调雨顺,百姓得以安居乐业。

巩云飞对独眼老者的话将信将疑,觉得很不对劲儿,呆呆地想了好大一会儿才说,先生之言恐怕未必出自父将之口。我巩家世代为将,功勋卓著,断不至于长他人威风灭自己志气。至于议和,更不是父将的性格。先生所言有诈,我是不会相信的。

独眼老者不卑不亢地说,小将军难道没有听说过,人之将死,其言亦善。你父亲正是在将死未死之际幡然醒悟。许多年来你征我伐,劳民伤财,草菅人命,彼此又得到了什么呢?不过是寸土之争。战争战争,战为利争。可是利益之争也并非唯一只有杀伐一条途径可以达到目的。

巩云飞说,先生莫非是北蓼军派来的奸细,专门在此惑我军心吗?我可以明确告诉先生,我南蓼军十年一战,志在必胜。走出山外你就会看见,我二十万大军漫山遍野,如泰山压顶,势必要荡平北蓼营寨夺回阳泉要塞,岂有不战而退之理。

巩云飞又一次看见独眼老者笑了,并且向他招了招手说,你过来,到我身边来。

巩云飞便凛然走了过去。

独眼老者用他唯一的眼睛尖锐地注视了一会儿巩云飞,一本正经地问道:小将军你敢断言此次北征必胜?

巩云飞慨然答道:小将不胜则死。

独眼老者击掌叹道,果然是将门之后,不负盛名。将军之所以这样说,看来是很有把握了。我且问你,小将军知道北蓼军等待你们的是什么阵势吗?

巩云飞说,不过是六向合纵连横之势。我军中帅大人对此深有研究。

此役若是由小将军来调度,小将军能够拿出什么样的高明计策呢?

巩云飞自信地说,小将也曾经研读过北蓼军的《阳泉山兵形军势详图》。据我所见,那种阵势虽然严密,但是他毕竟兵力有限。本军势大,上有十员久经沙场的统制上将,下有六十四名将门虎子,都是力敌万夫的好汉。我看也用不着太费心思。决战之日,本军大兵掩进,分路挑战强攻,胜利指日可待。

独眼老者不易察觉地耸动了一下胡须,然后说,小将军年轻骁勇,血气方刚。可是,为将之道仅有敢死盛气还是远远不够的啊。在你还没有来到这个世界之前,你的父亲也曾经数次宣称不胜则死马革裹尸之类的豪言壮语。匹夫之勇不可取啊。我听你父亲说,他十八岁时重武轻谋,二十岁重谋轻武,二十五岁文武并重。为了运筹兵势阵局,他熬干了心血,可是后来还是输给了司马卓。为将之道贵在任智而不恃力。古人云,胜兵先胜而后求战,败兵先战而后求胜。良将用兵未战而妙算胜。听小将军方才一席话,似乎恃力多于任智。这说明将军既没有准确地料算敌我军势,也没有奇策良谋,仅凭一腔热血抱拼死决心,其实这里面又有很大的投机侥幸心理。恕老夫直言,天地人三势可以说一无所知,尚未开战,已经先败了。而司马卓老谋深算,别说小将军,就是贵军中帅和令尊巩羽将军也不是对手。我劝将军三思而——退。

巩云飞的脸涨红了,愤愤然说,先生之言,未免过于抬举司马卓了吧。先生久居深山,与山兽为伍,竟然深谙军势,使本将深以为奇。莫非先生同司马卓是故交吗?

独眼老者照旧不愠不火,坦然说道:小将军言中了,老夫早年确实同司马卓打过交道,对他的底细略知一二。此人自幼天资过人,到如今已领兵为将数十年,治军严谨,心机城府极深。且看阳泉山防御布势,绝山依谷布势,六向合纵连横之势浑然天成。争端一旦开启,攻者纵然百万大军,但是进至阳泉山下便无法施展,势将化作细水流沙,点点滴滴渗入北蓼军六向合纵连横之势中,就好比六条长蛇钻进竹筒,击其首则尾不能顾,击其尾则首不能顾,击其中段则首尾不能相顾。如此,焉有不败之理。

巩云飞强压一股暴戾之气,狠狠地看着独眼老者说:小将听说兵无常形地无常势。今天看先生的意思,司马卓就是料事如神无所不能的运谋圣贤了。本军就毫无获胜的可能了吗?

独眼老者没有马上回答。独眼老者抬头看了看天,又低下头去看了看地。在巩云飞的感觉中,像是度过了漫长的岁月。漫长的岁月过去之后,独眼老者才转过身来,用一种极其复杂的眼神看着巩云飞,缓缓说道:是啊,小将军说得对啊,兵无常形,地无常势,贵在人谋。可是人谋又谈何容易啊,谋天易而谋人难。纵观古今,战事纷争,奇谋绝略层出不穷浩瀚如海,英雄辈出将星如林。而这一切,都是建立在一个同样的基础上。

巩云飞没有作声。他一时还琢磨不透独眼老者是个什么意思。

你读过《孙子兵法》吗?独眼老者突然问道。

读过。我可以倒背如流。巩云飞毫不含糊地回答。

一本洋洋大观的《孙子兵法》实际上只说了一句话。你知道是哪一句吗?

巩云飞惶惑了,不安地回答……不知道。

那我告诉你。孙子说,以最小的代价取得最大的胜利。我再问你,什么样的胜利才是最大的胜利?

巩云飞想了一会儿,把握不大地说,最大的胜利应该是彻底击败对手,得到应该得到的一切。

独眼老者沉默。

十三

一场并非势均力敌的战争是在巩云飞的提议下进行的。

巩云飞实在不能忍受独眼老者三番五次如此这般的教训了。那是在口舌进行到将近半个时辰之后,独眼老者闭目神思的一瞬间,巩云飞突然愤怒地提高嗓门说道:先生今日说来说去,无非是想说本军此战必败,委实让人不能接受。先生敢跟我打赌吗?

独眼老者的眼睛亮亮地睁开了,笑呵呵地问:赌什么?

赌我南蓼军此次北征之成败。成,则先生掌嘴认输,以谢对本军贬低之罪。败,则小将将头颅献于先生膝下,以谢有眼不识泰山之罪。

独眼老者好像来了兴趣,哈哈一笑,然后说,小将军不必下这么大的赌注。我看我们两个人还是小赌一把为好。如果小将军赌输了,就请回去呈见伯约中帅,建议退兵休战。

巩云飞直直地看着独眼老者,紧紧追问:倘若我赢了,先生输什么?

独眼老者说:你不会赢的。

巩云飞站着不动,仍然执拗地问:假设我赢了,先生给我什么?

独眼老者动须一笑说:倘若小将军赌赢了,老夫即刻随你下山,助将军与司马匹夫决一死战。

巩云飞大喜过望,抽剑叫道:君子一言,驷马难追。

然后就开赌。

独眼老者取出一枚椹果亮在手中,让巩云飞看个清楚,再背在身后变动,须臾伸出拳头让巩云飞猜测椹果攥在左手还是右手。

第一次巩云飞见独眼老者左拳大而右拳小,认为老者玩的是虚而实之的把戏,便猜了右拳。结果没有猜中——老者是实而实之。

第二次巩云飞见老者仍然是左拳大而右拳小,心里嘀咕,他以为我要变,我偏偏不变。于是再猜右拳——不幸的是又没有猜中。

第三次老者伸出来的依然是左拳大而右拳小,巩云飞心想事可一而再不可再而三,咬紧牙关又猜右拳——仍然扑空。

到了第四次,巩云飞低下头琢磨了半个时辰,狠狠咽了一口晦气,盘算独眼老者你总不至于一条黑道走到底,最后决定还是再猜右手。

独眼老者哈哈大笑摊开掌心——空空如也。

巩云飞深知自己是无法同这个独眼老者算计心机的。斗智显然毫无取胜可能,于是改变策略,连想也不想了,第五次猜了左手,第六次猜了右手,第七次再猜右手,第八次第九次均猜测左手。如此反复十次,最后一次他猜中了。可他分明知道,这一次是独眼老者给他的面子。

巩云飞心中十分惶惑,脸上却不服气,嘴里叽叽咕咕,不知道说了些什么。

独眼老者一目了然,笑了笑说:老夫所谋之势将军不能破,将军谋势我破如何?

巩云飞欣然应允。于是将椹果托在自己掌心,在身后动作了一番,伸出拳头,且看老者的那只独眼是否火眼金睛。

独眼老者微眯独眼,忘我忘物静坐片刻之后,将独眼缓缓地睁开了,爽朗一笑说,小将军到底是将门之后,运势权谋不拘泥于常法。可是,话又说回来了,你的这点子雕虫小技怎么能蒙蔽老夫呢。老夫断言,棋果既不在左手,也不在右手。将军欺我了。

巩云飞大惊,窘迫地摊开两只手,的确是空荡如洗。不禁红着脸低下头说,先生料事如神,小将五体投地。恳乞教诲。

独眼老者绝不谦虚,悠然说道,运兵遣势,看起来变幻无穷,说起来又似乎很简单,无非是虚实正反大小多少高低,非此即彼非胜即负。比如你我之小赌,先前你谋势我破势,第一招我料定在彼此不谙心机的前提下,你只能以己之心度我之腹,你认为我必定有诈,可是我偏偏无诈,实而实之无为而为。从这一个回合开始,往后你的心路就在老夫的把握之中了。你料定我不敢一条路走到底,可是我偏偏一条路走到底。谋势破阵,贵在用奇,往往是在最不可能的地方存在着最大的可能,你认为我最不敢做的事情我偏偏要做。心算,你是算不过老夫的。至于你谋势老夫来破,情形又不一样了。先前你是屡战不胜,心里先怯三分,深知谋不过老夫,只要有势,就逃不出老夫的洞悉。说到底兵者诡道也,于是你念头一闪,决定用诈欺我。我说得对吗?

巩云飞恭恭敬敬地鞠了一躬,心悦诚服地说,老先生明察秋毫,所言句句金石字字珠玑。

那么,你我之赌胜负已见分晓,小将军应该依约回到军中,力劝伯约中帅退兵休战。

巩云飞默然不语。

怎么,小将军反悔了,不肯践约?

小将认输。可是小将寻父未见,疑点甚多,请先生指点迷津。

有话请讲。

巩云飞站起身来,慢慢地后退几步,再站稳,然后一丝不苟地注视着独眼老者,决不放过老者脸上的任何一丝表情。

小将只问一个问题——先生你到底是谁?

独眼老者沉默片刻之后动须一笑——你希望我是谁?

巩云飞定定地看着独眼老者,一股烫热的血突然从身体内部某个层面喷涌而出,将一副年轻的骨骼淬出了咔咔嚓嚓的裂碎的声音。

他看见独眼老者也似乎战栗起来,终于,他看清楚了,一颗——一颗巨大的透明的泪滴从老者的独眼里涌出来,爬过旺盛密实的须发,挂在胸前的苇蓑上,在那里等待,在那里聚积,在那里汇合成一颗滚动的太阳,然后隆重地溅落在身下的草丛中。

巩云飞不由自主地跪下了,泪流满面地伏地大恸——父亲啊父亲,你就是我的父亲啊……

一名军卒跃上高坎,挥手一扬,一面巨大的先锋将旗顿时舒展开来,在空中猎猎作响,斗大的巩字像一团跳跃的火焰,在和煦的春风里亮亮地颤动。

独眼老者终于站起身来,离开了久坐不离的那张槿藤交椅,走到巩云飞的面前平静地说,是的,我是你的父亲。起来吧我的孩子。

十四

南蓼二十万大军抵达飙菱砜的时候,已经是热气腾腾的夏天了。巩羽重新穿上了铠甲,佩上了一把崭新的青铜宝剑。

一切记忆都复苏了,巩羽感觉到这十年突然一下子变得十分短暂,好像就在昨天。感觉到是昨天他还在挥戈跃马纵横奔突,打完那一仗,他太疲惫了,于是睡了长长的一觉。一觉醒来,军卒们又聚拢了,又在他的麾下听命,等待他带领他们去和司马匹夫拼个昏天黑地。

唯一感到不习惯的是骑马。

马是好马,高大剽悍,色如重枣,嘶鸣如雷,可以凌空飞越数丈溪涧。这样的好马放在先前,巩羽会十分得意的。现在不行了,现在骑在马背上甚至觉得不大稳当。于是恍然,十年毕竟不是一夜。

同中帅会面,场面也很稀松。中帅老远就翻身下马,扑过来已经是老泪纵横。巩羽反而一时不知所措了,不知道应该跪下请罪还是应该站着请战。中帅没有等他跪下便紧紧地把他搂住了。

中帅哭得一时说不出话来。还是巩羽先稳住了阵脚。巩羽说,败军之将,苟且残生,愧见大人啊。

中帅唏嘘了一阵,实实在在地掏出了肺腑。中帅说,话不能这么讲啊。当年倘若不是本帅一意孤行,未采纳将军的远谋久战之策,也不至于兵败如秋风落叶,连累将军蒙耻受苦……这下好了,有将军十年一计,此番北征稳操胜券。

巩羽默然片刻问道,中帅说的胜利,是要达到什么目的?

中帅说,收复阳泉山,是我南蓼军将士数十年的夙愿啊。

巩羽笑了:司马匹夫却也叫嚣要收复隗娥山呢。地域之争,并非天定。阳泉山也好,隗娥山也罢,在我看来都不是兵家必争必守之地。

中帅顿时嗟呀不已——阳泉山一方天险,乃我南蓼重要屏障,将军曾经为此出生入死,如今却为何如此蔑视?

巩羽笑了笑说,既然中帅大人以阳泉山之得失为此次北征之胜负,那就好办了。末将愿意仍为前部先锋,无须中帅劳心,定让北蓼军后退一舍三十里。

中帅喜出望外,抖动一双老手捧着巩羽的胳膊,热泪潇潇地说,如此好极,如此老夫死能瞑目矣。

然后就安营扎寨谋势布阵。并且派人到北蓼军中下了战书,约定十日后在琵卢坡下列阵开战。

此后的十天,巩羽就很悠闲。有时候也到军中看看兵器士气,同少年营将们谈兵论势。只是在后辈们问及用何计破敌六向合纵连横之势时,巩羽却始终是笑而不答,一副天机不可泄露的样子。

预定开战的日子来到了。巩羽向中帅提出,鉴于这是在阳泉山下的最后一战,全部阵势必须由他调度指挥。遣兵谋势,别人不得干涉。

这个要求中帅毫不犹豫地应允了。

巩羽又提出,他一旦将北蓼军打退阳泉山,让其在一舍也就是三十里之外下寨,此次北征就达到了胜利的目的,可以班师回朝了。

伯约对这个问题迟疑了一下,但是最终也同意了。

再往后,巩羽就提出来,挑选一千名年过而立的老军卒,带上鼓乐筑弦,跟随他到琵卢坡山下列阵。其余二十万兵马驻扎隗娥山下不动,伍长什长卒长可以登山观战。

中帅的心里终于忐忑起来。二十万大军弃之不用,只要千把名年事已高的老军卒,不拿兵器却带鼓乐筑弦,并且让卒长以下的军官们脱离军伍去观战,这仗打得既冒险又蹊跷。

尽管心存疑惑,但是中帅还是咬紧牙关同意了。中帅和营将们跟着巩羽到了琵卢坡山下,北蓼军的阵势果然已经布好,旌幡如潮戟槊似林,排列密实森严壁垒。先锋统制司马卓全副披挂,骑着一匹高大的白色骏马,手执一柄方天画戟,威风凛凛赫然立于城下。

巩羽一马当先驰至阵前,率先叫阵挑战——司马匹夫,久居我阳泉山不还,是谓逆天而行。今我南蓼军提雄兵五十万,势若猛虎驱羊。你那六向合纵连横之势在我看来不过土扎篱笆,不堪一击。识时务者为俊杰,为你数万生灵不受涂炭,还是早早下马投降吧,本先锋免你一死。

这边话音才落,那边骂声便起——巩羽匹夫老贼,乃我手下败将,一败再败,尚且厚颜混迹于军中,可谓恬不知耻。你号称五十万大军又能怎样,兵来将挡,我有六向合纵连横之势,进能攻退能守,辗转剔抉变幻莫测。你纵然提兵百万又能奈我何?念你也算一条军中好汉,今日免你一死。劝你速速引兵退去,免得自找没趣。

司马卓骂完哈哈大笑。巩羽身边的巩云飞勃然大怒,暗暗将飞镖擎出,咬牙切齿地说,老贼狂妄至极,是可忍孰不可忍,看我牛刀小试,先废了老贼再说。

巩羽脸皮一绷,回头喝道:休得胡来! 你父亲出阵,从来不用暗器伤人。然后掉转马头,又向对方阵列骂道:司马匹夫,你那六向合纵连横之势,本先锋已经有计破了。

司马卓大笑:六向合纵连横之势,乃本人积前贤用兵任势之精华,借阳泉山天赐之险峻,天人合一,兵地合一,浑然圆滑,辗转起伏。别说破势,单凭我一线城寨你就难于逾越。

巩羽笑道:匹夫之势虽然严密,但岂不闻兵无常形,兵形似水,似水则流,流则变通。本先锋不仅有了破势之策,而且不止一策。本先锋如今跟你讲实话,我的一策是出阢炀下三元,以迂为直,五万重兵在此与你对峙,五万重兵断你三元援救咽喉要道。另集十数万大军远途奔袭阢炀,掐你粮草。久而久之,你军内无粮草,外无救兵,必然不战自乱。

司马卓在马上鞭指南蓼军阵,哧哧讥笑——计是好计,可是你长途迂回,师老兵疲,加之辎重不济,我看你此计难成,乃是画饼之计。

巩羽不动声色,微微一笑说,本先锋的二策是联西羟出陇右,沿阳关箐出奇兵,抄你腹背,在阳泉山阴面与你交战。到那时你的全部优势就变成了劣势。本军不仅收复阳泉山,而且可以占据你圭耆一线。那样,老兄你就败惨了。

叫阵叫到这里,才算真正进入到实质阶段。

巩羽漫不经心地道明他破势的二策之后,司马卓的神色似乎有些异样,但是他很快就将一丝不易察觉的惊慌掩饰住了,不惊不乍地讥笑道:巩羽匹夫不要得意太早。你的算计不错,可惜阳关天堑你无法逾越。这仍然是空计一条。

巩羽嘿嘿一笑说:司马匹夫有眼无珠。本先锋在飘荽砜揣摩十年,早已探悉阳关左山有山兽捷径可通圭化。只要我出兵峡塞,轻取阳关,就可对阳泉山形成席卷之势。你纵有三头六臂,也挽救不了颓势。

远远地,巩云飞看见司马卓在马背上猝然回首,像是向身后的副将们询问什么。巩云飞再一次掂了掂手中的方天画戟,心想父亲大人果真胸有成竹,也许司马匹夫当真会不战自退,说不定这柄崭新的方天画戟还是派不上用场,那就太没有面子了。

巩云飞正在遗憾,对阵又传过来一阵朗朗的笑声。司马卓仍然趾高气扬,疯疯癫癫地嚷嚷,巩羽匹夫,你果真还是捏住了我的七寸。就算你真敢依此策遣兵,可是你已经点破了,我岂能坐以待毙?我只消派遣五千兵马掐住峡塞,扼守圭化,你这高明一计也就化作泡影了。

巩羽笑道,司马匹夫,十年不见,你竟然变得如此低能。本先锋既然已经点破,那就是弃此计而不用,势必另有绝招。今日阵前我不说破,但今日之后我把我的一切招数都告诉你,让你败得明白,输得清楚。

司马卓尽管气势依然昂首挺胸,但是话语却在不知不觉中软了下来——巩羽匹夫休出狂言。我的阵势并不拘泥于定法,而是随时动静机变。你纵然是孙吴再世,在我的阳泉山下,也只能依势任势。战争开阖,机变调度,以变应变,以变应不变,以不变应变,以不变应不变,全在将帅因势利导。我是不会一棵树上吊死的。

巩羽知道司马卓心中已经开始发虚,便不再奚落,在马背上向司马卓轻轻地挥了挥手,换了一种温和的语调说,司马卓将军,老夫今日叫阵,并非要给你好看,而是另有肺腑之言相告。你我两军交战经年,师老兵疲国力损耗。君不闻前人云,十年干戈天地老,四海沧桑痛苦深,两军之争,仅仅只为一山之地,二十年来双方死伤几近百万。以百万人之生命争此恶水穷山,委实得不偿失。但是站在别处说话,你我各自负有使命,各为其主,又不得不战。如今情势显然,你的阵势虽然得天独厚,但本军谋在必破。优势既破,阳泉山对于两军都变成了毫无战略意义的荒凉庸地。为了将军和北蓼军卒的生存安危,请将军引兵退出阳泉山。

巩羽的语调是委婉的,但是话中的意思却是强硬的,不容置疑的。

司马卓说,简直岂有此理。你我两军尚未开战,我为什么不战自退?你凭什么不退出隗娥山?

巩羽说,我这是为你着想。实言相告,我大军已经部署完毕,各自依计而行。是战是和,既取决于我的决心,也取决于你的态度。只要我一声号令,你数万人马就不复存在了。为了帮助将军抉择,请你先看一看我的破势之策,然后再作计较。

说完,向身后挥了挥手,立刻便有一只猴子从老军卒的身边跳出来,屁颠儿颠儿地向对阵跑了过去。

司马卓说,既然巩羽将军如此自信,且容我潜心研习将军妙计。三日后回话。

十五

自从巩羽将破势之谋送到北蓼军中之后,中帅伯约便开始了紧锣密鼓的准备。可是这种准备又显得漫无边际。

没有人知道那只猴子给司马卓送去的到底是个什么东西。也没有人知道这个仗最后将会怎样进行下去。分离十年,巩羽同故人统制将军们重逢,自然亲切有加,然而又奇怪得很,将军们在一起,酒是可以大碗地饮,肉是可以大块地吃,可是大家不约而同地绝口不提何计破敌。弄得巩云飞等一帮子少年营将莫名其妙地多了很多困惑。

三天过去了。北蓼军中派人送来司马卓给巩羽的信函。巩羽打开信札,只有一张素帛,连一个字也没有。巩羽便对中帅说,司马卓还没有权衡成熟,恳求延缓三天回话。

又是三天过去,司马卓又送来一件信函,又是一张素帛,依然了无只字。巩羽又向中帅报说司马卓还是没有拿定主意,还要延缓三天。

天气一天天热了起来,转眼就进入了盛夏。闷燥的气息日益浓重地笼罩在两山之间。中帅有点坐立不安,埋怨巩羽耗费了十年心血,老命都差点儿搭了进去,才寻找到一条破敌之计,结果又明着跟司马卓交了底。司马卓一拖再拖,想必正在暗中紧急行动。一旦让人家成功地谋划出对策,那就前功尽弃,阳泉山的收复之梦也就更加缥缈遥远了。

巩羽听了伯约的埋怨,并不解释,只是笑笑,说不会的。即便明着跟他说我怎么打他,他也没有办法。我看他的确是没有想好。对于一个将军来说,尤其是对于司马卓这样的将军来说,不战自退是一件性命攸关的事情,是需要下很大的决心的,要容人家多想一想。

第三个三天过去之后,司马卓果然派人过来传话,表示愿意退出阳泉山,在三十里外的葵花峦一线下寨。

消息传出去,南蓼军中一片沸腾。中帅伯约流着眼泪说,这回好了,这回好了,压在老夫心头的一座大山被巩羽将军给我掀翻了,阳泉山又夺回来了。

也就是在当天,司马卓第二次派来使臣,送来一封给巩羽个人的信函。对巩羽的破势绝计表示五体投地,心悦诚服地赞称巩羽为当世豪雄百代之师。除此以外,也表达了另外一个强烈的愿望,那便是在退兵之前,他希望能跟巩羽将军在阵前一试身手,作为巩羽将军赐予他本人和北蓼军的一个体面的退兵仪式。

伯约和统制将军们都不同意。

巩云飞更是慷慨激昂,认为这是司马卓耍弄的阴谋,因为破势之计只有巩羽和司马卓心中明白,所以司马卓表面上答应退兵,暗地里想必秘其花招,一定是想借比武之机设计谋害巩羽,使破势之计化作泡影,那么他司马卓从此就可以在阳泉山上高枕无忧了。

巩羽却始终坦然。巩羽说,替别人想一想,司马卓的要求绝不过分。换个位置,谁都会这么做的。他请求中帅同意他跟司马卓阵前比武。

伯约虽然顾虑重重,但是由于巩羽态度明朗,最后也只好同意了,只是同意得十分勉强。这些天来,伯约越来越觉得巩羽已经不是十年前的那个巩羽了。十年后的巩羽变得有些阴森森的,让人捉摸不透。伯约有一种隐隐约约的担忧,甚至怀疑巩羽这十年之间是不是同司马卓有过什么瓜葛,或者有过什么默契。

中帅疑疑惑惑地想到最后,便做出了一项动作,单独向巩云飞和十几名少年营将做了一番交代,以防止比武那天出现什么意外的情况。

十六

约定比武的日子是个晴天。辰时过后,太阳跃上阳泉山的东脊,待沟壑里的雾岚散尽,两军的阵势便出现在谷地的一片坝子上。

巩羽身披黑色的战袍,横一柄方天画戟,仍旧骑一匹重枣色的战马,立于中军阵前,面无表情地瞭望着琵卢坡方向。

须臾,随着一声清脆的哨鸣,北蓼军阵中旌幡摇动,司马卓从后队飞马冲出,举剑大叫——巩羽匹夫欺人太甚。本将虽然甘心谋败,却不甘心力败。今日与你大战一场。我死则兵退,不死则领兵守拒。杀不掉我,你就休想登上阳泉山一步。

巩羽还没有来得及接话,身边的巩云飞和十几名年轻的营将便已勃然大怒,一片哇哇的请战之声如沸如腾。巩云飞怒眉倒竖虎眼圆睁,拍马叫道——老匹夫出尔反尔,嚣张至极。我看他那一把子年纪了,还如此自不量力。何须父亲大人亲自动手,待末将上前一刀搠死算了。

巩羽回过头去,严厉地横了儿子一眼,斥道——放肆!今天是两军先锋统制较量,你算什么?还不快快退到后面去。

巩云飞满脸飞红,脖子一梗说,父亲大人未免太小看儿子了,你是不放心儿子的武艺吗?我杀司马匹夫,易如反掌。

巩羽突然上了一股无名之火,嘿嘿一声冷笑,骂道——无知孺子,你是有本领杀掉匹夫老者,可是你不配啊。你面对的是一个功勋累累的先锋统制将军,他即使该死也不该死在你手。老子十年前就同司马卓有约在先,在我们解甲归田之前,要面对面斗上一阵,哪里能轮到你在这里张牙舞爪。快快退后,且看本先锋同司马匹夫大战三百回合。说完,转过头去高声大骂司马卓——司马匹夫,明知必败,还不早早下马投降,又何必疯疯癫癫出阵丢丑。既然你不怕死,要以命殉职,那本先锋就成全你了。一边说着,一边拍马跃出。

巩羽出阵百十丈远,那边司马卓也驰骋迎了过来,两名老将一瞬间你来我往,你进我退,你左我右,你刺我挡。战马咴咴戟槊闪烁,方圆十几丈的垓下似一团翻滚的漩涡。

两个人边打边骂。

一个说,巩羽匹夫,用计太狠,欲陷我六万生灵无一生还,有损将德,天诛地灭。即使命归黄泉,北蓼军战死之鬼也饶不掉你——看槊。说完,一竿子打过来,将巩羽打了一个趔趄。

巩羽接口骂道,司马匹夫老贼,琵卢坡两次设计陷害我,毁我生灵数以万计。今日老夫给你一个悔过机会,还不跪拜谢我,反而出阵自找没趣——看戟。话音刚落,一运丹田之气便戳了过去。

司马卓急忙侧身闪过,骂道:君子之斗,不似无赖,总得讲究个为将风范。你出此毒计,以山改道以水代兵,做得太绝。即使殁我全军,你也遗臭千古。

巩羽听了这话略微愣了一下,做了个动作,示意暂停,然后遥指飙菱砜中某个地方,嘿嘿一声冷笑,问道:看来司马匹夫当真是老糊涂了。你真的认为我是要从那里下手吗?

司马卓收回长槊,颇为困惑地反问:难道你不是从那里下手吗?

巩羽哈哈大笑说,当然不是。

司马卓的脸色立马变得灰白,像是受了极大的侮辱。怔了片刻才喃喃地说,前几天我之所以迟迟没有答复,是因为我悄悄地出山看了南蓼境内的水势。如今春水高涨,陨娥山脉之南四十里十二座湖塘均满,位势远在阳泉山之上。倘若果真如你所说的决堤相连,再派千人削飙菱砜东山填堵,只需要半天,东河便可改道,阳泉山三十里腹背受水,优势尽矣,我再不退兵,那就是坐等夭亡了。

巩羽笑了笑说,你这个老匹夫又中计了。我那只是吓唬你,我从来就没有打算要以山任势以水代兵。那是虚晃一枪。

司马卓更惊奇了,瞪大了眼睛问:你这个老狐狸,你还有什么上乘之策?

巩羽挥动戟杆说,这个问题我现在无可奉告。但是有一点可以肯定,假如我真的联水势削东山,你的阳泉山六向合纵连横之势顷刻之间就会土崩瓦解。那么,既然无险可守无势可依,你又何必画地为牢呢?所以我劝你在葵花峦一线安营扎寨,你的布势仍然可以扬长避短。你再想一想,陨娥山本军从来只驻不战,可以把这个地方看成是不战之地。你若退出阳泉山,实际上就等于两军各让三十里。两军都有面子,又免动干戈,军卒免死,百姓安逸,岂不是你我的一项功德?

司马卓说,这一点我倒是想到了,也自然明白你的良苦用心。但是在分手之前,你必须告诉我,你那一条计策究竟是什么。

巩羽说,在你退兵之前,我的最后一策是绝对不会告诉你的。

司马卓说,你我对阵几十年,你还不相信我的品格吗?

巩羽说,先贤有言在前,兵不厌诈也。

司马卓骂道,老匹夫你这是被我打怕了。

巩羽反唇相讥,老匹夫如今我不打你都怕。

两个人吵来骂去,该说的都说了,不该说的又坚决不说,终于没有什么好说的了,便又操起家伙,精神抖擞地再开战局。

果然都是百战沙场的老将,不仅运筹帷幄出神入化,十八般兵器也都操练得炉火纯青。一个将长槊抡得花团锦簇风雨不透,一个将铜戟舞得云蒸雾罩水泼不进。

两边的将士们都看得有些眼花,也都捏着一把汗。有些军卒把剑鞘和弓弩攥出了水。他们只能听得见那振聋发聩的喊杀声和铿锵的兵器碰撞声,却不知道在这声音的后面,还进行着另外的话题。

司马卓说,到了这把年纪,咱们也是应该解甲归田了。退到葵花峦,我就递上辞呈。不打仗了,我再潜下心来琢磨你这个老匹夫有何高招。

巩羽说,那又何苦。既然解甲归田,何不花前月下品茗饮酒。那时候你我同行云游天下如何?

司马卓说,如此甚好。敝府藏有百年美酒,正该你我对酌。

巩羽说,匹夫投我所好了。本人好美酒如好美女。倘若真有百年美酒,我一定把我的奇计绝策和盘托出,贻笑大方。

司马卓说,君子一言,驷马难追。

巩羽说,既然已经约好,今日就战到这里,各回军中引兵拔寨而退,将军意下如何?

司马卓说,你急什么?你我多年没有这样面对面地单打独斗了,今日玩得痛快,何不尽兴?

巩羽笑笑,没有反驳。

两个人于是接着大战。

十七

没有人听见有什么异常的风声,也没有人看见那枚箭镞是从哪里射过来的。巩羽是在挥戟迎槊的一瞬间,才蓦然察觉司马卓的长槊绵绵地滚动,在他的戟杆上像一根失去根基的小树。

然后他就明白无误地看见了那枚钉在司马卓护心镜上的箭镞。

啊,箭镞,箭镞,终于有一枚年轻的箭镞,钉在了一个即将化剑为犁的将军的心脏上。苍茫的天空骤然紧缩。

巩羽很难说得清楚在这一个短促瞬间,他的心里都涌上了一些什么样的滋味。好像什么滋味都有,又好像什么滋味都没有。当他终于明白了眼前发生的事实之后,他就知道他在想什么了。

他想杀人。

当然,他曾经杀过很多人,也曾经有很多人想杀他。但是,他至少有十年没有杀人了。他之所以在十年的漫长岁月里没有杀过人,那是因为他不想杀人。而他现在在突然之间重新生长了杀人的欲望,而且这棵欲望之树还是那样的茂盛和急切。什么都是需要灌溉的,包括战争之树。

北蓼军的将士愤怒地呐喊着拥过来。

南蓼军的将士也愤怒地呐喊着拥过来。

已经远去的战争之神蓦然回首,他又重新看见了邪恶,于是他又大踏步地走了回来,他又一步一步地逼近了人间。他已经张开了血盆大口,他要把这块惹是生非的土地踏成一片泥泞。

两边的军队在距离巩羽和司马卓适当的位置上停下了。仇恨的目光来自不同的方向,从巩羽的身边像河水一样哗哗流淌。空气被强硬的仇恨的目光点燃了,烫热的风火苗一样呼呼蹿动。

巩羽回首看了看自己的军伍,再回过头去看了看北蓼军的军伍,然后弯下腰去,注视司马卓,这才发现司马卓的眼睛并没有闭上。

司马将军,可笑的事情发生了。巩羽感到口干舌燥,他当真不知道该对司马卓说些什么。

他看见司马卓居然笑了,那张褪去了血色又沾满了血迹的脸上竟然笑出了婴儿般的天真的灿烂。尽管那声音十分微弱,但巩羽还是听得清晰无比——巩羽将军,请告诉,你的最后一条破势计策是什么?

巩羽几乎是连想也没想便伏下身子对着司马卓的耳边说,司马卓将军,我的那条计策,我想其实你已经知道了,那就是跟你坐下来心平气和地从长计议。我相信咱们两个人计议出来的结果,能够抵御百万军队和千条妙计。

啊,果然如此。上战不战……咱们两个人……才是真正的……对手……说完,司马卓便闭上了眼睛。

巩羽轻轻地放下了司马卓的身体,然后面如冰铁地站起身来。所有的目光同所有的阳光一起,聚集在巩羽的脸上。

巩羽抽出了自己的佩剑。他先把自己的面孔交给了北蓼军阵,声音低沉但是十分清晰地说,北蓼军的将士们,天上的太阳将会作证,我和你们的先锋统制司马卓将军已经约定,从今天起,北蓼和南蓼两军各退三十里,留下这六十里的通衢,南蓼北蓼的百姓共同享有,作为通商经济的自由天地。战争从此结束了。

北蓼军中一名营将奋然跃马出阵,大声斥责——巩羽匹夫施展阴谋,我们的司马卓将军被你们设计杀害了。我们要报仇。

一片兵器的森林骤然举向空中。北蓼军的军卒们发出了地动山摇的呐喊——报仇,为司马将军报——仇!

巩羽微微一笑说,小将军息怒,北蓼军的弟兄们请相信我,司马卓将军不是我杀害的,但是我向你保证我能够找得到偿命的人,而且绝对是一个不会辱没司马将军的人。

说完这话,巩羽又把面孔转过去,交给南蓼军阵。阳光没遮没掩地飘下来,有些晃眼。巩羽将眼睛微微眯起,深深地看着自己的军阵。这时候他看见了中帅和立在中帅身边的他的儿子巩云飞。

巩羽笑了。在平稳的轻笑中,他的声音犹如一只振翅的苍鹰,盘旋在阳泉山的上空——

啊,中帅大人,各位统制将军们,南蓼军我的孩子们,今天的这一幕你们都看见了,一个将军倒下了,他倒在他最不应该倒下的时候,倒在他最不应该倒下的地方,甚至还倒在他最不应该倒在的人的手里。他的死是我们这两支军队几十年来所发生的最重要的事件。因为,就是他和另外一位将军刚刚决定用另外一种方式结束一场旷日持久的战争,从而使南蓼军和北蓼军几十万军卒免遭屠戮。为了纪念这位伟大的将军,另外一位将军也将用自己的生命来证实他们都没有欺骗对方,并且证实他们都没有欺骗你们,以他们的鲜血保证他们的盟约得以实现。我,并且以司马卓将军的名义,最后一次向你们——向所有手执戟槊的将士们呼吁,放下你们的兵器,转过身去,向你们的后方退走三十里!

寂静出现了。巨大的寂静如浩渺之夜,无声地飘落在蓝天丽日下。

终于,一支兵器小心翼翼地栽倒在地上。又一支兵器从军卒的手中落下。渐渐地,潮水般的声音汹涌起来,闪光的兵器从四面八方走过来,从遥远的战争历史中走过来,从仇恨和厮杀的激情中走过来,在军卒们的面前堆成了一座金属的堤坝。

所有的兵器都倒下了,只有一柄铜光寒冷的剑高高地举在空中。

那是南蓼军中帅伯约。伯约高喊——巩羽,你疯啦?

巩羽回答他一个无声的微笑。

伯约又大喊——南蓼军的军卒们,捡起你们的兵器,冲向阳泉山。

没有人理睬这个看起来有点神经兮兮的可怜的老头儿,更没有人理会这不合时宜不看场合的喊叫。

一个老军卒跪下了,另一个老军卒也跪下了。接着,跪地的声音便扑扑通通地擂击山石地面——南蓼和北蓼的军卒同时匍匐在地。

巩云飞大喊一声扑了过来,泪流满面——父亲大人,儿子知罪,您不能这样……

啊,我的孩子,回家去吧。为父没有带着你好好地读书,为父……对不起你。说完,一声清脆的笑声拔地而起,一道银色的彩流喷薄而出,在头顶铺排出一片玫瑰的血色,然后在军卒们的视野里弥漫荡漾。

巩羽的身体弯弯曲曲地倒下了,倒在司马卓的旁边。

没有人站起来。只有一轮盛夏的太阳鲜花一样盛开在空中。

弹道无痕

一

推算起来,该是七十年代最后一个雪天。

载着新兵的闷罐子列车由东向西,经郑州再向北,过了黄河,便见窗外有道纺线般的雪絮儿划下来,先是一团一团地在风中旋转,渐渐地有了铺天盖地的气势,很快就在旷野结起一层半透明的雪壳。及至到达终点,已是满世界银白。

卸车的地点是中原的阳安镇。说是兵站,其实也就是安在平原上的几排房子加两个水泥平台。周围几里路几乎看不见人烟。

半个小时后,由北向南又来了一列车。两股新兵几百号人,乱哄哄地散布在铁路两侧,像是萎缩在旱地里的绿皮萝卜,鹅毛大雪飘得尽情潇洒,风却刮得嘶嘶啦啦极刺耳。

后到那列车上跳下个面皮白净的大个子新兵,缩起脖颈往四下里睃一眼,就禁不住一阵嚷嚷:"俺的个娘哎,宋连长说是武汉军区,俺还当是武汉大城市咧,咋这龟孙地盘?"

无边无垠的大平原上,只见雪飘,不见草动。

偏碰上接兵的宋连长就在附近,听见高个子新兵咋呼,就站起来了,满脸不高兴,吼了一嗓子:"谁在那里嚷嚷?……王北风你人高马大的,还挺娇气是不是?你嚷个屁!"

那个叫王北风的新兵立马噤声,龇龇牙,骨碌着俩眼珠子把同伴们瞅了一遍,见大家都很同情,便将背包放在雪地上,一屁股坐下去。

宋连长又朝新兵喊:"都起来都起来,活动活动,别阴死阳活地蔫着,防着冻出了毛病。"

新兵们纷纷起立,开始活动。有跑的,有跳的,有扭的,各种稀奇古怪的动作都有。宋连长向乱糟糟的活动场所看了看,满意地咧咧嘴,突然伏下身去,支起一条胳膊,喊道:"李老一,来扳手腕子!"

李老一也是接兵的,班长级别,真实姓名叫李四虎,因为是一班长,而且是很老资格的一班,便被尊称为"李老一"。见连长挑战,李四虎不屑地嘟哝了一句:"尿,就你那两下子,别让我在新同志面前扫了你的威信。要扳,我就跟大个子王北风扳。"

宋连长笑了:"你小子欺负新兵算什么本事?"

李四虎反倒来劲了,拍着屁股起哄:"王北风你别听他瞎咧咧,我这是给你上新兵第一课,让你左手,上不上?"

宋连长也叫:"王北风你过来,别让李老一的气势汹汹吓倒。他是纸老虎,你代表你们新同志露一手。"

王北风又往新兵的队伍里看了一眼,新兵们都不吭气,只是拿眼向王北风传递着很复杂的情绪。同车的新兵都怕李四虎,知道这是个老兵油子,一路上挨过他不少呵斥。

王北风心一横,鼓了一股勇气,想,豁出去了。鸟班长欺人太甚。

便与李四虎交手。

两个人伏在雪地里,将身子抻成一条直线。头一局,王北风想,你是老兵,给你个面子,手上就没咋使劲。李四虎很轻易地赢了,一赢就得意地叫:"算尿了算尿了,让你左手还轻飘飘的,你还嫩着呢,别伤了骨头。"一边笑,一边爬起来,拍拍屁股要换人。

王北风恼了,趴在地上不动,说:"李班长,再来一局。"

李四虎一愣:"操,还不服,那就再来。"

于是再来。王北风使出了吃奶的劲,最终还是输了。

连战三局,皆以王北风的惨败而告结束。

新兵们便都耷下脑袋,脸上分别有了惶惶的样子。李四虎站起身子又拍拍屁股,头一仰,把身子挺得很高大,反倒谦虚了,说:"要说呢,你劲儿蛮大的,就是要领有点那个……以后,老同志们会教你的。"

王北风看看李四虎,又看看新兵们,特别是看见了新到的几个女兵也露出惋惜和同情的目光,心里窝囊得要命,恨不得把地球踩个窟窿钻进去。

宋连长说:"车没来,继续活动。下面我和李四虎同志做示范。"

正要趴下去,忽听一声怯怯的询问:"首长,我可以试试吗?"

大家扭头去寻,看见新兵堆里冒出个敦敦实实的中等个儿新兵,红着脸盯着宋连长看。

新兵们都振作精神,稍停又有些灰心:就这蔫儿吧唧的样儿,行吗?

宋连长高兴了:"好,甭管输赢,单这精神就可嘉。"又问,"你叫什么名字?"

"石平阳,首长。"新兵答。脸蛋儿虽然腼腼腆腆的,目光里却有一种好斗的神气。

宋连长说:"好哇,石平阳,这名字响亮。李老一,上!"

李四虎冲石平阳龇牙咧嘴地笑了笑:"嘿……小石头蛋儿,让你左手?"

小石头蛋儿也笑笑,笑出一副憨厚样儿:"别,还是来公平的,我在家帮爹打过铁呢。"

李四虎一愣,脸皮刷地绷紧了,不再吭气,趴下身子,凶凶地喊了声:"来吧!"

右手对右手。

老兵们新兵们都围了过来,前排的新兵把掌关节攥得咯咯吱吱响,后排的新兵使劲往前拱。女兵们也挤在里面叽叽喳喳,漂亮的小脸蛋儿一个个都憋得很鲜艳,明显地制造着倾向于石平阳的情绪。

宋连长乐呵呵的,快活得就像是要看一场精彩的足球赛。他主动担任裁判,很耐心很严格地把两个人摆妥帖了,说了句开始,那两只小臂便不动了,像两根钢管,呈"人"字形架在地上。周围的骚动沉下来,只有雪花无声地往下落。两人额上的青筋随着喘息声的逐渐厚重,也一截一截地往外凸。身子像是冻僵了,纹丝不动地凝在雪地上。

嘴上无毛的新兵们开始冒汗了,暗中替石平阳把劲儿攒得很足。大家来自五湖四海,但有一个共同目标,打倒李四虎,给老兵油子们一个下马威。女兵中有人认识李四虎,尖着嗓子泄他的气:"李班长呀,腿打战了呢,要栽给新兵蛋子呢。"

宋连长东瞅西看,咬牙切齿地喊了一声:"加油!"

大约过了四五分钟,接兵的几个班排长在漫长的瞬间里终于熬不住了,纷纷喊起了号子,为李四虎助威。新兵们起先想喊不敢喊,待班排长们喊红火了,不知谁低哼了一声,算是起了个头。新兵人多,越喊越响,女兵喊得尤为上劲,尖叫声咆哮声一并喷发——

"新同志,加油!"

"加油,石平阳!"

如同一群嫩嫩的炮声,滚动在漫天飞舞的雪野里。新兵们攒了多时的劲,就通过这恣意纵情的喊声,传递给了石平阳。

石平阳精神大振。喊声如一股洪流把他的手背胀厚了。脸色由红变紫,再变红,五官死死地拧在一起,犹如纠结的葛藤。两双脚已经抠进雪地,做着无声无形的搏斗。李四虎是另外一副光辉形象,两只眼睛紧闭,毛发竖立,棉帽歪斜,耷拉着压扁的一只耳朵,皮下血液分明可见,似乎随时准备喷涌出来。胳膊肘下的雪地已融出很大一片水渍,棉军装由表及里几乎全部湿透。

又僵持了五六分钟。终于,先是一声闷响,紧接着,李四虎脑袋一偏,趴下了。

李四虎在紧要关头崩出来一个屁。李四虎后来再同老兵们说起这件事时,把惨败的全部责任都归咎于这个来得不是时候的屁。

比赛完了,石平阳爬将起来,脸蛋子红红的,说了句"李班长手下留情了"。然后望着宋连长谦虚地笑。

新兵堆里哇哇地热闹开了,王北风打量着石平阳,很想喊两句过瘾的话,但他没敢喊,怕李四虎和老兵们不高兴,只是用一种兴奋的、感激的目光向石平阳传递着默契。女兵中却有一个椭圆脸,很调皮地冲这边笑笑,扬手做了个带劲的手势,不管不顾地喊了一嗓子:

"石平阳,棒呵!"

接着又有一个苹果脸女兵振臂高呼:"向石平阳学习,向石平阳致敬!"

女兵们乱成一团,边笑边闹,把新老兵们看得目瞪口呆。李四虎恨恨地骂了句:"妈的丫头蛋子,笑破了嗓子嫁不出去个蛋!"

不久,团里的车队来了。一位看样子比宋连长还要大的干部走过来,老兵告诉新兵,这位就是三营营长庄必川。庄营长同宋连长和老兵们热热乎乎地打了一阵招呼,又看了看新兵们,说:"大伙的气色都挺好的嘛!"

宋连长笑笑:"营长,一出精彩的节目你没看到。"便把掰手腕的经过讲了一遍。营长哈哈大笑,很感兴趣很重视的样子,问:"谁是石平阳呵?"

石平阳便应了声:"我就是,首长。"

营长全面细致地把石平阳看了一遍,哼了一声:"是块国防料子。"转脸又对宋连长说,"这个兵我要了,放你们一班去。"

石平阳和王北风被分到一辆车上,驾驶楼里坐着宋连长。卡车先走一段柏油路,再走土公路,七拐八拐进了山。这山是西岭山区的一部分,山不高,沟不深,但很荒凉,沿路很少见到人家。翻了最后一道坡脊,便见到沟底和坡上出现了几排青砖青瓦的大房子,有的门前还零零星星地散布着几门大炮。很多年后石平阳和王北风都还能够记得,他们乘坐的第一辆军车是挂着伪装网的解放牌,车屁股后面印有白底蓝字:戊—33998。

第一天夜里,新兵们翻来覆去睡不着。

门外积了很厚的雪,白皑皑的一片。铺是地铺,脚头上一溜红砖码齐的床沿。门后砌了一个敦敦实实的老虎灶,上面罩了一个铁丝笼子,堆满了鞋垫子和湿棉衣,冒着湿漉漉的热气。夜深之后,不断有干部或者老兵查铺,轻手轻脚地走进来,将炉子上的物件翻翻转转,看看通风窗,再加上半锹煤。炉火一直很旺地燃着,时不时地探出火舌,把门后舔出一片暗红。随着这跳动的暗红,新兵们也在不断地燃烧着气吞山河的想法。大家明白,就从今天起,就在这片山沟里,自己就开始了漫长的兵旅生涯。

吃足四天军粮后,宋连长把石平阳和王北风一并叫到连部,首长问:"知道这是什么连队吗?"

"师属炮兵加农炮营一连,也是基准连,在团建制称为炮兵团七连。"王北风流畅地回答。

"还有呢?"

"炮兵之神连。"王北风又答,这是在路上就听说了的。

宋连长高兴了,很豪迈地翻出一本小册子,掀开一页说:"情况是这样的……一九四七年七月攻打天津,咱们连炮击天漳桥……"然后一五一十说上一遍光荣历史,说本连是全军最早一批炮兵连队之一,谁谁谁是特级英雄,谁谁谁现在在中央,谁谁谁同毛主席合过影,说得石平阳和王北风热血沸腾。

宋连长最后又说:"咱们是加农炮,既打间瞄也打直瞄,很有学问。大学生咱伺候不起,初中生咱看不上,你们高中生当瞄准手正好。"

出了连部,两个新兵的心里充满了阳光。连长红口白牙说的话,要咱当瞄准手哩。

"知道连长为啥重视咱吗?"王北风问石平阳。

"不知道……可能也就是因为文化程度。"石平阳想了一下,老老实实地回答。

"我寻思,因为咱们敢跟李老一扳手腕子。"王北风仰起头,望着天上的悠悠白云,很快活地哼起了小调,哼着哼着,突然加大音调吼了一句:"石平阳,棒呵!"

石平阳吓了一跳。"你这人咋啦,阴阳怪气的!"

王北风嘻嘻一笑,神秘地凑近石平阳:"记得那个丫头吗? 分咱卫生队来了。"

石平阳皱皱眉头,讷讷地说:"关咱啥事?"

"关系重大哦。"王北风打了个响指,脸上涌现了一层流气,"知道她怎么评价你吗?那个词叫什么……挺拔,啧啧,听这词儿,挺拔。石头你这家伙真有福,才到部队,就有姑娘挺拔上了……她叫张峨嵋,听说才十七岁。"

石平阳倏地变了脸:"王北风你咋这样,不严肃嘛,道德品质有问题嘛。咱都是革命战友新兵蛋子,你咋敢往邪处想?要是让连长指导员知道了,咱还了得?"说完甩开王北风,径自往新兵排宿舍走。

王北风也吓住了,急忙撵上去扳住石平阳的肩膀说:"你看你看,说着玩的,图个嘴皮子快活,咋就认真了呢?可不敢跟指导员汇报呵!"

石平阳说:"你得保证往后别瞎说。"

王北风说:"我保证不瞎说。"

石平阳想了想又说:"也别瞎想,咱都是新兵,别想出毛病毁了前途。"

王北风说:"我保证也不瞎想。"

二

三个月后,新兵下班,正经地摸到了神往已久的加农炮。石平阳的顶头上司就是李四虎。排长是个河南侉子,叫丘华山。李四虎是全营著名的老兵油子,稀拉,嘴巴不干净,尤其爱捉弄人,但他有技术,炮兵业务堪称行家里手,关键时候总少不了他为连队挣面旗子。连长指导员他都不在乎,对于排座丘华山,他就更不放在眼里了。他俩是同年兵,之所以丘华山提了干而李四虎仍然当班长,并且一当就是数年,据说其中有一个很荒诞的故事。当兵第二年,丘华山熬不住连队的苦日子,托了老乡关系,调到团后勤烧锅炉。用李四虎的话说,这小子玩正经的不行,玩邪的可真贼透了,就烧锅炉那份屁大的工作,他也能玩出绝活。

"你猜他怎么着?"有次高兴了,李四虎对新兵们大侃了一通,"大清早他把开水烧好后,不管开不开会,他都把会议室的暖瓶保温桶打满。等机关干部来上班,锅炉里就放不出水了。他躲在一边看着,看见有用的人才出去。'股长呀,您先回去,等会儿我专门为您烧一锅,开了我给您送去。'再过会儿来了人,他又说:'李助理呀,我特意为您留了两瓶,可别告诉别人呵,免得说咱开后门。'再过一会儿来人他又说:'王干事,我这两瓶你先喝着,谁让咱俩是老乡呢。'……你看,就他妈几瓶开水,硬是把机关干部们哄得个个心里熨帖。没过半年,就拱下来当了班长,接着又提了干——前几年提干不像现今这么难。其实他根本不懂炮。不是小看他,他狗日的连赋予射向都不会。"

李四虎每每谈起这个问题脸上满是不屑,眼里却闪动着酸溜溜的情绪。

七连是加农炮营的基准连,一班是基准连的基准班,李四虎是基准炮班的班长,而且,在这个位置上,他已经干出了很大的名声。

李四虎虽然浑身都是毛病,但论起操炮,绝对权威,站在队列里他是个兵,一上炮位他就成了爷。不服不行。

石平阳下到班里不久,李四虎曾踢了他一脚。事后在班务会上李四虎还强调说,这一脚踢得非常及时非常必要,是形势所趋非踢不可的。

那天训练传诵炮兵口令,正忙乱间,一阵冷峭的干风刮来,将石平阳手中的口令纸掀得稀里哗啦。石平阳本来就很紧张,又听又算又记又传,忙得顾头不顾腚。情急中,他把刚刚接受的一组口令写在炮架上,自然没有想到这一行为产生的严重后果。铅笔又细又尖,在炮架上划出了极刺耳的声音。尽管这个动作只在瞬间就完成了,但还是被正在组织训练的李四虎一眼瞅见了。李四虎立即下达暂停口令,把小红旗往后腰一别,神色匆匆地跑过来,往指尖上蘸了口唾沫,摸了摸铅笔画过的地方,结果发现有几道曲里拐弯的铅笔线无论如何也抹不掉了。李四虎心疼得倒吸一口冷气,仍不死心地反复抹,嘴里不干不净地骂,抹着抹着骂着骂着就突然转过身来,两只狼眼般的眼珠子放出两道绿光,死盯着石平阳,腮帮子又鼓了鼓,那充满激情的一脚便照准石平阳的屁股踹过来。

然后召开班务会。

李四虎首先发言,在讲了一通大道理、又念了一段纪律条令之后,说:"一个人,干什么事都要心诚。你父亲是铁匠吧,咱家隔壁也是铁匠。每早开炉前,人家都要烧一炷香,然后洗手,洗干净了再去拿钳子。铁灰炭灰都是灰,可落到咱邻居大叔碗里他照样吃,他说打铁的人要能吃铁,越吃钢口越硬……"

副班长耿其明提醒说:"这话我们都听过好几遍了,石平阳也懂这个理。别走题太远了。"

李四虎咽了口气,不满地看了副班长一眼,接着说:"咱们当炮手的,靠炮吃饭,靠炮做人。可你得首先爱惜它。你别以为它没长脑袋,可我还觉得它是有灵性的,它懂得人情世故。知道咱们最老的班长吧?就是连部荣誉室靠门左边挂着的那位。黄风岩战斗中他缴获了一门小钢炮,是打不响的。连长下命令让他扔,可他硬是从山西长治扛到东北锦州,扛了几个月几千里地,闲了就擦,就拆开鼓捣。后来怎么样?在锦州西马家堡战斗中,半个连的步兵被人家地堡火力点压在洼子里,抬不起头,急得营长抢过炸药包要去拼命。这时候咱老班长就把炮架上了。老班长说:伙计,你就是哑巴也该哼一声了,我扛你扛了这么远,过铁路轻装我把干粮都扔了也没舍得撇下你,今儿个你可得还我个情。结果呢,它还真响了,而且响了六次,硬是把敌人的火力点掀掉了。老班长牺牲后,这炮任谁也弄不响,报废了。你说邪门不邪门?所以呀,我说……"

石平阳不吭气。那一脚踢过来的时候,他愣了一下并暗中攥紧了拳头,但他终于没有打出去……随着班务会的不断深入,他越来越发现在这个老兵的身上有一种他十分亲切的东西。

"班长,我对你没意见!"他很崇敬很真诚地看着李四虎,又补充了一句,"真的,我不会撒谎,这是心里话。我明白了。"

李四虎半张着嘴看了他好几秒钟,突然咧嘴笑了:"响鼓不用重槌敲,明白就好……当然不能有意见。"李四虎又将目光收回去,在全班另外几个人身上悠了一圈说:"大家都要以这件事为教训。要记住,咱们当炮手的,别的再疵毛,就是对炮不能随便。你把炮玩灵了,稀拉一点操蛋一点误岗三五分钟人家不能把你怎么看,批你说你但是心眼里服你。你要是连吃饭家伙都使唤不好,你把天吹出个窟窿把地拍起个包,人家照样可以看不起你。"

李四虎说着,情不自禁地往小套间屋看了一眼,那是丘华山自成体系的排部。一双鞋整齐地码在床沿下,锃亮照人。李四虎的嗓子眼掩饰不住地咕噜一声响,眼睛里又涌上一层自来火:"光包装好管鸟用,里面没样子,提虚劲!"

大家明白班长的气从何来,都不吭声。

李四虎意识到情绪分散,又收回话头:"能看出来,你石平阳是条血性汉子,只要你舍下身子跟我干,我保你能成为咱连的高级炮手!"又把脑袋转向耿其明,"老耿你说是不是?"

耿其明忙说:"那是那是。火车不是推的,牛皮不是吹的。石平阳你刚来,有些情况不了解。你去问问,搞训练,搞内务评比,搞晚婚计划生育……咱们班啥事落后过?"

老兵李茂全一竿子插进来:"咱们副班长的老婆先系根绳子后结婚,团里都表扬过。"

大家哗地大笑,前仰后合。李四虎敲敲凳子:"有什么好笑的?严肃点!不是系绳子,是上环。"李四虎做了个手势,很形象地比画了一下,"这也是咱们的光荣,让你们一笑就冲没了严肃性,扯——那个——淡!"

副班长说:"那是那是,大家都会遇到这个问题的,能不能处理好还很难说,还真要靠觉悟……现在说正经的。石平阳同志是有责任的,当然,班长同志心情可以理解,但踢人不对,方法上有问题。我作为党小组长,有责任进行批评帮助……"

"算尿了老耿,"李四虎拦住他的话,打了个呵欠说,"下次小组会上说吧,今天主要是对石平阳进行帮助,已经达到了预期目的,散会。"

石平阳当的是二炮手。一问王北风,也是二炮手。王北风分在四班,四班是二排的基准班。二炮手是个重要的角色,一声用炮口令,第一个动作就看二炮手的,得首先打开炮架固定器。二炮手的动作不到位,全班就无法展开。

王北风和石平阳都很明确,漫长的兵旅生涯有戏没戏,关键就看这头几下了。要是最初的这几步光放闷屁,那往后累死也改不了个坏印象。

石平阳生在鄂西,家乡的山水虽说不上四季如春,却也有多半日子风和日丽,远山近水清秀宜人,野花翠竹很能滋润人的骨骼。乍一到这荒凉的北方山区,又遇上个滴水成冰的季节,身体颇有些吃不消。先流鼻血,后烂手,冻疮专拣指关节处长,奇怪的是烂了肉还不觉得疼,只是睡觉焐暖了才奇痒难忍。

偏碰上个认炮不认人的李四虎,一上炮场就发狠,凶得山摇地动,细得放屁都管。一个口令没执行好,他能让你重做几十遍。你累得死去活来,他却蹲在一边吸烟,瞅着你,算计着你,然后讲评你,能骂上你几十分钟,能滔滔不绝地跟你说上三十年炮史。你越受折磨,他越有快感,他硬是要把个小班长当出巴顿的滋味来。

新兵们苦不堪言。

雪化了又冻,山里的地面冻成铁砣,几镐头下去,虎口就裂了,血顺着镐把往下滴。那血,李四虎是看见了的,但他没有做出同情的表示,继续吼继续训,继续加码,一旦发现石平阳动作失误,就跳起来骂。脏话丑话如拧开的水龙头,骂得满炮场臭烘烘的。有时候骂急了石平阳也发狠,鸟班长也太轻贱人了,再有本事你不也就是班长么,干吗耍那么大的威风?当然,这些是不能溢于言表的。从当兵那天起,他的怀里就揣着一个金色的野心,他总能看到一个绿色的希望在向他招手。而李四虎的这些出格的行为,正是送他走向那希望的坚实的阶梯,况且他也渐渐能理解了,作为一个永远也不可能成为军官的老兵,李四虎委实太需要太渴望尝尝那种驾驭别人的滋味了。

石平阳的逆来顺受不屈不挠终于感动了上帝。一次休息的时候,李四虎把石平阳的手拽过去,着实看了一阵子,看相般地数了数那上面结了疤的烂处,又抠了抠手心趼花的厚度,然后说:"石平阳呵,有人说我报复你,为了那次掰手腕的账,故意使坏,熬煎你,听说了吗?"

"听说了,班长。"石平阳低着头回答。

"你信吗?"

"我父亲打菜刀,专拣好钢,淬几次火,菜刀刃口又韧又利,方圆几十里都用我们家的菜刀……班长,我不是小心眼的人。"

"哦?"李四虎似乎有些意外,"石平阳,我还真没把你看错哇!"李四虎从裤兜里摸出一个脏乎乎的小本子,"石平阳哇,我这个人,就看重友情,你对我真心实意,我就对你负责到底。这炮,说简单也简单,明眼的技术你都掌握了。可要说学问也真有学问,这些都是我自个儿揣摩出来的小道道。教程上没有。用上新鲜词儿,就叫感觉。有些是炮上的,有些是班上的。这个,送给你了!"最后这句话,语气很重,像是宣布一项重要的决定。

石平阳心里一阵惊喜:行了,班长对咱掏心掏肺了,门内传技呢,这个兵当出点头绪了。

"班长,让我自己揣摩吧,我不能走捷径呵。"

"什么话?"李四虎不高兴了,"这是现成的,学起来容易。我这都是大白话,通俗易懂,不像理论教材挨死活人。你省下精力去揣摩大道道。咱炮兵要全面,风呵雨呵,地形高差啦,地貌颜色变化啦,气温药温啦,都影响精度,你对照着揣摩,好处大大的。你要是觉得……那个,今晚给我买包烟,咱俩两清了。"

石平阳肃穆地点了点头。

……

秋天,石平阳和王北风都当了副班长。也就在这前后,排长丘华山以惊人的速度神秘地调出了连队,给老兵新兵们留下满肚子疑问。

个中奥秘鲜为人知,石平阳却在无意中掌握了第一手资料。

故事出在李四虎身上。李四虎那几天拉肚子,自己诊断了,就直接到卫生队去找他接来的那个女兵要药。前后不到二十分钟,竟意外地发现了丘华山的一个秘密。

丘华山对本排控制极严,自己却悄悄恋上了卫生队的排级护士田峨。当然,还只是停留在单相思阶段。事情有点戏剧性。丘华山的又一次攻势正巧被李四虎暗中窥见,而且,李四虎还看见,丘华山向田峨呈递的某种物件被人家连同手中的废品一起倒在垃圾堆上。幸灾乐祸之余,瞅瞅四下无人,李四虎不辞辛苦地从垃圾堆上翻出了一张纸条。展开一看,不禁火冒三丈:妈的,乡巴佬丘华山也弄起了洋文。敢情这鸟人成天耳朵里塞个卵子样的物件叽咕外国话,原来是派这方面的用场呵。

正是八十年代初,全国上下掀起了一片学习英语的热潮,公共汽车上、厕所里、田埂上,到处都是叽里哇啦,连相对象也夹本英语书作为接头暗号。

李四虎恼了一阵,拿那些洋字码无可奈何,便去找他接来的那个女兵,弄得那女兵剌啦一个大红脸——

条子上写的是"I love you。"

女兵说:"看不出来土得掉渣的李班长,肚子里还有根洋肠子呢!……别跟我来这个,我还小呢,你犯毛病我告诉你们连长去!"

李四虎说:"扯淡!这不是我写的!"便一五一十告诉那女兵,女兵笑得直喊妈。笑够了又说:"下面还有一句,说是一篇短文,请老师批改!"

李四虎正在考虑,肚子里突然一阵骚动,便连滚带爬扑向厕所。蹲在卫生队的厕所里,李四虎的心情久久不能平静。妈的,老子当排长的报告都打上去了,又让这个痞子给顶了。这口气现在不出,更待何时?他在茅坑上足蹲了二十多分钟,终于酝酿出一项精彩的计划。

五天后,丘华山接到了一封信,是从县城的邮局寄来的,信封上字迹娟秀。拆开一看,是一封英汉两种文字混成的短信,丘排长查辞典翻教材激动得浑身颤抖,直想大笑三声。

周末,丘排长以崭新的姿态,昂首挺胸跨出排部,笔挺的四兜军服,三接头皮鞋雪亮照人。按信中规定,集结时间是八点,但丘排长为争取主动,提前两个小时赶到指定位置——距连队两山之隔四里开外的独立的大树下,这是炮兵的七号方位物。八点半过了,心上的人儿不见踪影。丘排长不屈不挠,在冷飕飕的夜风中傲然屹立犹如泰山顶上一青松,眼巴巴的秋水里充满了幸福的幻想。九时许,一婀娜身影款款出现在半轮月下,丘排长欢天喜地地紧跑几步迎上去,跑近了才发现形势不对劲儿,一个猪嘴蒙面扭着水蛇腰的怪物摇摇摆摆地竖在月影下,妖里妖气地捏了一嗓子——

"I love you——"后面一声拐了个很长的弯儿,余音颤颤抖抖的像扭迪斯科。

"俺的个娘哎——"丘排长惨叫一声,魂飞天外,几乎瘫倒。直到那怪物悄然遁去,这才呼出一口气,屁滚尿流地奔回连队。

那天晚上石平阳亲眼看见李四虎将防毒面具塞进挎包溜出门外。

丘排长当然也知道是谁在促狭他,但碍于某种因素不便于公开调查,吃个闷亏也就认了,从此脸上深沉了许多,后经一番挣扎努力,不出两个月便卷铺盖调走了。

三

多年以后石平阳才明白,参军后第二个年头那个春天的夜晚,对他来说是何等重要。

事情很偶然,基本上是因为上一趟厕所。

营长庄必川喜欢在夜里三点起床散步。说是散步,其实又不是正经的散步,捎带着在营房里溜达一圈,偏碰上七连哨位无人。头晚夜训,石平阳吃了几块肥肉,回来后又在水龙头下喝了分把钟凉水,没想到就把肚子弄出了毛病,此刻正蹲在厕所里卸货。

枪,自然是横挎在肩上的。

直到营长吆喝三四遍,石平阳才收紧了肠子,急急如丧家之犬,满腔悔恨地扑出厕所,向营长打了个敬礼,自知理亏,不敢说啥,只是闷着劲儿把自己抻出个笔挺的姿势。

"很严肃嘛,"营长说,"怎么能站岗时上厕所呢?阶级敌人摸进来怎么办?有问题留着下岗再解决就来不及了吗?缺弦!"

石平阳虽不十分高大,但论身材也可勉强算作一条汉子,如今在更加高大魁梧的营长面前,就显得有点渺小。挨了一顿训,羞愧难当,几乎又矮下去两公分。嘴巴动了动,却没蹦出个言语。想想也是,要是真有敌人来破坏,断没有一边拉屎一边射击的道理。那几年,阶级斗争的弦在部队还是绷得很紧的。

仅仅挨顿训倒也罢了。

军区炮兵教导大队招收骨干,加农炮营每连一个名额,七连报了两名候选人,按编制序列是一班副石平阳在前,四班副王北风在后。庄营长散步归来,意犹未尽,翻出一摞材料,目光很精神地在石平阳的名字上敏感了一阵子,然后撮起铅笔,画了一条优美的曲线,一个圆滑的拐弯勾下来,石平阳和王北风的名字就调了个儿。

不久,就有消息传到连队,说是上教导大队的人员已定,本连录取的是王北风。李四虎一听眼就直了,拍屁股大叫:"这他娘的不可能!"

然后去找连长。

连长说,连队报了两个,是把石平阳作为第一人选的,最后是营里定的。

李四虎又去找营长。也不喊报告,呼啦一下将门撞开,进去就吼:"营长,你这事办得不漂亮!"

庄必川那工夫正在刮胡子,扭过半个脸来,斜睨了李四虎一眼:"又要什么疯?"

"论班,咱们班是基准班,"李四虎火扎扎地说,"全连哪个班不是从咱班熬出去的,基准连的基准班是全营的骨干教导队,这话是你说的吧?"

"基准班的重要性,我不比你清楚吗?"庄必川绷住左脸的某一块,狠刮一下,"到底什么事,说!"

"可这挑骨干上学,怎么成了四班副啦?论个人素质,他王北风能跟石平阳比么?那次打直瞄,石平阳头一回上炮,首发距靶心只有三十厘米。王北风呢,首发跑了,他小子紧张。拍着良心说,我带了几茬子兵,最扎实的就要数石平阳。"

庄必川刮完脸,晃悠悠地收拾着东西,冲李四虎笑笑,笑得阴阳怪气:"哦,没想到你李四虎还挺仗义的。"打住这句话,嗓子陡地往上一提,"李四虎你小子要注意啊,最近表现不怎么样!我听说,别人喊你兵痞,你不以为耻,反以为荣。前天还把副连长给骂了,有这事没有啊?"

李四虎从容不迫地从桌子上扯出一根烟,点着后恶狠狠地吸了一口,不做正面答复,把眼睛翘到天上。

"你先别替石平阳叫屈,说一说,进山拉练你为什么不去?病?你小子还会有病?少给我装。你肚子里那几根弯弯肠子,老子数都能数过来。"

李四虎说:"明人不做暗事,我想复员。你当副连长我就当班长了,你当营长我还是班长。在你手下,总是老实人吃亏,我不能眼瞅着石平阳走我的道儿。一年又一年,探个亲才七天你就发电报,找个对象连手也没摸一把就吹个屁了,我落了个什么?老庄你拍着胸膛想一想,不是我李四虎,你上得有这么快?"

庄必川也火了,猛地扬起巴掌,欲往桌上拍去,却又悬在空中,仰起脸来,微闭双眼,口中念念有词:"大风起兮云飞扬……一、二、三、四、五……"

李四虎愣了,嘟哝道:"这搞屎啥,装神弄鬼吓人不是?"

庄必川的眼皮斗争似的颤了颤,终于睁开了:"我这是制怒……最先进的制怒方法……他妈的这个怒看来是制不住了,是可忍孰不可忍!"怒既是制不住,就跳了起来,"李四虎,我问你,你还是模范党员吗?你还是班长标兵吗?今天你总算暴露了那根名利思想的尾巴。你小子玩命地干,就是为了落个什么吗?党员的觉悟呢,革命军人的意志呢?好哇好哇,我总算把你看透了。你说石平阳素质好,你当我不知道呵?上次拉练你装病,一班照样带得嗷嗷叫,全程四百二十公里没有一个人进收容队。技术上我也看了,再加把火候,不比你差。我要向连队建议,由石平阳担任基准班长,你当副班长。这也算是组织上对你闹情绪的有力回答。"

李四虎顿时蒙了,蔫巴了半晌才回过神来,冷着脸问了声:"你说话可算数?"

庄必川说:"你要是后悔,我还可以收回来。"

李四虎"叭"的一下往地上吐了口唾沫:"你要是把它舔起来我就后悔。"

庄必川大怒,霍然起立,一拳将写字台上的玻璃砸得粉碎:"李四虎……你给我滚出去!"

李四虎昂首挺胸跨出门外。

石平阳那时并不知道营长把他和王北风的名字调个儿的事,更不知道李四虎大闹营部的事。当王北风去学习而他被刷下来的消息证实后,他顿时意识到问题的严重性。两个人关系虽好,但自己在各方面略占优势,这是明摆着的。条令考试,王北风的综合成绩是四点六五自己是四点六八;地形学定目标点,两个人都是全优,但自己比王北风精确零点五米,就那么一丁点儿,但也是优势。至于其他方面,什么觉悟啦、魄力啦,都是抓不着看不见的,不那么好比较,可也不见得比王北风差呀。

王北风临走的前一天晚上,连队召集骨干开会为他送行。连长说："王北风呵,你要记住,咱连可是'炮兵之神'咧。你们在外面闯的同志,只许往光荣传统上增添新荣誉,决不允许抹黑。"王北风坐得端端正正,两手放在膝盖上,很严肃很谦虚,说:"连长你们还不了解我王北风吗?当兵这两年多,在连首长的正确领导下,在各位老同志的热情帮助下,我在思想、训练和工作几方面都取得了一些进步。但我决不会骄傲自满,决不夜郎自大,一定要百尺竿头更进一步,风物长宜放眼量,一定要为连队增添新荣誉,说啥也不能让连首长和各位老同志失望。"王北风憋红了脸,但话说得很畅快,方方面面都顾上了,且用了不少新鲜词儿。连首长满意,老同志们也很愉快。所谓老同志,就是班长骨干们,只不过多穿了年把军用裤衩而已,但大家都很讲究个尊重。

石平阳坐在后排,跟着大伙一起微笑,心里突然就有些自卑,论起表达能力,自己是比不上王北风。

连长点点头,又说:"你这个同志聪明好学,也能吃苦,这我放心。但你这个同志也有缺点,爱耍个小聪明,譬如那次搞成果法……算屌了,都过去了。总之,要扎实,不要搞花架子。至少,在本营去的三个人中,你要弄第一。要是让八连九连的同志靠了前,小心回来我剥你的皮。"前面的话连长说得很温和,后一句则咬得恶狠狠的,像是真要剥人皮似的。

王北风走后,石平阳很是沉默了一阵子。想想两个人那天在河边,自己说下的那句狂话,心里就烧得慌。那时候,王北风就说他想考学校,想提干。石平阳想,人家把心旮旯的话都对你说了,多么信任呵!石平阳也就很真实地说了自己的愿望,说他也想考学校提干,也想当一辈子兵,并且非常豪迈地狂了一句:"嘿,我想当炮兵团长!"

如今,王北风真的快要提干了,自己呢,别说炮兵团长,离炮兵排长也遥远得很。心里憋了一种说不出的滋味,兵就当得很地道,从此嘴皮子更加收敛,手脚上倍加功夫。几种炮手的业务都轮了一遍,李四虎就叫他练习射击指挥,为当班长做必要的技术准备。

四

夏末连实弹射击,一班首发命中,余下的六发五中。发射完毕后李四虎问石平阳:"方向修正量我下的是六密位,你怎么只装了四个?"

石平阳答:"目标运动方向与射击方向成锐角,应该减少修正量。这是你的小本子告诉我的。我估量了一下,夹角大约三十度,所以就减了三分之一。"

李四虎没说话,很深沉地看了石平阳一会儿,拉过他的手,见那上面擦了很厚一层趼花。又看了看他的裤子,膝盖处已经退了色。尽管补了两块护膝疤,针脚还是糟了,用手一扯就破。

李四虎问:"这是第几条裤子?"

答:"第三条。"

李四虎说:"行了。"

石平阳莫名其妙地问:"什么行了?"

李四虎不做正面回答,说:"这段日子我老在琢磨你,作为班长,我当然希望我的兵都能舍下身子玩命地干,可我总有些奇怪,好像你这个人真的不知什么叫愁什么叫情绪……我是说,你从来不感到累吗?"

"累呀,睡上一觉又好啦!"石平阳答。

"你是比我强,想得开,肚子里宽敞。"李四虎长长地出了口气,"我是他妈的遇一件事泄一次劲。打个比方,就像一条狗,弄个绳子拴着你,往前撂一块肉引着你,让你看到吃不到。隔天又扔一块。总能看到,总是吃不到。起先还能狠狠地叫两声,久了,连叫都没劲了。你也是三年头的老兵了,怎么说呢……有些事,不能太实心眼了。"

"班长……"

"啥?"

"我觉得,班长这话有点……那个。"

"咋?"李四虎脸上一紧,"……你是说我落后?……是呵,真的落后,这话不像是我李四虎说的。兵当老了,就油了,就落后个尿了。退回去三二年,别人在我面前这样说,我可能会骂他,散布消极情绪不是?"

"……我不是那个意思……就说力气吧,我也有个比方。我觉得人的力气就像井水,舀了一瓢它还往外冒。舀得越多,冒得越欢。要是老不舀呢,它就成了死水。你说是不,班长?"

"这个比方新鲜。"李四虎眼睛一亮,"你说,这是个什么理儿?"

"泉眼顺通呀,天天舀,天天浸,泉眼越浸越大,水就越冒越欢了。"

李四虎点点头,想了想又说:"你的泉眼是什么?"

石平阳愣了一下,那金色的野心又在胸腔里熊熊燃烧。他依稀看见四个兜的军服微笑着向他招手。那次王北风走,连长安慰他说,也就是个卵子教导队,不去也罢。在家干好了可以直接提,说不定还先提呢。他多么希望连长这话早点成为现实呵。当兵时姨夫对他说,给咱弄身军装穿穿,他当时想,很快就会有的,而且是四个兜的。

"我喜欢当兵。"半晌,他才对李四虎说了这句话。

李四虎笑了笑,笑得有些深刻意味,拍了拍他的肩膀:"不用说我也知道你想的是啥,咱都一样。别说咱街头兵,就是城里兵,谁不想穿件四个兜?水往低处流,人往高处走,这不是坏事。"

没过多久,连队骨干进行了调整。石平阳被任命为一班班长,李四虎被降成了班副。石平阳当时惊呆了,直疑惑是听错了,若不是李四虎在一旁捏住他的胳膊,他差点儿没有蹦起来。

解散后,石平阳拽过李四虎,直嚷嚷:"这是什么意思这是什么意思,班长你说这不是影响咱俩的团结么?"

李四虎说:"别咋呼,是我跟营长商量的。"又往前带了几步,"从现在起,你别再喊班长……也别喊副班长。老子干满了八年兵,还没当过副职,你就喊我老李得了。"

石平阳跺着脚说:"这究竟是怎么回事嘛?"

"当班长的还要记住一条,不该问的不问。走,咱们俩去转转,也算个交接班。"李四虎说着,率先上路,领着石平阳到本班的菜地、猪圈、卫生区转了一圈。

这是秋天,西岭山上有了成熟的颜色,除了坡上坡下的几处营房,还有零星的村庄,周围有一些柿树枣林,红紫掩映,在青山沟壑里燃出丛丛簇簇的暖调。

登上一个高处,李四虎说:"你看,这虽是穷山沟,但是很宽阔,山里空气好,养人。"

石平阳觉得李四虎话里有话。"班长,你是不是还在憋着一口气?"

李四虎哈哈大笑:"石平阳你还是不了解我呵!我这个人油里吧唧是不假,但我没有小肚鸡肠。我当了八年兵六年班长,早他妈腻了。我今年二十有六了,搁在旧社会,都快抱孙子了屎了。你说,一个小班长,我犯得着憋气吗?"

石平阳说:"这事让我好不明白呵!"

李四虎说:"跟你做个保证,从今天起操我照出,岗我照站,病号饭我不泡了。但有一件事,你得帮我。"

石平阳说:"你待我掏心掏肺,什么事我都得帮呵……要是换军装,我还留了一套新的。"

石平阳心下想,连个小班长都给撸了,这个兵他还能再当下去吗?眼看年底快到了,根据历史的经验,老兵临复员前都想把军装换新带回去,反正是交旧领新,新兵们谁也没那么原则,乐得做个人情。

"哈哈,"李四虎又笑了一次,笑得有些凄惨,"石平阳你又错了,你看我这张脸,好好看看,这张脸上有不正之风吗?咱人穷志不短。讲句难听话,穷得光屁股,咱也得把老二翘起来。人活个志气!"

"班长,有啥你就直说了吧。"

"相信我吗?"

"这还用说。"

"不怕我给你找麻烦?"

"你不会的。"

"那好,"李四虎往上走了一步,转过身子,说,"举起右手,往下,毛岭庄大树尖向左四指幅,近一千六百米。"

"是西黄村。"

"村东小桥向右两指幅山坡独立房。"

"门前好像晾有红床单。"

"对了,就是那儿。那是一个代销点,老板娘叫于文兰。我们俩早就认识了,关系已经确定了……看,那边还有一个孩子。"

"啥呀?"石平阳此一惊非同小可,嗓音都变了:"班长,你是在吓唬我吧?"

"怎么样,害怕了吧?"李四虎斜过脸,怪模怪样地冲石平阳笑了笑,有些诡诈的味道。

"班长你开什么玩笑,你怎么能这样,这可是作风问题呵!"

"卵子,我是超期服役的老兵了,把下两代的义务都提前尽了,就不该有个女人?"

"可是……咋就有孩子了呢? 这不是要命吗?"

"那孩子不是我的,也不是她的。她哥嫂离婚了,各又找了主,就把孩子扔给她了。你文兰嫂子可是个正儿八经的黄花闺女。"

嗨! 石平阳绷紧的神经骤然松弛,一口气呼出了好几秒钟,"你早把话说完不得了吗?吓得我这一身冷汗。"

"再过俩月,我就该复员了,得抽时间跟她合计合计,两家工作都要做。这段时间,你得替我遮着点,别让人乱哄哄地嚷,把好事给我砸了。"

李四虎掏了掏兜,居然又掏出来一个脏乎乎的小本子,说:"往后,班里就由你独立挑大梁了。炮场上那套你都烂熟了,重要的是把人拢住。"李四虎把烟根转移到嘴角处,咬住,很认真地翻开小本子,看了看说,"先给你介绍一下干部情况,就从营长说起吧……"

石平阳选了一块石头坐下,瞪着大眼珠子看李四虎。

"老庄这个人嘛,有个突出的特点,爱抓典型,尤其重视基准班。说起来你恐怕不信,他连咱们班谁每月跑几次马都掌握得八九不离十,跑马多了他就让你滚蛋。知道耿其明为啥调班吧?论起玩炮他不比你差,原先老庄有意让他接我的,就是那方面不行,一想老婆第二天早晨就换裤衩。老庄说跑马多了伤元气,主要是伤思想,钢口不硬。"

石平阳目瞪口呆。

"不信?那我再告诉你一件事。你别真以为那次上教导队把你刷下来是因为那泡稀汤,不,不是。那不是偶然的。没那泡稀汤你可能也走不掉。你小子学东西快,素质好,又本分。你到班里才几天,他的本子上就记下了你的名字,还打了重点号,你强过王北风他比谁都清楚。但有一条,直接提干留下来用可以,送去上学他不干,真是块材料,出去就回不来了。老子吃的就是这个亏。咱在玩炮,他在玩咱。他也想提我呀,他后来真的想提我,可后来就由不得他了。干部制度改革,师里都没这个权。……再说咱连队干部。咱连长老宋有真本事,个人技能好,但他组织能力不行。关键时候还得咱基准班长给他撑着。副连长贪,谁探家带东西他都要,但谁的问题他也解决不了,一贪,屁股就不干净,胆子就小。这个人可以省略不计。有一个人你得尊重,就是指导员,人正,有才,文章写得好。他没结过婚,他从前的未婚妻是咱师医院的医助,得了白血病死了,他心里伤得很深,在他面前别提女人的事。还有,他最怕别人说他不懂业务,他要是转到你的炮上,你不仅要恭敬谦虚,而且还不能让他看出来你是装的。总而言之,四个'对'——对营长留一手,对连长露一手,对指导员笑一下,对连副哼一声。我说的这些你都记住了吗?"

石平阳连连点头:"记住了记住了。"心里却想,可我能做到吗?怎么这么复杂呀?这几年班长当下来,还不把人炼成精了?

"对于班长们,尿,都是老兵了,要的就是个尊重。舌头打个滚,感情不赔本。你先把炮玩灵了,再谦虚一下,人家口服心服。像你这样光知道自己闷头干,人家反而觉得你孤傲狂妄。几张嘴巴一起臭你,能把香胰子泡成臭豆腐……总而言之,你不光要琢磨炮,还得琢磨人。明白吗?"

"明白。"石平阳又点点头。

"当班长的,有三条路。一是别人咋干我咋干,这条路稳当。二是领导喜欢咋干我咋干,这条路宽敞。三是应该咋干我咋干,这是一条出成绩的路,但也可能是一条羊肠小道。你准备选哪条路?"

石平阳阴起脸,深沉了半晌,说:"班长,你走的是哪条路哇?"

李四虎又咧开大嘴笑了:"我原先走的是李四虎之路,稀泥巴路,如今是走投无路。"

石平阳说:"那我就走石平阳之路。"

李四虎说:"换上个人,送一条鸡公山烟我也不跟他放这么多屁。这好歹也是我当兵几年的一点理论知识。讲这些啥意思?你记住,要想混个前途,还要保住咱炮手的德行,这三条路都得走,摸着走……我是明白得太晚了呵……"

到了年底,李四虎果真复员。临走那天,李四虎对连首长说,不用费事了,让石平阳帮我背个行李卷子,送到西黄村就行。

李四虎到西黄村落户的事,经过一番小小的周折,终于得到了各级有关部门的认可。一则他兵老,有结婚生孩子的资格;二则也不违反婚姻法兵役法或其他任何什么法。离队前三天,李四虎就同那个叫于文兰的姑娘到镇上开了结婚证,并带回连队让大伙仔细地羡慕了一阵子。

路上,石平阳怯怯地问:"心里头是不是有点……那个?"

"屁,铁打的营盘流水的兵。那个啥?这条路早晚都得走,晚走不如早走。"

石平阳自己心里反倒极不是滋味。

"这下好了,老婆孩子热炕头,早晨也不用一大早起床,黑起屁股喊口令了,再也不用为个鸟名次累得扯筋脱肛了。那个小店,我要把它办得红红火火的,小日子要弄得滋滋润润的……好哇好哇,外出也不用请假了,老子自由了,老子不是兵了,再也不受那鸡巴纪律约束了!老子想到哪里就——到——哪——里!"

末了,李四虎简直是在喊,声音拐着弯儿,破破烂烂的极刺耳。

"老李,你嘴硬……你在哭吗?"

"啥话?我李四虎啥时候哭过?来,帮我吹吹,沙子进眼里了。日他妈,这风真大。"

再往前走,两个人都不说话。

"石平阳哇,你也是老兵了。"

"在你面前,我觉得还是个生瓜蛋子,老不起来。"

"我一走,你就会迅速老起来的。妈的,真快,一晃都八年了。当初来部队时,我还是个嘎小子,眼下,离三十不远了。"

走过一个山脊,李四虎愣住了。一班全体,除开他和石平阳,还有六个人,组成一个小小的夹道欢送阵势,打着一条自制的横幅:"广阔天地大有作为"。

李四虎愣了半晌,眼窝子烫起来,问:"谁的主意?"

"大伙。"石平阳答,"在大伙心里,你永远是我们的班长。"

兵们保持立正姿势,向李四虎行注目礼。李四虎往前走了两步,突然站住了。

"大伙别这样别这样,这份情太重了,我李四虎这一辈子值了,就冲大伙的这份情,我觉得比当个师长团长都光荣。就送到这里吧。往后……往后……"李四虎说不下去了。

"老班长,咱们班新老班长都在这儿了,一起再唱一支歌吧。"石平阳提议道。

"那好那好,就算分别歌了。我看,咱们就唱《戴手铐的旅客》里面那首吧,正好合今天这个味儿。"

> 送战友,踏征程
> 默默无语两眼泪
> 耳边响起驼铃声
> 战友啊战友……

歌声响起来,传开去,有些嘶哑,随着压抑的冷风,在原野上缭绕。有个兵哭了,接着又一个,兵们都在默默地流泪,泪水浸泡了歌声,于是更加悠远。

"别唱了别唱了,这他妈就像跟遗体告别似的。咱班唱歌拉歌比歌,还没有这么丧气过。这歌没劲,换首歌唱!"李四虎把背包往地上一扔,立正站好,高声说:"注意了,我来起一个。战友战友亲如兄弟……预备——唱——!"

> 战友战友亲如兄弟
> 革命把我们召唤在一起
> 你来自边疆,他来自内地
> 我们都是人民的子弟
> 战友战友……

歌声越唱越响,如一股粗壮的狂飙,裹着年轻的潮湿,在山野里颤颤抖动,滚滚而去。

李四虎往脸上抹了一把,尽是泪。弯腰背起背包,就在这歌声的陪伴下,头也不回地走了。

五

石平阳的铺盖搬上了李四虎享用了八年的床板。

第一次独立组织训练,庄营长自然要亲自把关。但他没有走进炮场,老远地蹲在一棵树下,悠然自得地抽烟。令庄营长困惑的是,石平阳用了整整一个上午训练拔插销,那玩意儿简单得就像放屁,犯得着费这么大劲?

后来他总算弄明白了。在石平阳手里,全班六个人没有一个顺利过关的。老兵们对拔插销这门技术早玩腻了,很不情愿,却被石平阳鸡蛋里挑骨头,做一次,挑一次,而且那骨头挑得合情合理,有根有据。老兵服了,新兵更不敢马虎。庄必川想,有门,李四虎那个茬他接上了。他是在磨呵,磨意志,磨韧性,也磨较真劲儿,把老兵磨软,把新兵磨硬,在老兵面前磨出威严,在新兵面前磨出威信。

庄营长起身拍拍屁股,扬长而去。

李四虎语录:"第一招是斗住老兵,一脚踢在他屁股上,而且要绝对保证踢得他不敢吭气,往后的事情就好办了……"

下午训练分解结合。庄必川踱着营级步伐直接走进了训练场。那阵子石平阳显得很清闲,在一旁冷眼相观,既不示范,也不纠正。兵们各自为战,把炮上的铁疙瘩们卸下来装装上去卸,十分认真卖力。庄必川叫过来两个人亲自验收,其动作之熟、速度之快、精度之准,令庄必川高兴得直想哼几句《沙家浜》。

"石平阳呵,我来考考你。"庄必川把石平阳叫到圈子外,抬头看了看天,然后抓了把碎土向空中抛去,说:"开始!"

"风向十三至二十。"石平阳脱口而出。

庄必川走到炮后方向盘前,标定十三至二十,再对上接目镜,镜头射线果然与远处一缕炊烟走向重叠。

庄必川哼了一声:"不错,正负不过五。风速?"

石平阳略一迟疑,然后说:"每秒二。"

庄必川又把手伸到风中,挡了挡说:"基本正确。"想了想,又说,"再考你一下,理论的。有人说过这样一句话:勇敢者只死一次,胆怯者却经历千百次的死。知道这话是谁说的吗?"

"咱们师长。"石平阳毫不含糊地回答。

"是吗?"庄必川满脸狐疑,"我怎么记得像是拿破仑说的。"

"师长看望新兵时说的。原话是普鲁士的一个叫克劳什么茨的人说的,师长那天用来教导我们。"

"你小子,好记性……你会拉胡琴吗?"

"不会。"

"会下围棋吗?"

"不会。"

"喜欢文学吗?"

"上学的时候想当作家,那时候谁都这么想过。"石平阳有些不好意思,"写了几首……那不叫诗,老师说我那是干叫唤,提虚劲,以后就没再写了……其实,我自己觉得那诗挺好的。"

"写诗？咱们师倒真有个大诗人,在《解放军报》上发表过。师长,咱们师长,是五十年代的大学生,到外国当过武官。上面有人嘀咕说咱们师长几十大岁了疯疯癫癫,没个大领导的味儿,但咱师干部没个不尊重的。"庄必川扭过头问,"见过师长打篮球吗？""没有。"石平阳答。庄必川很幸福地笑了笑,接着说:"师长每回到团里来都要组织打篮球。他自己不打,当裁判。《体育报》上登过一张照片,中锋带球上篮,是宣传科朱干事拍的,师长亲自题诗。听着呵,"庄必川咳了下,润了润嗓子,酝酿了一阵激情,然后开始朗诵,"……呵,呵,离开地球/在这个瞬间/将粗犷的人生抛进空中/完成一次力的写意……呵……呵……"庄必川陶醉了片刻,问,"知道那中锋是谁吗？"

"是你,营长。"

"咦,你是听谁说的?"庄必川好生奇怪。

"猜的。"石平阳咧嘴笑了一下,笑出了狡黠的味道,"你记不住克劳什么茨,却把师长那首诗背得滚瓜烂熟,这很能说明问题。"

"哦,哈哈……小子,恋爱过吗？"

"没有。"石平阳回答得很坚决。他觉得自己曾经对某个姑娘产生的那点小意思,距离恋爱的境界还十分遥远。

"会溜冰吗？"

"不会。"

"康乐球？"

"不会。"

"操,你小子爱好也太单一了点。"庄必川很遗憾地咂了咂嘴巴。

石平阳觉得委屈:不是你一个劲地鼓励我们要一心一意扑在训练和工作上吗?怎么又成单一了?

"也好。人啊,一辈子只能干成一件事。当然,指的是大事。炮兵的大事就是操炮……不过,也得丰富点。冲你这身膘、这副灵劲,打篮球准是一把好手,师长一见肯定喜欢,没准也会给你来上张照片配上首诗……你小子还真有股帅劲儿……怎么样,星期天我教你打篮球?"

"不用教,打篮球你不如我,营长。"石平阳挺了挺腰杆子。

"嗬?你不是不会吗?"

"我没说不会。你什么都问了,就没问我会不会打篮球。在学校我是校队中锋。"

"那好,星期天咱们定点投篮。我要是输了,送你一条鸡公山香烟。你要是输了,就把我的被子给拆洗了。"

六

过了一个春天。

又过了一个夏天。

日子在一天一天地走着,石平阳的兵龄也在一天天地老着。继李四虎之后,他当仁不让地成了本营腰杆最硬的炮手。

"什么是炮手？只有当他的手触摸到大炮的时候，只有当他把那枚弹丸推出炮膛并按照自己的意志飞行的时候，他才具备了炮手的价值。炮手并不是生来就区别于常人的，但是炮手成为炮手之后就区别于常人了。你经过千百次操炮的熬炼吗？你的身上脱过十几次几十次皮吗？你体验过手指按在击发键的时候是一种什么心情吗？你品尝过那一道流线从你眼前消失进入地球某一坐标时的快感吗？你得到过自己的意志完全被执行目标被摧毁的那一瞬间的巨大幸福吗？你没有，而炮手有。炮手的人生是一种奇特的人生……"

在全师炮兵骨干培训动员大会上，本师刘师长手持麦克风，没拿稿子，演讲似的，侃侃而谈，为这些炮兵中坚力量打气。

后路问题显然已经成了很现实的问题，这个问题常常折磨得石平阳失眠。但当好一个炮手是更现实的问题。李四虎悟到了路该怎么走而他却没有那样走，石平阳更是没有修炼到那份儿上。炮手就是炮手。站在炮架上就什么都不想，欢乐忧愁着急痛苦全部烟消云散，所拥有的只是发一声吼把大炮玩得腾云驾雾气冲霄汉，夺个旗子领个奖炊事班送来了慰问的饺子喜报寄到家里就觉得活得沉甸甸的。

兵要当得地道。

石平阳听庄营长说，师长原先也是炮兵，是从炮手的位置上考入哈尔滨工大的。在这样的师长麾下当一名炮手无疑是幸运的，但石平阳明白，不是所有的炮手都能进入师长描绘的那种境界。要进入那种境界，就要像李四虎说的那样——得把自己交给炮。

据李四虎说,庄营长算不上好炮手,好炮手当不了营长。但庄营长会用好炮手,实践证明,庄营长在使用人才方面果然有一套绝招。

一次,石平阳带本班到四十里外参加军里组织的炮兵擂台赛。石平阳第一次在这样的场合露脸,起先有点紧张,发挥得不太好,成绩落后于四连一班。休息时,庄营长带着通信员亲自送来了绿豆汤。营长摸着石平阳手上的趼痂和虎口上的裂痕,心疼地说:"这没什么。构工是四连的传统课目。再有,他们那个班都是巧克力喂出来的,为了这次擂台赛,二营给他们补了七百块。咱不跟他较这个劲儿。"

石平阳心里顿时一烫,热辣辣的很不是滋味儿。

庄必川又对连长说:"老宋,不管比赛结果怎么样,一班都是尽了最大努力的,自身表现是出色的。自己跟自己比,今天是发挥得最好的。你马上打电话给指导员,叫他把黑板抬到路口,写上标语,欢迎一班战友。下一轮如果再输,标语上就写'胜败乃兵家常事'。一班的负荷量超得太多了,结束后坐我小车回去。"

石平阳二话没说,当时就转身跑回班里,集合传达了一番。营长的信任理解和关怀像春风一样将几副血气方刚的胸腔扇出了熊熊烈火。下一轮团体比赛是推炮上山,七个人拱正了姿势齐声呐喊,山摇地动,二十多度的斜坡如履平地,那炮就像加大油门的汽车,直愣愣地冲上坡顶。更绝的是,一班几个人意犹未尽,那股劲头仍在呼呼地往上冒,石平阳一挥手,几个人又扑下山,拨开四连一班的人,硬是把人家的那门炮给推了上去。

二营的营长教导员目瞪口呆。

"老庄哇,你是不是给他们吃激素了?"

庄必川笑笑,笑得很含蓄。

接下来是班长体力对抗赛——挖驻锄。五十个驻锄,石平阳时有领先时有落后,两个人同时报好,速度精度不相上下,高低无法裁定。尽管已是心律过速脸色死灰,但石平阳仍然高举双手大声申请增加二十再次进行角逐。结果,四连一班长倒在后补的第九个驻锄坑里,那个坑只刨了一半。负责仲裁的团副参谋长高叫暂停,但石平阳坚决不停,仍然抡镐不止。

一时间全场寂然。只见银光闪烁,飞沙走石。石平阳像灌了斤把二锅头,身体东摇西晃,镐尖却一次次准确地落下。庄必川跑上去狂吼:"石平阳,我命令你停下!"

石平阳压根儿不予理睬,嘴里还在念叨:"十六、十七……"翻起的尘土遮住了人们的视线,偌大的赛场上空响彻了轰轰隆隆的心跳声。

"石平阳,你他妈不要命啦,我处分你!"庄必川不敢靠近,跟在后面跺脚大喊。……终于,石平阳整完最后一个驻锄,瘫软在庄必川的怀里。庄必川当时就把两颗硕大的烫泪砸在石平阳的额上……

让石平阳感到欣慰的是,王北风总算还没忘记他这个老战友,时不时地来封信问候问候,谈谈情况。突然有一天,又接到王北风的来信,信中以掩饰不住的愉快告诉石平阳,教导大队已并入陆军学校,学制改为三年,毕业后可以拿到大专文凭。并且还说,他见到张峨嵋了,她也于秋天考入通信大队,与炮兵队只隔了一个山头。来自老部队的学员经常聚在一起,多次谈到新兵时的那个雪天,多次谈到石平阳。军区小报上关于石平阳的报道,连同照片都被张峨嵋剪贴在日记本上……"石头哇,我们确实为你感到骄傲呵!大伙合计了,准备凑一些复习资料,希望你能参加高考,你不能老待在山里傻干,你一定要考呵……"王北风在信的结尾处充满了激情。

石平阳着实感动了。

那天下午他攥着那封信,心里热乎乎的乱成一团。他把眼睛投向窗外,外面是萧瑟的秋天,干硬的山风卷着沙尘在山谷里盘旋,噼噼啪啪地敲打在窗子玻璃上,奏出了深秋的苍凉。透过这暮色渐浓的天空,他的目光湿润了,他似乎看见了几年前那片无边无垠的大草甸子,看见了那场漫天铺盖潇洒飞舞的大雪。心头猛地一阵灼痛,耳边猝不及防地又响起那些嫩嫩的吼声:"石平阳,加油!""加油,石平阳!"还有那句泉水般清澈鲜活的话语:

"石平阳,棒呵!"

他突然产生了冲动,突然很想找营长汇报一下思想。明年一过,他就超期服役了,就永远地没有考学的机会了。

他终于迈出了步子。走过一个坡脊,他看见营部的灯火已经亮了,整个山洼照得透亮,他在这强烈的光线下又突然惶惑了,一股辣辣的羞耻感涌上了他的胸口。他停住步子,在秋风中立了很长一段时间,然后坚决地折回到班里。

七

年前,庄营长到七连宣布了一项任命:团党委决定,任命石平阳为七连一排代理排长。

当天晚上,营长就领着代理排长去谈心。顺营长房子转了一圈,又顺营房外的山路转了一圈。在一棵柿子树下,营长背起手,挑了话题说:"有句话,我一直都没说。当时嘛,我确实有点官僚主义。"营长指的是那次没让他上教导队的事,"可是,也不见得就错了,现在的事情很难说。有些本来是很好的苗子,出去晃几年,回来后人也懒了劲也没了,有的连炮都打不好了。相反,有人土生土长就这么干下去,说不定哪天就闪光。高炮团一个志愿兵,前几天直接提拔为副营长了,这事你听说过吧?"

石平阳心里跳了一下:"没有。"

营长把目光从他脸上移开,接着说:"咱们师长说过,毁掉一个人容易,他想干什么就让他干什么,他想要什么就给他什么,这个人很快就可以报废了。而要是造就一个人,可就太难了。他想干什么,你不能让他干,但又不能全不让干。他想要什么,你不能不给,但又不能全给。"

营长手里掭着一根铅笔,往树干上敲了几下,扭过来问:"这话有道理没有哇?"

"有道理,营长。"

"你明白我的意思没有哇?"

"……明白。"其实他不大明白。

"当然喽,也有个机遇问题。可机遇是个什么东西呢?它不是一次性的,每个人一生中都会撞上无数次。但是,你首先必须具备抓住这机遇的能力。打个比方,给你一门炮,前方突然出现一个运动目标,优秀的炮手就会迅速装填瞄准击中它。如果你是个劣等炮手,就是将靶子死按在那里等你三天三夜,你也无奈它何,干看着别人在那上面建功立业。是这个理吗?"

"是的。"

"人啊,有很多事情是没法预料的。"

然后继续往前走。走到七连同卫生队之间的那座石板桥时,营长突然站住了,眼睛很精神地往那边看了一阵子,扭过头来说:"石平阳呵,听说有个叫张什么来着的女兵给你寄了些书,鼓励你考学校,有这个事没有哇?"

石平阳立即回答:"昨天才收到的包裹,还没来得及报告。"

庄必川认真地从石平阳的脸上分析了一会儿,又问:"你们早就认识了吗?"

"算不上正经认识。"尽管营长的声调很平和,但石平阳还是从那双重眉之下看到了问题的严肃性。他挺了挺腰杆子,接住了营长的目光,说,"我们是同年兵,刚到部队那天,宋连长让掰手腕子,我赢了李四虎,她叫了一声好。当时新兵们都为我叫好。"

"就这?"

"就这。"

"还挺浪漫的。"营长说,眼睛滑向一边,那是卫生队院墙后的一溜病号床单。

"有些事呵,"营长又说,"有些事呵,不要想得太多喽……当然,鼓励你考军校,这是件好事情。呵,你们这批兵,还真有那么种……呵,真有那么种团结向上的精神。"

庄必川打住话头,点了一根烟,将火柴杆子举到眼前看了看,轻轻地吹了一口:"有必要提醒你,你现在正在坡上,跨过这道梁,会有一个开阔的天地,所以你必须扑下身子走好眼前这段路。一步没抠实在,也可能会掉下去……至于考学校,那是组织上考虑的事。有机会了,我不会不管的。"

"明白,营长。"石平阳感到很温暖。心中暗想,眼前的营长,虽然人情味少了点,但也并不是像李四虎琢磨的那样可怕。自己能当上代理排长,不能说与营长毫无关系,而且,营长还暗示了一层意思,对人,并不是只用不帮嘛,就冲这,咱也得掏心掏肺地干。

"对于排里,你要多放心思。管理是一门学问,有大学问,也有小学问。要有大办法,也要有小办法,首先得把几个班长的心收住,特别要培养技术骨干,要能接上茬。我看一班副赵州桥是个苗子,你要盯住给我灌,把钢口灌硬了,多给他找点事。我当连长的那几年,连里没出一点纰漏。没啥绝招,一条经验,不能让兵闲着。实在没事可干,你弄一堆砖,上午让他们搬到东边,下午再让他们搬回来。兵一闲就容易惹事,他越忙越累,你心里就越干净……当然了,这个办法有点……那个,但有借鉴的价值。"

那晚庄必川的兴致特别好,天上地下人的炮的各种话题扯了好几个小时。

石平阳果然没有辜负营长一片苦心,把个代理排长当得如火如荼。

他是越来越喜欢那炮了。它不仅使他从兵走向代理干部,并向他闪耀出了正式军官的希望,不仅为他创造了若干嘉奖卡立功证书,而且,更重要的是为他提供了一片施展生命开放力量的天地。每每走进训练场,站在排长的位置上,看着那炮在他的指挥旗下在他的口令声中被操出了翻江倒海的气势,他的心里就充满了无限的快感,就觉得无比豪迈。这种感觉就像老农面对田野,在那垂下头颅的稻子面前所产生的巨大自豪和幸福。

这种幸福持续了三年。

八

只几年工夫,外面的世界就很精彩了。

又一茬新兵分到部队,石平阳终于悲哀地意识到自己已经是个很老的兵了。跨进八十年代的门槛子,新兵们一茬比一茬更难带。石平阳很有些想不通,也不过就是五六年的工夫吧,自己跟王北风那批兵,初到部队时虽然也有些花花点子,可是兵还是当得很本分,工作上还是求实的。这几年的兵呵,争先恐后地比着操蛋。你要是没个三拳两脚,别说领导了,弄急眼了他敢翻了你。

王北风两年前就毕业了,先是分在军部炮兵指挥连当排长,前不久又调机关当了正连职参谋。张峨嵋也毕业了,分配在通信团里当分队长。两个人携手并肩地踏上了爱情小道。

石平阳依然操炮。年度训练,一排以成果法五分、弹测法四点九二分和精密法四点七五分的成绩技压群雄,获射击指挥两项个人第一、一项第二,加上三门单炮分解结合和快速展开,又取得两项第一、两项第二。于是,七连乃至整个加农炮营的年度训练成绩直线上升,冠全师炮兵之首。石平阳因此立了二等功。表彰大会结束后,新任副团长庄必川把石平阳叫到了自己的办公室,通知他参加本年全军统考。石平阳蒙了:"……我年龄早超啦?"

"有精神,特别突出的骨干可以放宽。"

石平阳被这意外的消息撞晕了,想了半晌才问:"那……排里咋办?"

"地球离了谁都照转。怎么,舍不得走?"

"呵……不,不……"石平阳站起来,心里有些抖,眼睛有些潮湿,"副团长,组织上对我……我这就复习……"

"别高兴得太早,考试这一关是很重要的。前年,不是有一个叫张什么来着的女兵给你寄过一捆复习资料吗?还在不在?呵,那可是很能增添力量的呵。"

连续两个月,石平阳脱产复习,干劲始终有增无减。偶尔,也到炮场转转,看看训练,摸摸炮,心里总有些异样的滋味。上军校,这可是梦寐以求的事呵,眼看都要绝望了,那扇大门又微笑着招手了。

一个月后,当指导员通知石平阳说团政治处主任召见他时,他几乎流泪了。说不清是激动是留恋还是别的什么,他有太多的感慨,一种被命运抛弃又重被召回的幸福死死地攫住了他的灵魂。直到被安排在沙发上坐下后,他的心情仍久久不能平静。他没想到,等待他的不是祝贺,而是一个猝不及防的不幸。

主任却很平静,平静地告诉他,昨天下午接到师里电话,说有个战士给军纪委书记写信,反映代理排长石平阳打骂新兵的情况。纪委书记大为恼火,严令追查。

石平阳被暂时取消了考试资格,而"暂时"过去之后,考场大门早已封上,学院的录取通知书已在路上。这命运多蹇的老兵,又被机遇殴打了一次。

石平阳把自己扔到炮场上摔了半个月。

半个月后,好歹把满腔愤恨摔出了八成。星期四的下午,他把一个叫刘发展的新战士叫到营房后的菜地里,选条地埂坐下了。

刘发展递了根烟,他没接。从自己兜里摸出一根"太行",燃着后深吸几口。

"那封信是我写的。"刘发展说。

石平阳看了他一眼,没吭气。

本排的几个班长曾私下里合计,找个避风的地方把刘发展往死里揍一顿,或者趁夜训制造个事故苗头让刘发展自投罗网。老兵总是有一些妖里妖气的办法,治他个新兵蛋子易如反掌,而且绝不露痕迹把柄。但这项预谋被石平阳察觉并坚决镇压了。

"你为什么不找我,不骂我不打我?"

"你是不是很怕?"石平阳吐了一口烟,不动声色地问。

"我天天都在等着……你越是不找我,我越是害怕,不知你到底怎样收拾我……其实,我只想出口气,没想到……没想到会有那样的结果,这事闹大了,我知道……害得你不浅,我也后悔。"

"你在信上落名字了吗?"

"落了,写的就是刘发展。上头给我保的密。"

"还算磊落。可你为什么说我打你?"

"你是间接地打。三班长那次踢我,你没制止,我认为是你授意的。"

"但你在信上说是我亲手打你,还说吐你一脸唾沫,这是为什么?"

"我……想引起上面重视。"

"是人,都想当个好人,没有人生下娘胎就想学坏,是吗?"

"是……可是……"刘发展开始冒汗了。

"你最近是不是老做噩梦?"石平阳话锋一转,直视刘发展。

刘发展脸色骤变,抬头迎视石平阳:"这话是什么意思?"

"你老是在夜里说梦话,声音很瘆人。我琢磨你有心事。"

"没有没有没有,你是恐吓我,你想从精神上把我搞垮……"刘发展歇斯底里地叫起来。

石平阳冷冷地看了他一眼:"说实话!"

刘发展突然站起:"明说吧,是我害了你,官了还是私了,怎么着我都认了。"话虽说得气壮如牛,小腿肚子却在抖动。

石平阳坐着没动,斜起脸往远处瞄了瞄,又狠吸两口烟,然后说:"好,言归正传。先说你们班长踢你。我没授意,但确实也没制止。你们班长是老兵,腰肌劳损起不了床,却从来没误过一班岗,多好的人啊!我刚把你领回排里时,大伙都不敢要你,都知道你当新兵时就不出操不训练不站岗。是三班发扬了风格要了你。一个人混到别人都不要的地步,你还算人吗?就因为批评你几句,你就操他娘操他姐操他妹骂了四十多分钟,骂得全连的同志都跺脚,都恨不得把你掐死。说真的,要不是指导员死按住我,我也上去了。我承认,我是不冷静,可我没法冷静啦。全排都在干,都在热火朝天地搞训练,都想当个好兵,可你呢?装病,半夜偷别人的饼干。指导员找你谈话,病号饭都让你打翻了,我跟你谈还有什么用?谁能跟你谈得拢……我真想狠狠地揍你一顿……"压了十多天的怒气和仇恨终于爆发了,石平阳扔掉烟头,站了起来。

刘发展惊恐地看着石平阳,突然蹲下身子,捂住了脑袋。

"站起来,到炮场去!"石平阳断喝一声。

刘发展惶惶如丧家之犬,爬起来,一溜烟地往炮场跑去,边跑边回头,提防着石平阳,生怕他一脚踹过来。

石平阳对刘发展施行了强化训练:跟踪标定。刘发展把高低方向两机摇得呜呜生风,眼睛死贴在接目镜上,耳朵警惕地接受着来自石平阳的每一道指令,心里扑通扑通乱跳。石平阳并不靠前,老远站着,只是根据炮身倾斜程度和指向下达纠正口令,其精确程度令刘发展惊恐不已。他越来越真实地越来越悲哀地意识到,他千真万确不该伤害这个人,在这个人面前,他委实发现自己的渺小和丑陋。

三个小时过去了,石平阳依然不紧不慢吸着烟,踱着步,下着口令。

刘发展觉得自己快要散架了,浑身的骨头像被焚烧了一遍,神经似乎不再跳动,硕大的汗珠从脊梁沟子往下滚,渗出军装,在背上、大腿内外浸出黑色的水渍。他感到自己实在抗不住了,两手稍一疏忽,便脱离摇柄,瘫在地上。领口处大团大团地往外冒着热气。

"排长,饶了我吧,我错了……"

"错在哪里?"

"最大的错误就是不该跟你较劲儿,咱谁都惹得起,可再也不敢惹你了……"

"放屁!"石平阳大吼一声,"站起来!"

刘发展一副死皮赖脸相,龇牙咧嘴地站起来,两手捂在膝盖上打战。

"听着,你做了不少坏事,但我今天不跟你算账,我现在正在找原因。我揣摩你有一桩很苦恼的心事,你不愿说,这个话题先放下,等你想通了再跟我谈。从今天的训练看,尽管最初阶段是被迫的,但是口令执行得并不马虎,这说明你是可以服从命令的。其次,你第一次认真,也第一次体现了灵气,在后来的几次标定中,你的速度和精度都明显地提高了,这说明你是有能力的。再次,还有更为可贵的一面,在标定十三号方位物时,我故意错下了四个密位,你当时犹豫了一下,又重新标定一次,最终没有按照我的来。当时你可能并没有多想,而是出于一种本能的责任感。这个细节对你我来说都十分重要。也就是说,在你的身上还是能够找到长处的,只要你正确认识自己,合理使用自己,你会成为一个炮手的,而且可能会成为一个好炮手。"

在石平阳说这番话的时候,刘发展先是站正了身子,然后立正。目光由痛苦变为茫然,再惊讶,再惊喜,再悔恨。胸脯越挺越厚,喘气声越来越粗。在三个多小时的高度训练中,他完全置身于极度的紧张劳累之中,随着变换的口令和接目镜里不断刷新的色彩,他渐渐忘记了自己,忘记了过去,忘记了耻辱,忘记了恐惧,从肉体到灵魂都在那淋漓的汗水冲洗之下,得到一种升华,飘扬到离他自己很远很远的另一个境界。

等石平阳把话说完,刘发展已是泪流满面。

"排长,你这话……都是真的?"

"我说过假话吗?"

"你……不是变相体罚我?"

"有点体罚,但没有变相。"

"排长,我有个请求。"

"说。"

"排长,来吧,照这儿扇,就算原谅我了。"

石平阳愣怔片刻,恍然大悟,笑了笑说:"扯——淡!"

"那……我自己来!"刘发展一跺脚,抡起手臂照自己的嘴巴扇过去,一巴掌打了个血印子。再扇时,就被石平阳挡住了。石平阳踢了他一脚:"劲儿没使完是不?装填一百次!"

刘发展愣了愣,大叫一声:"是!"抱起教练弹,以排山倒海之势向炮位扑过去。

九

王北风没想到,十年之后他会在这样的场合以这样的方式与石平阳见面。按总体部署,炮兵团将迁到一个中等城市驻防,他是作为集团军工作组成员下部队验收的。

"少校同志,师属炮兵团七连火炮封存完毕,请您检查。上士值班员石平阳。"

两人相距十米左右,石平阳穿一身崭新的士兵服装,而脚下却是一双旧的解放鞋,草绿色箍一道细红的士兵帽严格地扣在脑袋上,并从帽檐下压出几根白发茬子。这张士兵的脸千真万确是过于成熟了点,紫铜色的瘦肉绷紧了颧骨,嘴角上扯起了几道粗糙的纹线,储存着汗渍。

王北风为自己锃亮的皮鞋和笔挺的毛料军服而羞愧,而这只是瞬间的。众目睽睽之下,他是集团军的特派代表,他必须保持指挥机关的风度和威严。他的手上还戴着薄如蝉翼的白色尼龙手套——那是专门用于检拭火炮洁净程度的。

石平阳也在注视着王北风。几年不见,王北风似乎又长高了,更壮实了,气色滋润,红光满面,无一丝褶皱的校官服烘托出伟岸的仪表。

王北风的嘴角微动了一下,抬起右臂,节奏分明地还了一个雪白的军礼。"稍息!"

做完这一套公式般的动作,彼此这才松弛下来,王北风上前几步,抓过石平阳的手,但没有说话,只是攥了攥,用的劲儿很足。在整个检查过程中,王北风神色专注,目光挑剔,从炮衣炮身到附件,挨个把六门炮里里外外连同杂碎察看完毕,这才向陪同的团里干部和石平阳笑笑:"无话可说,按计划入库。"

"石头,我没想到你还在坚持。"

部队解散后,王北风把石平阳拉出营房,上了半面峦。

这是初春的下午,太阳熨着山坳,蒸起淡绿色的光波。从半面峦上看出去,远山起伏重叠,日照倾斜,半阴半阳,更远的一块山尖上挂着一块破布似的白云。

打火吸烟。石平阳说:"都没想到,还能见你一面。要说,也是我的不对,想给你们写信,想见见你们,可是,心里总有点……不是味儿。都是一年的兵……你不会笑话我小肚鸡肠吧?"

王北风猛吸一口烟说:"我这几年,总觉得心里愧愧的,也许,就那一下子,就改变了咱俩的命运。"

"话也不能这么说,比起我,你有很多长处。我呀,干得再红火,也是兵的红火,我就是个兵的料。"石平阳这阵子真有些伤感了,不是王北风比的,也不是因为遇到的那些坎坷,而是因为自己对自己有了进一步的发现。掰着指头数数,在全团的同一年兵中,除了提干上学调走的,唯独只剩下自己这颗"兵种"了。就连比他晚入伍的班长们,也换了一批又一批。二十好几的人了,从理论上讲,是早该结婚抱孩子了,而他连个对象也没有。家里倒是介绍了几个,也专门为此探过两次家,却总是花好月不圆。想想这些年来,除了操炮,他还会别的什么吗?姑娘们偏偏还重视这个问题,尤其是那些吃商品粮有工作的,譬如你会写诗会唱歌会跳舞会溜冰吗?你会英语吗?哪怕翻个跟头比画个杂耍也行呀。他很尴尬,除了炮,他就生动不起来,就没有多少精彩的话题。可你总不能跟人家宣扬赋予射向装定表尺吧,多枯燥呀。

"我真想象不出来这些年你是怎么过来的,没有想过要复员?"王北风又问。

"想过,而且想了两次,都没走成。"石平阳老老实实地说。前年就提出过,连队也同意了,可营里不批,那时候要搞演习,他们排是配属步兵连行动的。去年破格提干的希望再次破灭,他下了决心,这次说啥也得走了。真的坐上解放车,挤进退伍老兵的行列时,他的心却又突然紧缩了。就这么走了吗?干了九年了,苦在此,乐在此,荣在此,当年埋下的一颗充满幻想的种子也在此,拍拍屁股就能走得干净?车队离石岭营房越来越远,他的心也抽得越紧。这一辈子还能再来吗?这可是人生的最大的一站呵!那时候他明白了,将来的一切,做人、工作、生活方式,都由这些个年头筑就了顽强的基础,炮手的秉性已经渗入骨髓了,那间住了九年的宿舍,那熟悉的老虎灶和通红的壁火,那蒸发着青春汗味的空气,那些朝夕相处的战友,难道从此就绝缘了吗?车队走进城市,再驶向郊区,驶进一片暮霭苍茫的原野。某一时刻,他真想跳下去,他惊恐地意识到不能离开这里,他想象不出离开这片土地他该是怎么个活法,他想象不出把自己从头到脚又改造一次,又去适应一种新的活法自己会是个什么模样,可他没有跳,一盆水已经泼出去了,就再也收不回来了。后来,一辆军用吉普车风驰电掣地追上来,当他看清里面是副团长庄必川时,他的心呼一下燃着了希望。凭感觉,那是来追他的,是逼他后悔的。他乘坐的卡车在前面走,小车在后面追,他真盼望庄副团长大叫一声停车,他恨不得自己下去拦住那小车。可是,副团长没喊,就那么跟着大卡车,他失望了,绝望了,心里流泪了,后悔了,你不是闹着要走吗?那就滚吧!没想到,当车在兵站停稳后,他刚跳下去,就被副团长当胸一把揪住。副团长脸色铁青地骂了句:"老子去学习才一个月,你小子就开溜,没门!团党委决定,你留下!不行就转志愿兵!"

转志愿兵他也干。他二话没说,就把背包从大车转到小车上。留下来,还是当兵,还是代理排长。连志愿兵也没转上。指标极少,农村入伍的战士挤得鼻青脸肿,他自恃好歹还有张二等功证书,一让再让。他没提别的任何要求,他知道任何要求都是徒劳的,只要能留下,他就满足了。他不能离开这里,他没有实现自己的夙愿,只要有一线希望,只要部队还需要他,他就要等下去,等待一种最完美的形式和内容,哪怕他最后依然是个兵,那或许也是一种完美。

两个人在半面峦上抽完了一包烟,王北风目光落在远处,又抽出一支点上。"你是不是也认为我傻?"石平阳问。

"是这么想过,"王北风说,"这个世界就是由傻子和聪明人这两种人构成的,缺一不可。你有你的价值。人最终都是一样的,能当营长团长师长的多如牛毛,但真正的老兵,出色地当了十多年而且将出色地当下去的老兵是不多的,是宝贵的……你不会认为我是讨了便宜卖乖吧?"

"不……我没想那么多。既然是个兵,总是要往好里当吧;既然还年轻还有劲,总不能憋着吧。别说当兵,就是给人擦皮鞋,我也肯定要往好里擦。其实……我没觉得什么。人比人气死人。志向不同,性格不同,能力不同,机遇不同,怎么能比呢?要比就跟自己比,跟自己比心里实在,觉得活得挺真实,挺对得住自己。李四虎老骂我是傻子,只会死干,没个活泛劲,不会拿一把,不会讲条件。我当真是不会,李四虎他自己也不会呀。连长指导员在我面前小兄弟似的,一口一声石老兵,我怎么跟他们拿一把?从营里到师里都把我当典型学习,我怎么去提条件?跟领导说我想当官?向领导说要上学要提干?说不出口哇!要是有这些可能,那领导早就考虑了。不该你的,抢都抢不来。就算傻吧,也是没办法的事。就这副骨头,弯不下炮手的腰,低不下老兵的头……我自信一点,也许我什么都丢了,但自己绝对没丢!"

"石头,"王北风似乎感动了,动了真情,"我惭愧……知道吗?那年我写了血书,还给副连长送了一条烟,虽然不是为了挤你……可是……"

"别说了,都陈芝麻烂谷子了。况且,即使没那件事,你也是今天的你,我还是今天的我……这恐怕早就注定了。"

"还有,"王北风话到嘴边,又咽下半截。沉吟一会儿才说,"你可能已经听说了,我和张峨嵋准备在'五一'结婚……也许,这一切本来应该是你的……"

石平阳愣了一下,随即笑了起来:"王参谋你拿我开什么心,还是那句话,是我的你拿不走,是你的我得不到!"

王北风一把抓过石平阳的手,使劲地摇了两下,拍了拍他粗糙的手背,嘴唇动了动,像有很多话含在里面。

"我还会来看你的。以后给我写信。"

"好的。"

"一定呵!"

"一定。"

王北风离开西岭的第七天,部队就开始搬家了。

庄必川从师部开完搬迁会议,没回团队,径奔七连一排。

庄必川的脸色很阴沉,挂满了零星小雨,阴沉的目光往战士们脸上扫了一遍,然后走进套间的小屋。那里原是老排长丘华山擅自建立的排部,当时布置得挺像个军事指挥机关。李四虎老班长对此深恶痛绝。但丘华山自有道理,煞有介事地发牢骚说:"日他奶奶,也不发个床单。自己买吧,又嫌是花的,影响内务。咱只好躲进这旮旯小屋里住,免得拖了排里的后腿。"这牢骚其实是一种炫耀。咱是干部,干部不发床单不发衬衣不发裤衩,搞训练穿胶鞋还要钱,只有干部才有资格花钱去买,这就是干部和义务兵的区别。李四虎十分痛恨丘华山的大圆头皮鞋,那倒没花钱,是发的。丘华山不大懂炮,训练全靠班长们撑着,自己的绝大多数精力都放在那双皮鞋上,保养得极好,鞋油炮油轮换着往上抹,还在跟上钉了几个铁掌,说是延长使用寿命。丘华山穿皮鞋在屋里走来走去,每一声金属与水泥碰撞的音响都像刀子,极其残忍地戳在与他同年或比他早入伍的老兵们的心上……

如今,"排部"成了小型战备仓库,再也看不到那双皮鞋了。

庄副团长在仓库里待了很久,也巡视了很久,问:"还有丘华山的东西吗?"

声音很冷。

"没有。人走家搬了……是不是出了什么事儿?"石平阳觉得气氛不大对头。

"嗯。"庄副团长从鼻子里哼了一声,摸出一根烟,放在鼻子下嗅了嗅,又放到手里搓,搓碎了,烟叶末子从指缝里流出去。

"小子,死尿了。"

"谁?"石平阳大吃一惊,"两个月前我还在阳泉见到他,刚提的工兵营教导员呀。"

"施工,有个哑炮。一个排长要去,他拦住了,说他当过炮兵,懂那玩意儿。小子,还算条汉子!那颗弹丸在地下四十多年都没响,他硬是把它弄响了,当过炮兵管尿用,那是哑炮。它不按理来,叫它响时它不响,不叫它响的时候它偏要响。一辈子就响那么一次,就把丘华山给我搭进去了……"庄必川抹了抹眼角。

"他现在在哪里?"

"烈士陵园。我从师部回来前去看过,李四虎也在。"

石平阳深深地垂下脑袋。他像是看见了那个人,那个经常把梳子往头上刮几下、把皮鞋往裤脚上蹭几下的青年军官。那个让他们大伙都感到讨厌的人如今居然死了,从此再也见不到了。而且,他是那样一种死法,光彩、悲壮,乃至神圣。严格地说,丘华山不是一个炮兵,更不是炮手,但他是一个军人。尽管他身上有许多缺点……可是,现在看来,那叫什么缺点呢？一件件一颗颗都像珍珠，丘华山最终以一个军人式的献身赋予它们以崭新的色泽。

"李四虎这小子近两年发了，"庄副团长挥手赶了赶沉闷的空气，把话题转过去，"那个小店关了，办了个带锯厂，方圆几十里都找他破板子，一个月净挣千把元。跟我说了，下次打营具就找他破板子，团里的收三分之二，营里的对半，本连免费。这次他拿出一千六，寄给丘华山家。"

"他捉弄过丘排长，心里肯定不是味儿。"

"屁，他还说风凉话，说换上他，就不会出这事。这个鸡巴人，就他妈嘴臭……当然喽，他也真是难过，我第一次看见这小子哭，哭得挺真实。"

"我想去看看他。"石平阳抬头，望着天说。

"丘子吗？早烧了，还剩个盒子。"

"我想去看看李四虎。"

"呵，行呵。他说咱们洗澡不方便，从广州买了几个淋浴器，你们连每排一个。我表示不要。不过嘛，这鸡巴人对部队还是有感情的，他要是硬给，你们就扛回来。打个借条，就说是借的，用完了再还他。不能让这个新生的资产阶级太得意了。"

搬家的当天，李四虎也回去了，但他没有走进营区，只是坐在山坡一块石头上，隔着老远不动声色地往下看。营区里显得很热闹，人欢马叫。扛东西，推炮，挂车，装营具，足足忙了一个上午。李四虎一动不动，硬是在那块石头上坐了将近六个小时。

一切工作就绪后,石平阳匆匆地赶了过来,他早就看见了那个沉默的身影。

"这下可好,想骂两句都没人听了。"李四虎迎头第一句就是这话。

"反正也不是太远,还可以撑到城里骂。"石平阳笑笑。

"再也不骂了,"李四虎叹了口气说,"原想家就在跟前还能守着你们,还可以听见你们拉歌声,还能听见炮声,哪晓得连这点便宜都占不到……"

"老李,听副团长说你现在发了,日子挺自在,你的路走得挺气派哇!"石平阳想调节一下情绪,故意岔开话头。

"屁!"李四虎叭的一下将手中的树枝折断了,"可你知道我心里啥滋味吗?我不是那种只图过日子的人,我还年轻,我想干出点名堂。刚脱下军装那几天,我真的很快活,可是只快活了几天就腻了,有了房子,有了女人,也有了钱,什么都有了,可就是把自己弄没了。干什么事都有一拳打在棉花套子上的感觉。软绵绵的提不起精神,那滋味真不好受哇。日他妈只要部队还要我,再回来当个志愿兵我也干,喂猪做饭种菜打扫厕所都行,活得实在呀。这他娘的当个个体户,除了交党费就不知道谁是党,整个儿没组织,就像个跑单帮的鬼,活得轻飘飘的,干什么都觉得不是正经活儿,都不对我李四虎的路数。"

石平阳苦笑了笑:"也许你我都太在乎自己了,太钻牛角尖了,都以为自己是干大事的料。可是……说不定哪天我还得走,不想走也得走。"

两个人在坡上骂骂咧咧地倾诉了很久,直到山下发出了预备信号,这才握了握手捶了捶膀子,默默地又对视了几眼。石平阳走出很远了,李四虎又在后面喊:"有时间回来看看,从市里往咱团靶场去,要路过我那门口。你看咱那房,我今早特意让你嫂子又挂了那块红床单,训练路过的时候,进去喝口热水。"

很远的山缝里,那座独立房明显起来,房前的那点红,就像一粒火星,隐隐约约地燃烧着。

十

随着一个年代的消逝,石平阳在老兵的位置上也算是出尽了风头。功,自然是少不了要立的,只要是比赛表演或者总结评比,总是要有一份。把立功证书奖章嘉奖卡片奖状堆在一起,少说也有半挎包。

把兵当到这份儿上,不能不算一件稀罕事。

然而,诚如石平阳自己所说:再辉煌也是兵的辉煌。也诚如李四虎所说:提虚劲,一麻袋立功证书抵不上一张提干命令。李四虎对那一纸任命的向往是深入骨髓的。但李四虎到底脆弱了一些,只当了八年兵就觉得老得不行了,就觉得必须老得像回事了,必须老出油条味儿,老出潇洒劲儿,老出卓越的水平来。

石平阳不。石平阳恨不得别人喊他一声新兵蛋子,恨不得把那四道黄杠的上士肩章换成两道杠,腾出两年的空白。那上面已经满了几年了,满得不能再满了,不能再满了就不好意思再赖着不走了。

兵龄和年龄终于都成了让人尴尬的东西。部队搬进城里后,李四虎又来过几次,绝无落实政策之类的屁事,用他的话说是"看看同志们需要个啥",就在营房附近找家旅馆住下,主要精力跑生意,买卖做成了便回连队转两圈,每回都免不了指点江山发一番评论。连长指导员都是新的,嫩得能掐出水,对这个妖里妖气的老兵又敬又畏。

石平阳尽管当了十多年兵,也没有李四虎那个洒脱劲,依然不屈不挠兢兢业业地老着。李四虎尤其反感石平阳的肩章,无论是就能力就年龄就兵龄衡量,那东西都是与石平阳很不相称的。"啥鸡巴玩意儿,整个一只烂袜子,上面抹了四条屎。"李四虎如是说。

师党委决定让石平阳代理七连连长。决定宣布的第三天,李四虎不仅亲自来,还带来了老婆孩子,并在夕阳酒家大宴宾客。被邀请的人中,除石平阳和营连的干部外,还有新任团长庄必川。无疑,李四虎是要大醉一场的,一醉方休,就一根棍子通屁眼儿砸死锤子:"石平阳呵,你小子是比老哥强呵,人家士兵撑破天也就代个排长,你却代上了连长。你有能耐上学提干当排长营长师长,可你有本事以兵代干代上连长吗?这他妈才叫绝呵。要我说给你转干也别转,就他妈当个'天下第一兵',就这么永远代下去,代他个师长旅长干干,让那些昏了眼的瞎官看看咱们大头兵的钢口。"

李四虎后来说,其实他没醉,那话都是说给庄必川和营里干部听的。庄必川当时没什么反应,根本不予理睬,依然谈笑风生,一丝不苟地品尝"新生资产阶级"叫来的美酒佳肴。对于李四虎这一套借酒撒疯的把戏,他见得多啦。

李四虎对石平阳寄予的希望的确是天文的。最后的事实证明,石平阳的兵旅生涯最辉煌处也不过尔尔。

这是石平阳当兵第十三年深秋的下午。

太阳清新明净,将一片开阔的山峦地带笼出梦幻般的色泽。集结地的北侧是彰武水库,一道雄遒严峻的大坝横在两山之间,像一道贯空的长虹,巍峨庄严,看上一眼,令人顿生三分豪壮。空气里洋溢着干草的气息,秋熟的芬芳从远处的村庄和田野里飘过来,伴着远山采枣村姑的笑语,播放着甜蜜的诱惑。

各炮定位后,兵们便各选一块满意处,就着温暖的太阳躺下去,很快便进入了梦乡。阵地上方,一名哨兵持枪站在阳光下,很庄严地履行着职责。

那是二班副刘发展。

果然被石平阳言中,当年刘发展在地方曾参与一起盗窃案,怕事情败露,他那当区长的爹便把他送到部队。这些都是刘发展亲口对石平阳说的。他说他那时很怕,神经兮兮的,对谁都怕,总想把自己装扮得很有力量,从而得到一种安全感。鉴于刘发展主动承认错误,并提供了一些破案线索,地方公安部门免予追究。刘发展从此心里干净,以实际行动重新做人,死干三年当了副班长,如今,超期服役也有些年头了。

晚七时,本师老师长——集团军新任军长刘少将在庄必川的陪同下,上了三营阵地。军长在阵地上踱了几圈后,问庄必川:"搞什么鬼,人呢?"

庄必川微笑回答:"军长,请下命令!"

军长举目四顾,沉吟片刻,对着空旷的野地和野地上的月光,平静地宣布了一项指令:

"师属炮兵团七连!"

"到!"一个透亮的膛音拔地而起,划破了月空。军长向四周看了看,还是不见人。

"进入临站准备!"军长又下了一道口令。

"炮——手——就——位!"军长感到这声低沉但刚劲有力的吼声就在附近,好像是从脚下的地心传出来的。

"军长,请看!"庄团长上前一步,拉了军长一把。

"推炮!一、二、三、上!"随着这声强烈撞击耳膜的口令,军长分明觉得脚下的山地抖了几抖。定睛望去,左边三十米处的平地已被冲破,地面上的植被纷纷倒坍,几团浓重的尘雾腾空而起,六座黑黝黝的物体正冉冉上升。

一分钟后,这六座凸起物的轮廓完全清晰——六门加农炮在月光下昂首挺立。

沉闷的声响顿时消失,万籁俱寂。少顷,一个人影出现在朦胧的月光下,举旗报告:"七连射击准备完毕!"

军长向刚刚诞生的炮阵地走过去,走近了那个身影。

"这就是石平阳,七连射击指导员。"庄必川说。

"知道!"军长挥了挥手,声音很冲,似乎有不耐烦的意思。又向前走了几步,走近了,突然把手按在石平阳的肩上,摘下了他的钢盔。

"打开指挥灯。"军长说。

三只二百瓦的指挥灯同时打开,雪白的光柱哗的一下泻在石平阳和军长的周围。石平阳收腹挺胸,向军长行着注目礼。军长蹙着眉头,很仔细很有耐心地检阅眼前这个有着十多年兵龄、连续六年立功的老兵。那宽厚的嘴角,鹰一般精明的眼睛,山一样严峻的鼻梁,脸庞上那些粗犷有如镌刻的线条,以及额头上过早出现的几道很深的很有力度的横纹……军长就这么上上下下前前后后反反复复地观赏,就像把玩一件工艺品。军长的目光在那身满是尘土已经破旧的训练服和胶鞋上停留并徘徊了很久,最后又滑上去,结结实实地落在石平阳的肩膀上。黑绒布上四道杠——上士。

"按照电影提供给人们的感觉,这个时候我好像应该给你敬礼。"军长说,"但是,我准备以另外一种方式对你进行奖赏。"军长转过身去,向一名参谋吩咐,"开始!"

参谋立即朗声下达一项指令:"步兵第四七四团三营在黄庄地区进攻受阻,命师属炮兵团七连就地支援,以直接瞄准射击摧毁敌火力点。"参谋示意石平阳"注意",然后拿起无线电话筒:"显示!"

先是遥远的沟壑闪过一道红光,接着传来闷重的爆炸声。

石平阳略做思考,报告道:"方向十六至零七,距离一千七百五十六。"

军长目光闪烁,向参谋一仰下巴:"怎么样?"

"方向误差负四,距离误差正负六。"参谋答。

肉眼目测,这个精度是惊人的。

军长没作声,也没看任何人,看了看自己的夜光表,背起手来又走了几步,踱到石平阳面前,将双手同时伸过去,把石平阳的两道眉柱往上顺了顺,似乎要从那眉宇间发现什么秘密。

"医生说我的肺上有块钙斑,你能看见吗?"

"看不见,军长。"石平阳老老实实地回答。

"哦?……没有特异功能嘛。"军长沉吟了一下,又问,"知道赵青山吗?"

"咱们师炮兵的创始人,一级战斗英雄。"

"对,也是我的老连长。"军长仰起头来,目光在月空里寻觅了一阵子,猛回首,下达了号令,"阵地——注意!"

在短暂的骚动之后,阵地齐刷刷地静了下来。月天如水,浮云如絮,兵们或蹲或弓,如箭在弦上。六管黛绿的炮身恰如一排年轻的斗士,翘首指向天穹。

"监视器!"军长喊了一声。立刻,几盏雪灯骤亮。监视器荧屏上出现了一片山地,山地上有一圈椭圆形的白线。

有微风吹来,掀动着石平阳的衣襟。石平阳的脸上已沉落了轻松的亢奋,绷紧的嘴角在微微颤动。月挂中天,从观察台看出去,似乎正扛在石平阳的肩上。

"目标一〇一,计划内诸元,射击!"军长下令。

"标尺三〇五,基准射向向左零至零四,一炮一发,放!"石平阳举旗大吼。

闷重的雷声拔地而起。阵地上,观察台上剧烈颤动,射界边上的几棵杨树猛地弯下腰前弓,又迅速弹回,然后战兢不止,落叶簌簌。一股红色的气浪冲出阵地工事,弥漫在观察台上空。

"观察所通报,炸点偏东五十米,近二十米。覆盖目标!"军长盯着石平阳,下达了纠正数据和火力要求。

"表尺加一,方向向右零至零二,全连四发急促射,放!"

又一阵惊雷滚过。

又一股猩红的气浪迎面扑来。

又一团炽烈的火光如红流决堤。

……

阵地消失了,炮手消失了,黛绿的炮身消失了。远在四十米处,是一个黑色的世界,是一个被紫色淹没的秘密。一丛丛血红的光柱撕破烟云,喷向空中。

军长大步跨上观察台,扑在荧屏前。

空中弥漫着汗的潮湿。

几百双眼睛同时跟踪着这潮湿的弹道前行。

三十二秒过去了。那片隔着几道山几重水的沙滩地带又一丝不挂地出现在监视屏幕上。

远处终于传来沉闷的声响。

石灰线不存在了,只剩下一些零星的白斑。

而椭圆依然存在,密密麻麻的炸点均匀地涂抹出一个新的构图。

军长站起身,颤颤巍巍地走下观察台,走进四十米外临时构筑的工事里,仔细地观察每一张面孔,每一张面孔都是黑色的。兵们的牙齿骤然间变得雪白,还有眼睛。军长终于标定了一双更为成熟也更为丰满的眼睛以及那身肃穆低垂的军衣。军衣曾经湿过,又被烤干了,白花花的几道轮廓,像是地图的边界线。

军长双手擎起望远镜,把石平阳喊到身边。

"前方山根发现运动坦克,夜视仪测距离,单炮操作。有把握吗?"

"有!"石平阳铿锵回答。显然,这是今晚最严峻的压轴戏。石平阳转身扑向炮位,双手生风。炮身急剧转动,平指前方。

"距离一千七,一千六百九……"

"自行修正,过壕前摧毁!"军长脸色冷峻,立于炮侧,紧盯着石平阳的双手。他看见那根优秀的手指已触上了击锤,指尖在锤面上颤悸,似乎在做着最后的思考和判断。军长的目光跳了一下,他看见那根手指在变形,在膨胀,似乎有一股坚硬的东西注进了那有着十年兵龄的骨节。

"咣……"

巨响之后,浓烈的焰光涨满了监视器的屏幕。寂静。不到六秒钟的时间,竟异样漫长。终于,屏幕上的焰光沉落了,画面缓缓推向远处,出现了远山黝黑的轮廓。一地微蓝的朦胧月色,犹如浩渺的波涛,随着画面的推摇款款流动。山地影影绰绰出现一块突兀的岩石,岩石下一幅丈八见方的靶子正向近处移动。

连同军长,阵地上的官兵屏住呼吸。

嗒……嗒……地球在不慌不忙地转动。

嚓——咣!

又一声巨响振聋发聩,一团火光从岩石下方腾空而起。在火光照亮的山的背影里,一柄破碎的白旗直直射向空中,在约四十米的高度上,似乎犹豫了一下,放慢了冲刺的速度,在空中又划了几圈飘逸的舞蹈,然后倒栽了一个跟头,抖动着猎猎作响的旌裾,斜斜地坠入深谷……

高低角度与靶子几乎毫厘之差的岩石纹丝未动——巨大的准确!

寂……静!

人们的目光都集中在炮上,集中在军长和石平阳的身上。

军长挥起左臂,在空中停住了。

所有的目光都似乎苏醒了,集聚在那只臂上。倏地,军长翻腕向上,五个修长的手指伸张着晃了两下,立刻就有一只手举着军用水壶递了过去。

军长把水壶递给了石平阳。

石平阳双手擎起,仰起头,一道晶亮的液体如涓涓细流,浇在干裂的唇上。

心里陡生一股烈火。

水壶传到另一只手上,再传……无声地饮啜。传到第十七只手上,水壶干了。军长又将左臂擎起……擎起了第二只水壶。

一个士兵猛烈地咳嗽起来,要往地下吐。

"咽下去!"军长厉声喝道,"那是茅台!"

没有人再咳嗽了。烈酒在腹中燃出了汹涌澎湃的声响。

军长踱起了步子,踱到庄必川面前,问:"有点激动,是吗?"

"是,军长。"

"是呵,有点激动……很难明白无误地判断,是这些炮造就了一名炮手呢,还是这名炮手赋予这些炮以新的生命和性能……"几束录像的强光追来,将军长的身影凸起在广袤的夜暗之巅。

"今天是什么日子?我说的是阴历。"

"八月十三。"庄必川答。

"记住这个日子……记住这个日子。"军长转过身,似对群山絮语,又似自言自语。庄必川暗暗惊讶,他发觉军长的情绪不大对劲儿。

军长仰脸伫立良久,转过身,踱到石平阳的面前,按住了他的肩膀。

"想过将来吗?"

"想过。"石平阳略抬起头,迎着军长的目光,平静地回答。

"有女朋友吗?"

"没有。"

"哦……我应该把我的女儿嫁给你……晚了。"

石平阳嘴角牵了一下,不自然地笑了笑,笑得很含糊。

"这炮,已经被淘汰了,"军长又看了石平阳一眼,"也许,很快就要进厂炼钢了。士兵中,你是第一个知道的。"军长的声音很平静。

石平阳却在这平静中挨了重重的一击。

"换个岗位,你还能重新当一名炮手吗……就像现在这样?"

阵地上一片轰然作响的沉静。

军长把目光直直地落在石平阳的肩上。

"我还要告诉你……我想这个场合是合适的,我们为你打的报告没有被批准,因为……什么也不因为……"

石平阳木然地站着,目光从军长的肩膀上方掠过去,洒在一望无涯的天幕上,洒在十几年前的那片雪地上,他看见一只咯咯作响的手,那一只老兵的手,正向他伸来……

军长又拍了拍石平阳的肩膀:"一个人,一辈子只有一个最大值。你是我所认识的最纯粹的炮手,但这不是你的最大值。去吧,我不能留你了。在这个城市,或者在你的故乡,选一个位置,一个相当于营级干部的位置,我出面为你联系。"

石平阳久久地迎着军长的目光,终于垂下脑袋,轻轻地摇了摇。军长抓住了他的肩膀,攥住,摇晃,松开,朝那敦实的地方轻轻地砸了两下,再松开,转身离去。

掰手指头算,是第四千六百二十四天,石平阳终于最后一次挤进了退役老兵的队伍。军用卡车驶进市区,七转八拐,再走出市郊,把兵们卸在那两座水泥平台的兵站上。

站稳后,石平阳向远处直直地看了一眼,看得很用心。

又是冬天。没有下雪。干硬的风沙和黄昏的落日在视野里构成一片灰色的朦胧。冷,冷得彻骨。从荒草甸子望出去,地平线上生长着几丛暗铅色的村庄,四周围着一些毛发似的裸体枝丫,弓在风中。

立了一会儿,拎起行李走到人稀处,放下背包坐下,然后掏出香烟。划了一根火柴,灭了。又划了一根,又灭了。便不再划,将烟根搁在拇指盖上,漫不经心地敲打着。

老兵们都猫在卡车背后,三五成堆,说着很激动的告别话。他隔着老远冷冷地看。他已经告别整整一天了,听了各式各样的话,也说了各式各样的话。

终于上车了。

北方平原的漆黑的夜晚被冷峭的寒风搅和了。站台上人头攒动,远处星灯如豆,天桥上一排灯光泻下,如同一道透明的闸门,缓缓地移了过来。

石平阳扑到窗前,掀开两层玻璃,冷风呼啸着卷进来,无遮无拦地灌进他的咽、口,胀满了胸腔。他的双手死死地抠住窗口,几乎撵出了火星。

风,将脸吹成一面冰罩。

别了,这片坚硬了十几年的土地。

车在前行,人在后退。倏地,他的目光扯紧了,他看见了一群熟悉的身影。新任一班班长的刘发展带着七个兵,还有李四虎。李四虎脱去了西装革履,穿一身没有领花肩章的老式军装。这支小小的队伍打着一帧醒目的横幅——石平阳——棒呵!

列车缓缓加速。

加进了李四虎的一班终于看见了石平阳,跟着列车向前移动。

歌声乍起——

> 战友战友亲如兄弟
> 革命把我们召唤在一起
> 你来自边疆,他来自内地
> 我们都是人民的子弟

轰然如雷的车轮碾碎了所有的声响,只剩下一支歌膨胀在胸腔里,滚滚燃烧。

胆　量

关于胆量的话题最初诞生于桑秋天换上军装当晚的家宴。起先,老爷子还能保持几分主人的礼貌,举着筷子一个劲地催促客人吃喝。动作虽然欠雅但一片热情难却。酒过三五遭,老爷子的脸色就渐渐浓重起来,汗毛孔也张大了许多。话匣子一经打开,就再也关不住,滔滔不绝如坏了龙头的自来水,常有不三不四的情绪夹杂其中。终于,他拍了拍儿子的肩膀站了起来,半睁着眼睛斜睨一遍家人和客人,咳呀嗨清了清嗓子,很流畅地发表了一通演讲——

这些年没尿仗打了,当官的当兵的一个个养得细皮嫩肉的。你要是能撞上打仗就好了。撞上打仗你先别琢磨活着,你得琢磨怎么个死法。死的时候样子别太难看。该怎么打你怎么打,不管是死是活,只要你打得像样你就是我的真儿子。你要是装孬那你肯定是你娘跟小鞋匠的私房货。这些年我总觉着你他娘的不对劲儿,胆子小里吧唧的不像老子,倒像狗日的陈鞋匠。

举座皆惊。

桑秋天的娘发一声喊,一把薅住他爹的褂领子,将那张充满了高粱烧的老脸拎在近处,母狮般的威风也是地动山摇:"呸!老杂毛酒多屁臭蹦不出一句人话。一边儿歇着吧你!"扬掌将老爷子趔趔趄趄地推出三步开外。

然后上演一出精彩的家庭武打戏。

再然后,桑秋天满脸晦气地扛起背包,跟接兵的副连长走了。

那是十二年前的事。

十二年前的桑秋天是全村著名的软尻子——换成普通语言就是胆小鬼。就像他爹是著名酒鬼一样,其知名度方圆十几里家喻户晓。他爹对于自己的酒鬼称号颇不以为然,甚至引为光荣,却对小儿子的软尻子耿耿于怀。他横竖闹不明白,自己两口子分别被人誉为"钝薄刀"和"老牛筋",不说敢在虎口拔牙,也能坟头扛尸。大儿子二儿子也都是盘死长虫踢死猴的角色,唯独小儿子碰见蛤蟆也要倒退三步,且夜里撒尿不敢下地。当然,老爷子心里像撒过明矾一样清亮,说老三是他娘跟鞋匠的私房货纯属扯淡。陈鞋匠放个响屁都将自己吓得乱蹦,他要是敢偷女人这世上就不会再有软尻子了。老爷子无非看中了那个人是全村乃至全乡更著名的软尻子,借这一点缘由,遮家门不幸的老脸。把账赖到陈鞋匠身上不仅十分具有说服力,而且也是抬举了他。

桑秋天的尻子果然软得出类拔萃。

桑秋天第一次站岗是在到部队后的第三天。带岗的老兵把他往营房外的哨位上一扔,便裹起大衣踩着薄冰回宿舍烤火去了。老兵的影子一消失,桑秋天的汗毛便刷的一下站起来,两只眼珠子精精神神地骨碌很长时间,越瞅越是不对劲儿。八五加农炮营"钢七连"的炮库远离营区,孤零零地安在山根旁,像是一座阴森森的老宅。桑秋天不敢把眼睛投到更远的地方,他觉着自己像一只老鼠,正孤孤单单地冻在天地间一片渺无人迹的荒原上。在朦胧的月光中,他把远处的皑皑雪峰全部看作是晃动的白骨和头颅,月光在雪上折出的几片弱光,又无疑是蹦蹦跳跳的鬼火了。桑秋天刚分到班就听老兵说野鸡湾里常有野狼出没,这时候他似乎真的看到了几只狼眼闪着绿光向他窥伺。一阵冰裂枝落的声响恰如晴天打了一个惊雷,迅速刺激出一系列敌情观念。偶尔从山缝里龇出一阵带着哨音的厉风,那就更让他情不自禁地心惊肉跳了。

没有别的办法,他只好竖起大衣领子将脑袋包住,腾出手来噼里啪啦拽枪栓。不幸的是枪栓越响越增加他的害怕程度,更不幸的是他神使鬼差地把三粒装备弹压进枪膛,最不幸的还是他最终扣了扳机走了火。

于是全连紧急集合,进入一级战备状态。从连部直到师部的电话线烫了大半夜。

桑秋天自然要对此事负责,然而除了满腔真诚地痛哭流涕之外,他还能负得起别的什么责任呢？在实质问题上,真正倒霉的还是接兵的副连长。

这种胆小如鼠的人,是谁接来的？

政审的时候你在哪里？喝酒喝糊涂了吗？

你收了人家多少东西？

那时候绿军装尚且流行,农村人能当上兵大都视为英雄,接兵的干部收两条香烟拎几件土特产往往是盛情难却的事。副连长有口难言。事实上,他仅在桑秋天家中喝过一次饯行酒,还被那个老兵痞搅和得一肚子不痛快、一裤裆清风出的门,什么也没有要人家的。但他又没办法制止别人说三道四。接兵的时候他的确忽略了桑秋天的胆量问题,认为这个问题到了部队后将不再成为问题。桑秋天胆小到如此程度,大大超过了他的想象力所能及的范围。

连务会上,连长等人提出要退兵。

副连长坚决不同意。好歹是个兵,临走时桑秋天的爹千托万嘱,就是想给儿子换一副人胆,要是退回去,丢的也有自己的一份脸。

副连长决定为桑秋天开小灶。

第二次站岗,桑秋天心里揣着满得不能再满的耻辱,更警惕了被退回老家种地的危险,再也不敢将装备弹压进枪膛了。但恐怖的问题依然没有得到解决。此次站岗的氛围比上次更糟,连月亮也藏在云里,天空漆黑一团。睁开眼睛,要么是什么也看不见,要么是什么都看见了。棺材里那个死了三年的张二爷笑哈哈地向他走来,掉到井里淹死的王二蛋又伸出了手从井底冉冉上升。从小老在老槐树下听说的鬼狐神怪蜈蚣精全在眼前扭过来跳过去。

桑秋天咬紧牙关坚持了二十多分钟,最终吃不住劲了。一阵阴风吹过,顿时汗毛倒立,恍惚间觉得有一只毛茸茸的爪子搭在脖颈上。桑秋天从心里惨叫一声,正要拔腿逃脱,忽然听到两声熟悉的咳嗽,便又傻乎乎地站住了。

电筒光闪了一下又灭了。雪地里走来了副连长。

"怕吗?"

"不……怕!"桑秋天抖抖瑟瑟地立正回答。

"怕什么怕?"副连长把眉头皱得吱吱响,"我就在菜地边蹲着,有情况喊我。"副连长说完扬长而去。

剩下的半班岗桑秋天就不怎么怕了。有时候憷了一阵子,老想往菜地边走几步,离那个人影近些,又怕挨副连长的骂,总算没动没喊地把这半班岗挨完了。

第三次站岗又轮上月夜。起先还算安稳,半小时之后,桑秋天又在心里嘀咕开了:怎么老也见不着副连长呢?四周一片月亮,哪里有人影呢?莫非副连长在诓我?想到这里,问题就严重了,捏起半个喉咙战战兢兢地喊了一嗓子。喊完,伸长脖子四下里瞅,哪知道还是没反应,于是更加怯乎,又想往宿舍跑。刚动了动步子,冷不防屁股上就挨了一脚。回头一看,副连长阴沉着脸站在背后,踢过来的腿杆还在自己的屁股下面吊着。

"喊个屌! 老子陪你站满一年岗,然后你就卷铺盖。"副连长说,又晃了晃腿杆,那架势像是还想给他一个扫堂腿。

虽是挨了臭骂,但桑秋天的心里热乎。副连长红口白牙说的话,要陪自己站一年岗呢。

屁颠儿颠儿地给副连长敬了一根纸烟。

从此桑秋天站岗不再害怕。其实从此之后副连长也不再陪岗。桑秋天在哨位上总觉得有人在暗中陪伴,于是精神抖擞地将胸膛挺得很气派。那时候,副连长则已进入梦乡渐忘此事。

翌年春天,桑秋天的爹到部队看儿子,还拎来了一篮子花生地瓜干。

酒是照例要喝的。副连长自掏腰包买酒买菜并作陪。三大杯落肚后，老爷子又故态重演，先将桑秋天胆小的原因归咎于桑秋天姥爷的姥爷，说是查了两家几代的族谱才发现这么一个软尻子祖宗，而他桑家一家子往上数到四代，个个都是敢作敢为的好汉。老爷子说得有根有据。桑秋天的爷爷早年跟杨国夫闹暴动，抡大刀片子砍人头眼都不眨一下。再往上数，桑秋天爷爷的爷爷虽然没有什么大出息，却是威震三乡六村的宰牛屠夫。而他本人则曾经是中国抗日远征军戴安澜将军麾下的钢炮排长，四二年大撤退在野人山的崇山峻岭里生吃过人耳朵。如此一来，桑秋天的软尻子就只能从他娘的血脉里寻找根据了。

说这话时不断拿眼瞪儿子，表示了极大蔑视。

桑秋天对爹的这一套早已见惯，只是对他此时此地又来算这套老账感到巨大的耻辱，愤愤中低下头吃菜，死活不搭理他老子。

副连长安慰老爷子说："今非昔比，桑秋天的胆子已经得到了很大的锻炼，不仅可以单独站岗而且敢于单独杀鸡。老爷子听了龇起一嘴假牙哈哈大笑说，要不我怎么死活让他当兵呢，让他当兵就是想给他一副人胆。狗日的如今没尿仗打，要是有仗打就好了，要是跟狗日的日本鬼子打就更好。同古保卫战那次，婊子养的平井少佐带人摸上阵地，硬是拿血将炮洗了一遍。可怜我一个排的兄弟进了野人山只活下来我一个……"老爷子说着说着竟又哭开了。

桑秋天慌了，眼看他爹又酝酿了出洋相的意思，连忙扑过去架住老爷子的胳膊，连声说："你看你看，不能喝你就别喝吧,一喝就醉,一醉就糟践人,爹你别喝了吧,你歇着吧!"

副连长冷下脸道:"你爹没醉,再给你爹倒一杯。"又说,"你坐下,听你爹说。"

桑秋天的爹一掌拍在儿子的肩上,呜呜呀呀地嚷开了:"你爹没醉,你爹心里比镜子都亮堂。这些年老子一口气憋在心里没处出。你小子要是我的儿子你就去给我跟日本鬼子开仗,逮住平井少佐先别打死他,先往他的嘴里撒尿然后敲掉他的牙,一颗也别剩下。你把他的心肺拎到野人山交给你叔叔大爷们,让他们生吃给你看。呜……我的老弟兄们啊,想去看你们可总也没去,我对不住你们啦……"号啕一阵子又用手指着桑秋天的鼻子嚷,"三儿你要是不敢打日本鬼子你就不是我儿子,不是我的儿子那就是你娘跟陈鞋匠的私房货……"

桑秋天顿时满脸紫红,恨不得一脚将地球踩个窟窿钻下去,期期艾艾地看着副连长说:"副连长你看你看,俺爹就这尿毛病,一喝酒就人不人鬼不鬼地瞎扯乱咋呼,副连长我求求你,这话可千万不敢往外传啦……"

副连长若无其事地站起身,将老爷子耷在桌下的脑袋搬出来,沏了一杯热气腾腾的绿茶,拧了一个毛巾把子让桑秋天替他爹擦脸,说:"你爹没醉,你帮他洗洗,今晚就住我这儿,我再架个行军床。你忙完了回班里休息。"

桑秋天走后,老爷子提出继续喝酒,于是又喝。那酒一直喝到天亮,桑秋天的爹居然没有再发酒疯,很清醒地夸奖副连长海量。

副连长只是笑,杯里巧妙地盛着凉水。他实在陪不起眼前这位高级酒徒。

喝到天亮,话更投机。老爷子又摇头晃脑地给副连长摆开了龙门阵,说他当年在野人山上,要不是牙被敲掉,他准一口咬掉平井少佐的那玩意儿,让狗日的死了都没脸见阎王。他自己的裤裆被枪子钻了三个窟窿,硬是没有倒下去,后来五花大绑,七个小鬼子看着,还让他跳崖跑了。临跳崖时还撞下两个,两个都摔在石头上粉身碎骨。

"老子命大!"老爷子来了情绪,又哈哈大笑。

副连长也跟着笑,脑袋终于晕乎乎了。

"那年野人山死人成千上万,十成有二成是战死的,三成是饿死的,还有五成是活不下去了自杀的……啥叫胆,活不下去了还能挺着活,这就是胆!"老爷子自豪地总结说。

副连长打了个哈欠,嘟嘟哝哝地说:"老前辈说得对,我一定要把桑秋天培养出来,继承你老人家的精神。"

桑秋天自知胆小不是件光彩的事儿,便在其他方面倍下力气。拉计算盘翻射表,无须胆量,全凭眼明手快,桑秋天玩起来得心应手,每次考核都是名列前茅。到他终于发展得可以单独执行杀猪宰羊的任务后,连队全面衡量了一下,认为胆小固然可耻,但也有好的一面。凡事稳当,不会出纰漏,再加上专业过硬,便提拔他当了基准班的班长。

班长当得马马虎虎还算可以。虽然平日站在队列前不免发怵,口令声不如其他班长洪亮有力,但从那张怯怯乎乎的嘴里下达出来的数据,每一次都精确得几乎接近真理。基准炮班的训练成绩在全连依然保持领先地位。

夏天,军区炮兵部长下来检查训练情况,由师长陪同住进了炮团,团里便预先组织全团基准班大比武。预赛中,桑秋天毫不含糊地露了一手。班里的兵也都很够意思,七条汉子一条心,一举拿下全团基准炮班第一名。至此,给首长示范表演的任务历史地落在桑秋天的肩上。随着这项任务的到来,副连长还向大家透露了一项让人心动的消息——师里正酝酿将一批尖子班长提拔为干部。

岂料,关键时刻桑秋天又筛糠了,在正式表演赛中,老是走神下错口令。好在十几门炮同时呐喊,将他的错误声音淹没了。更好在本班兄弟早已轻车熟路,此时哪里还听什么口令,只管按照既定的程序往下进行就是,从而掩盖了他的失态。

接下去是单人指挥单炮表演。

桑秋天往观摩台上溜一眼,心里立马怯了起来。他宁可眼睁睁地看着失去一次大好机会,也不愿意在众目睽睽之下露怯。在桑秋天此时的眼睛里,威严肃穆的观摩台和台下黑压压的人群,全像是刑场上的执法官和死亡的欣赏者,而那一方本是用武之地的表演场,竟如同杀场一般让人毛骨悚然了。桑秋天越寻思越紧张,最后竟把副连长拽到炮库的旮旯里,哭丧着脸,央求换人。

副连长起先还能捺住性子,心平气和地对他说:"怕什么呢,上了表演场,你别管他部长师长的,你把他们全当是看热闹的老百姓,你就当只有你们班像平常一样搞训练。不就是占领阵地赋予射向吗?跟平时有什么两样呢?"

桑秋天仍然是一副阴死阳活的可怜相,说:"那咋一样呢？那么大那么多的首长都瞪起眼睛看着我一个,你说说我这一锤子要是砸了锅,别说提干没指望,往后出门连人都不敢见啦。"

副连长火了:"你他妈想那么多干什么？管他是首长还是脚心,你全当大白菜好了。上了表演场你就是爷,老子天下第一,你只管按你自己的来。"

桑秋天仍然嘟囔:"我没法按自己的来。一看见那么多眼睛,我的心里就发毛。你看你看……"正说着,桑秋天的嗓子突然走了个调儿,"你看我这腿肚子也不听使唤了,狗日的抽筋了。"说完,扑哧一下蹲在地上揉腿,脸色白得像刚用开水烫过的猪皮。

休息时间用完了,团长举起话筒肃静了下面的人,提了几条要求,单等这边上场了。

桑秋天头也不抬,真真假假地揉着腿,不时翻上眼皮偷看副连长,巴望着他早点离开去布置别的班长。

副连长急得脑瓜子直冒冷汗,原地转着圈儿猛抽香烟,抓耳挠腮地直盼天上掉下来个绝招。

"桑秋天,你真不上？"

"副连长,你就高抬贵手饶了我吧,别逼我……"桑秋天又急又怕,几乎要哭出声来。

副连长突然冷笑一声:"哈嗨,难怪你爹说你是你娘跟陈鞋匠的私房货,看来是真的呵!"

桑秋天顿时像遭电打中了似的,脸色刷的一下红得发紫,听此言犹如晴天霹雳。这话他爹说可以,别人是说不得的。他爹说这话那是恨铁不成钢,别人说这话那是糟践他的娘。

"副——长,你、你——你狗日的骂人!"桑秋天呼啦一下站起身,血气方刚地蹦在副连长面前。

副连长依然冷笑,不紧不慢地说:"难道不是事实吗?你爹是抗日的老炮兵,在野人山上都没死掉,这么条硬汉子,不会生你这么个出奇的软尻子,看来,你的来历只能解释为你娘跟陈鞋匠……"

"嘭!"

副连长的腮上出其不意地挨了一拳。副连长愣了愣,举起左手用食指刮了刮嘴角,刮起一抹血渍到眼前看了看,突然笑了:"你他妈的副连长都敢打,别的你还怕个卵子。不是陈鞋匠的私房货,你就给我上!"

言毕,扬起一脚将桑秋天踹出炮库。

重返表演场,桑秋天真是目中无人了。他只觉得心底有一股凉气忽忽地往外冒。他恨透了,恨他爹,恨那个抓住他爹敲掉他爹的牙齿又在他爹的嘴里撒尿的平井少佐,恨副连长,也无缘无故地恨起了可怜兮兮的陈鞋匠。他跑步登上指挥位置,热血沸腾地扬起小红旗,咬牙切齿地吼了一嗓子:

"占——领——阵地!"

……

一股血气贯到底,后来的动作都很利索,就像真的在打仗。没出三个月,副连长当了连长。桑秋天也破格提干当了排长。

桑秋天的排长一当就是九年。

别的没啥毛病,还是因为胆小。对上,除了敢在当年的副连长后来的团参谋长面前发发牢骚,其余的表现均是唯唯诺诺。胆小也有胆小的优点,不惹事,没有磨皮蹭痒的花花点子,当然胆小还是弊多,大事交给他总是让人放心不下,更别指望他干出什么惊天动地的事来。

直到九年后部队调防到了边境线,上级考虑,桑秋天的排座实在不能再当下去了,再当下去就不像话了,这才把他提到了连长。

和平时期的边境,没啥大仗,偶有摩擦,小打小闹过过枪瘾而已。但是炮击始终热闹,两家都在锻炼部队。对方依仗地形优势,常常将小炮推到炮团眼皮底下惹是生非。沙子不大,但钻进眼里硌人。春节前团里拟了一个方案,决定派出前进观察所,潜进深山密林,弄清对方小炮的游击阵地,将其痛打一顿,大家好安稳地过个年。

参谋长将桑秋天叫到团指挥所,把方案大致情况介绍了一遍,然后说:"反复考虑,这个任务对专业技能要求高,找不出合适的人选。"

桑秋天低头抽烟,态度很不明朗。

"有个人倒是定点很准,图上作业全师有名,可是,那家伙是属猪大肠子的,撑不直。"参谋长又说,目光在桑秋天的脸上晃了两圈。

桑秋天依然不吭声,眼睛东张西望。窗外刮了一阵微风,杨树叶子哗哗地响。

参谋长憋不住了,问:"桑秋天你写请战书了吗?"

"没有。"这一次,桑秋天回答得干脆。

"桑秋天,你去把镜子拿来。"

"干什么?"桑秋天抬起头来,稀里糊涂地反问。

"拿来照照你的脸,看看你现在像个什么样子。当个连长窝窝囊囊的,成天一副阴死阳活的熊样子,肠子没有个伸直的时候。天塌下来了,你怕不怕?"

桑秋天翻了翻眼皮,又低下头玩弄手中的半截烟。

"几乎所有的干部都写了请战书决心书,有人还写了血书。你丢不丢人?"

"写那玩意儿干啥,牛皮吹破了缝不上。"桑秋天一甩脑袋,振振有词。

"你呀你……"参谋长哭笑不得,"你他妈放屁都怕砸脚后跟……别忘了,咱们可都是在'钢七连'淬过火的。"

桑秋天瞅了瞅参谋长,然后又耷下眼皮:"参谋长,有话你就直说了吧。"

"这不是明摆着吗,"参谋长站起身,手捏红蓝铅笔敲了敲桌面,"开设前观是件抢手的任务,别人打破头来争。"参谋长抽出一摞文稿扔在桑秋天的面前,"翻来覆去找不见你的大名,这分明是往咱们'钢七连'脸上抹大粪嘛!"

桑秋天向文稿扫了一眼,满脸不屑的神气:"尿,做样子给人看的。上级咋决定我咋服从。"

"那好,"参谋长扔了一支烟过来,自己也点燃一支,"这个任务交给你。"

桑秋天的脸色顿时灰下来,耷下脑袋,手指痉挛地搓揉着那根香烟,直到把它搓成一根柔软的面条儿。金黄色的烟丝从桑秋天的指间流出。颤颤抖抖地落在地上。

"我,有一个要求。"桑秋天终于举起目光,看着参谋长。

"说,我尽全力满足你。"

桑秋天想了想,把只剩下软绵绵的半截烟根噙在嘴角上,划了一根火柴,手一抖,灭了,又划一根,烟卷燃起很旺的红火,将桑秋天的半边脸映得通红。

"算屄了。"桑秋天最后说。

参谋长只好苦笑:"那就等你回来再说吧。"

桑秋天心惊肉跳地带领四名测地兵和两名计算兵,趁夜暗雾浓钻进距驻地九公里的椰岈山,潜伏四天四夜,终于摸准了对方的三个游击炮阵地。表尺和射向都是桑秋天本人计算并亲自下达的,而且还负责观察修正炸点。

电台启用不久,就被对方侦听出位置。就在炮战打得最热闹的当口,两个排的兵力把他们包围在椰岈山东侧的1879高地。

桑秋天在向1879高地转移的途中受了伤,腿上挨了一枪,估计是碎了髌骨,得有人架着走,架到1879高地顶上,便又迅速展开作业,指示修正炸点。间瞄射击开始后,后方的阵地就成了瞎子,校正延伸火力捕捉目标就全听桑秋天的了。

还活着的三名战士是桑秋天用手枪逼走的。战士们起先不走,抱着桑秋天大哭大嚷"要死死在一起",桑秋天横竖挣脱不开,急得高喊:"你们这是想把我送上军事法庭啦,任务没完成我不能离开,你们留在这里没屄用,赶紧回去带人来接我……"那几个战士死不松手,抬胳膊拽腿硬是要把桑秋天往山下运……桑秋天掏出手枪将枪口搁在太阳穴上,悲悲壮壮地吼了一嗓子:"你们再不走,老子就抠火!"

兵们只好撤了。他们抢占一个制高点,向包围上来的敌军实施压制射击,掩护桑秋天作业。

桑秋天终于没再回来,又坚持了二十多分钟,指示打掉对方的最后一个炮阵地,然后靠在一棵树上,对电台吼了一声:"关机,我要炸电台了!"

后来的事情就全凭想象了。

据前去营救的一名排长说,桑秋天在电台上捆了四颗手榴弹,等人家拥上来抓俘虏抢电台的时候,他才突然将弦扯断。

没有找到桑秋天的尸体,只装了几箱子的碎骨烂肉,而且辨认不出姓名国籍。

参谋长给桑秋天的爹拍了份电报,老爷子很快就赶到了,硬硬朗朗地登上了海拔两千一百六十米的云雾峰,去年那片刚刚平静的战场。老爷子心平气和地问起部队的伤亡情况,参谋长回答说只亡一人,就是桑秋天。

随行的人都不吭声,都在等待老爷子捶胸顿足地哭一场。

老爷子坚决不哭,垂着两臂如同塑像一般挺着庞然的身躯,花白浓密的头发在阳光下闪耀着金属般的光泽。倒是参谋长挺不住了,借挠痒的机会悄悄地抓了一条泪迹。

桑秋天的爹举起望远镜又看了一会儿,看得很细。遥远的天穹、湛蓝的天空、雪白软绵的云絮……目光终于落在那座嶙峋挺拔的山峰上,擎着望远镜的老手抖了一抖,暗红色的血管立即蚯蚓般地凸出手背。

"那就是1879高地吗?"

"是的。"参谋长小心翼翼地回答。

老爷子放下了望远镜,转过身来,沉默半晌,才低声说:"狗东西,到底不如老子,你不该……这么个死法……"

终于,颤颤巍巍地落下两颗巨大的老泪滴。

颜　色

那是秋天的一个晴朗的日子。

没有风。天是瓦蓝色的,鲜亮如同水洗。瓦蓝的天空下有几缕雪白的云絮,漫不经心地挂在树梢上。

这样的好天气里,一个名叫神枪狐的汉子,在一座名叫黑虎岭的山根下慢慢地睁开了眼皮。

最初他以为眼睛废了,无论朝上朝下,四面八方看出去,都是一片混混沌沌的红雾,像是刚从猪颈子里喷出来的血光。他把衣襟撩起来,一直凑到眼皮底下,所看见的依然是那种翻滚涌动的红色。

神枪狐觉得很奇怪。他记得他的制服原本是灰色的,就像稻草烧完后留在灶膛里的那种颜色。是什么时候开始变成这种颜色了呢?

在对颜色的困惑中,他突然想起了一件事——昨天夜里也可能是前天夜里或者是大前天夜里,他被人围在黑虎岭上,身上挨了几枪——这时候他还无法判断枪伤的具体位置和具体数字——然后就从山上滚下来,在一阵叽里哐当的响声中,落到了一个黑幽幽的洞穴里。

他突然恍有所悟,他现在已经身处另一个世界了,那个名叫神枪狐的汉子已经不存在了,现在躺在这里的人成了神枪狐的躯壳。

有了这种解释,他才安然地又闭上了眼睛。

过了很久。太阳慢慢地往上走着,烫烫的光束成细捆钻进林子,斜斜地落在他的身上,溅起了许多彩色的光环,并挑开了他的眼皮。

他又惊奇了一次。这回他发现自己的眼睛还是原来的眼睛。

天是蓝的。云是白的。林子是绿的。

琢磨了很长时间,他才明白过来,原来他并没有死,或者说没有真死。那片红色只不过是昨天夜里或者前天夜里或者大前天夜里闭眼之前最后蒙上瞳仁的一层潮湿,现在终于被太阳烤干焙化了。

他掐了掐自己的胳膊,有实实在在的疼。

又是一觉醒来之后,林子梢上飞过一群斑鸠,咕咕的叫声送过来,他这才坚信不疑了:狗日的,神枪狐,真的,还活着。

他寻了一处伤口,把枪管捅进去,用力一搅,顿时疼得心花怒放:真的还活着。

这个发现使他无比激动,他支起一条胳膊,仰起脸来,很幸福地让太阳晒了一阵,影影绰绰那个蓝衣绿裤的小女子就哭盈盈地走了过来。

俺的个小玉春哎
今晚你别点灯
门窝子滑上油哇
俺进去你别吭声
哎哟俺的心上人
哎哟心上人……

他在飘飘忽忽中快活了很长一会儿,冷不丁又想起一件重要的事情。他想他必须首先查明伤口的位置,尤其要弄清楚,子弹是迎面打来的呢还是从背后钻进来的。

经过一番艰难的摸索,他弄清了,伤在腿上,三处都是迎面打来的。血已经不再往外淌,沾在窟窿上,结了硬硬的痂。他于是长长地出了口气,把悬在嗓门口的心放回肚子里,这才觉出火燎油煎般的疼。他终于放弃了站起身的想法,复又躺在地上喘气。

他记得前后的情形是这样的——李大少拍了他的肩,敬给他一杯酒,然后让他带人抢占黑虎岭。黑虎岭是贾葫芦的地盘。贾葫芦有三百六十人马,号称铁血军,占在磨盘山里,同政府官兵对抗,全凭黑虎岭这一处天险。

李大少那天封了三百块大洋,说拿下黑虎岭,就让弟兄们到蓝埠街挑女人,公家一并算账。

神枪狐不稀罕蓝埠街的女人,他要的是磨盘山花老根家的二姑娘。李大少说,拿下黑虎岭,就往里打磨盘山。

交火的时候,他领着八个弟兄冲在最前面,两把盒子炮喷壶一样往上泼。贾葫芦把大队人马放了过去,却截住了李大少,直打到三更时辰,李大少吃不住劲了就带人往回撤,把他留在黑虎岭上拖住贾葫芦。

山坡的树林石缝里塞满了贾葫芦的人,他没看清自己放倒了几个,后来他自己也被放倒了。往下的事情就记不得了,他闹不明白怎么搞的就掉进了山谷里。

身边的栗子树动了一下,甩下几滴露水,他赶紧侧过脸去舔了。嘴唇裂得厉害,动了一动腮帮子便有血丝往外沁。

他算不准已在这里躺了几天几夜,肚子饿得很,估计是两天多了。

有一回跟张大憨交手失利,被围在老鸹潭里,两天两夜没沾米,也没有这次饿得狠。他又摸了摸下巴颏,胡子长了许多,于是他又想,也许有四五天了。

往下要干的头等事,就是要离开这里,至于往哪里去,眼下心里还没数。但他明白,走是必需的了,必须见到活人。不管是什么人,有人就会有饭吃,有饭吃就能活下去。

枪子儿是迎面打进来的,这一点很重要。

这是李大少订的规矩,伤在背后,活不行医,死不收尸。伤在前头,落了残疾养老送终,闭眼蹬腿厚棺重敛。李大少的爹仁义,他爹跟李大少的爹当了三十年厨子,死后睡的是檀木棺材,花了二百七十块现大洋。李大少也仁义,他在李大少手下当小队副,李大少给了他两把大镜面儿德国造二十响,每月还有十五块叮咚脆响的现大洋。

他终于站起来,把枪别在裤腰上,撑了一根栗枝丫。腿不听使唤，一迈步子骨头眼就喊里咔嚓地叫，疼得肠子直转圈。

要是花二姑娘在这儿就好了，他想。他不稀罕蓝埠街的女人，蓝埠街的女人就像蓝埠街的烧鸡，谁都能吃，只要有钱。他嫌蓝埠街的女人不干净。花二姑娘是真真的黄花闺女。头一回跟花二姑娘办那事，不是在床上，是在磨盘山的老桑树下。小女人犟得邪乎，像个爱尥蹶子踢人的小母马。他把德国造抵在她的肚子上，她还啐他一脸唾沫。

后来他差点儿算了。李大少说，入了联防团，就跟以往不一样了。联防团是官办的，吃官饭的人不能动良家妇女，实在打熬不住，可以到蓝埠街过夜。

可他偏偏就不喜欢蓝埠街的女人，偏偏就喜欢没开苞的黄花闺女，就喜欢浑身犟劲的花二姑娘。那天他离开老桑树都丈把远了，花二姑娘还往他背上射唾沫。

花二姑娘说：杂毛种你不给钱就想走？

他说：又没弄你凭啥给你钱？

花二姑娘说：你摸了俺。

他说：你又不是蓝埠街的婊子，摸一把也要钱？

花二姑娘说：你摸了俺你得赔俺的脸子钱。

他把一块大洋掰成两半拉，斜着眼看着花二姑娘说：摸一回给一半，再让摸一回，这半块也归你。

花二姑娘说：一筐桑叶都让你糟蹋了。

他说：老子的脸皮都叫你抓破了。

后来他就转过去摸了花二姑娘的胸。花二姑娘捂着脸儿一个劲地抖。再后来他又动手解了花二姑娘的裤腰带。

花二姑娘说:杂毛种甭乱来,弄出差错俺就嫁不出去。

他说:嫁不出去就嫁老子,老子有的是洋钱。

花二姑娘说:你讲话不算数,老天打雷劈死你。

他说:花二姑娘你要不是黄花闺女脏了我的家伙老子一枪崩了你。

花二姑娘就仰了头闭了眼变了声,哼哼叽叽地瘫在桑叶上……

他往脸上抹了一把。

花二姑娘挠的那几条血印子,早就平淡了。一想起花二姑娘那样凶狠认真地抓,他便觉着像喝了酒,浑身酥酥地畅快。

他喜欢她那样。黄花闺女本该那样。

再往前走。脚下是松软的落叶,踩下去再抬起来腿更疼。树枝藤蔓绊着裤筒,不时扑腾出几团干灰。

又饿又累,又疼又晕,心虚气短。

他扔掉了栗树枝丫,一屁股坐下去。

那天完事后,花二姑娘说:你作践了俺你得娶俺。

娶你娶你娶你呀,可你在哪里呢,你不来接我,我可怎么娶你呢?

要紧的是,得先爬过去。

已是小晌午了。他又想起,挨枪之前,他的身后还跟着三名弟兄,不知是死是活。留神看了四周,没有枪战落下的痕迹。林子静静的,不像有人来过。

突然一个冷战,这里或许有野兽,或许会有狼。往腰上摸了摸,还有一支二十响,拽出来卸掉匣子,还剩两粒火。

猛听见前面有水声,心里猛地往下坠。这里是旋风林了,旋风林是贾葫芦常打埋伏的所在。

再也没劲爬了,索性趴下去喘气。伤腿不疼了,木措措的不知有无。肚子瘪得贴上了脊梁骨。旁边有几根灰灰菜,捋过来嚼了,没尝出啥味道,但滑进肠子根里。他知道,爬出旋风林,肯定会有贾葫芦的人在等他,然后五花大绑地交给贾葫芦。贾葫芦是明匪,政府剿他的窝。李大少是县太爷的小舅子,政府给他发枪发衣裳发军饷。贾葫芦跟李大少有私仇跟他神枪狐没冤,但他杀过贾葫芦的人。

又想,陈二蛋王独眼李伍长他们兴许没死,兴许也在旋风林,要是合在一处就好了,跟出去个把人报信,李大少就会派人来接应。李大少待他恩比天高。他救过李大少的命,有一回他胳膊上挨了两刀,还背着李大少奔了十多里地。李大少不会不管他的。

漫流河就在前头了,爬过去好歹弄口水喝,腿上就会有劲了。他试着站了起来,却没站稳。脑壳里咋会发烫呢,咋的天又变成黑颜色了呢?

他一头栽下去,再也不动了。

太阳转了一圈,又转了一圈。天黑了一夜,又成了瓦蓝色。起了小风掀起一堆烂成碎条的衣裳。

落满枯叶的身子悸了悸,慢慢地有了动静,像一条正在蜕皮的蛇。

他再一次醒来,睁开眼,总算看见了漫流河。他于是知道,离人烟不远。他想爬过去,可无论如何也挪不动腿。摸摸下巴颏,胡茬儿又冒出一截,像有十天半月没收拾。

还有百十丈呢,这个样子咋能过得去?

忽地又想,就算能过去,也得绕着走,别让贾葫芦逮住了。只要被贾葫芦逮住,就算贾葫芦不杀他,李大少也会杀他。

想想真不该,落到这个份儿上,横竖都是死。贾葫芦爱杀人,李大少也爱杀人。上天无路,入地无门,往前往后都留不住命。日他娘还爬啥呢,早死早干净,多爬一步多受一分罪。

他掏出了二十响,压上了火。他想选个好位置。

他想让李大少给他收尸。他觉得他对得起李大少,兴许能学他爹,睡上檀木棺材。

他爬到一块光滑的石板上,把枪口顶在胸膛上。枪子儿是从前头进去的,枪子儿一定要从前头进去。

手抖了起来,枪口蹭得肋巴骨咔咔地响。他使劲吸了口气,闭了眼睛。

要是花二姑娘在这里就好了。他又想。

小亲亲泪汪汪,
哥哥见了心里慌。
问你伤心为哪样,
身边少了个热心肠。
呀嗨侬嗨侬哟嗨……

"叭——"枪声脆响。林子乱抖,山上山下一齐响。

他举起眼。野鸽子从树上飘下来,像一面旗。

真真的神枪狐。他快活地想,他娘的要死的人了,枪法咋还这样准,打枪时手咋就不抖?

他没打自己,一枪射中了那只过路的鸟。他掖了盒子炮,脚下猛添一把劲,爬过去抓了野鸽子,使劲吮那正流的血。然后将皮扯掉,开膛扒肚,连肉带骨趁热吃了。

好血,咸咸的。

合该气数未尽,观音菩萨派来救命的鸟。花二姑娘还等着他呢。

肚里有食,便不再寻死,拖了瘸腿,爬向漫流河。

好死不如赖活着。

好死也得死在花二姑娘怀里。牵了人家的心,欠了人家的情,咋能撒手不管呢,坑害黄花闺女,到了阴曹地府要下油锅呢。

花二姑娘的家就在磨盘山里,就在贾葫芦的地盘里。花二姑娘说,俺能相中你,你劲大枪法准,光打老鹰獾猪这辈子就不会饿肚皮。

他说我是方圆百里人人知晓的神枪狐,天上的飞禽地下的兽,黄岗的胡子南岭的贼,都是我的枪下鬼。

花二姑娘说杂毛种赶紧找红人下书子,肚子大了俺没法活。

他说李大少讲了,拿下黑虎岭就让咱挑女人,我八抬大轿去接你。

花二姑娘是真的黄花闺女,黄花闺女的眼窝儿都蓄着一汪水,那是没被太阳舔干的露珠。花二姑娘的小脸蛋儿嫩嫩的红红的,就像新熟的桃子尖儿。

野鸽子的血是紫的,花二姑娘的血是亮的,他的血是黑的。

他说你要是疼你就使劲地叫,这旮旯地老天荒没人听得见。花二姑娘说少啰唆你快弄,你让俺疼就一下子疼完。于是他就用了力,把她的肋骨挤得咯咯地响。

花二姑娘叫了一声娘,哭了满脸泪。

射水的时候他也喊了一声娘,他说咱从来没见过娘是啥模样,花二姑娘你就是俺的娘。花二姑娘说刀杀的你怎大胆子咋敢日你的娘?俺不当你的娘,俺要给你当婆娘。他又上去嚼了花二姑娘的红豆蔻,还是边嚼边喊娘。

他自己跟自己快活了很长时间。

他觉得有根绳索在前头死命地拽,拽住他死命地往前爬。

他终于爬出了旋风林。

他看见了一排端枪的人,知道是自己的枪声招来的。贾葫芦的铁血军正等着他哩。

他停住了。压上最后一道火。

他又看见了另一排人,穿的制服跟他身上穿的一个模样。那是李大少的贴身护兵队。

接着他又凉了心。李大少的队伍下不来,隔了半边山。

贾葫芦的手下却爬上了山坡。

他从人群里认出了一个少了半拉耳朵的人,那人那天钻进他的房,说贾葫芦正得势也正缺人,他要是投过去,享不完的荣华富贵,用不尽的绝色女人。他把那个人的耳朵削了半拉,以表示对李大少的忠诚。但他没杀那个人,以表示给贾葫芦留点面子。

那个人向他喊:神枪狐你别开枪,贾司令不杀你,咱两家没冤没仇,账要算给李大少。

他转过脸去看了看。

李大少的护兵队不见了,山顶上有排黑豆子。李大少说生当啥鸡巴杰,死做啥卵子鬼。花二姑娘说杂毛种你赶快找红人下书子,过了门俺敞开肚皮跟你过,给你生个小人儿,长大也是神枪狐。他像看见了,花二姑娘的牙齿白得像新剥开的鲜珍珠,在太阳底下闪着瓷一样的光。

都静下了,没有一丝响动。太阳亮亮的,天上蓝蓝的,云彩白白的。

就是看不见人。

他却在心里看见了,他看见枪口瞄着枪口,两边的手都在扳机上。

他退下膛里的枪子儿,撑了一截枝丫站起来。能回到李大少那里是再好不过了,他就把二十响还给他,求李大少允许他解甲归田。可他马上又心寒了,隔了半边山,他这条伤腿拖不过去。

又想,贾葫芦也不会杀他。只要他不帮李大少,上了磨盘山,把枪卖给贾葫芦,八抬大轿娶了小亲亲,然后远走高飞,跑得远远的,跑到天涯海角不回头,种地打鱼生孩子,跟花二姑娘快快活活地过日子。

恍恍惚惚,他听见有人在歌唱,河面起了甜甜的风。

> 妹子有船两头尖
> 水上漂来浪里穿
> 看上一眼心头跳哎
> 有心上船又不敢……

他擦了擦眼睛,他看见了那个神枪狐,那个阔脸粗须大山般雄壮的神枪狐,那个倒拔杨柳飞檐走壁的神枪狐,正咧嘴大笑着站在河岸上。

> 妹子有船两头尖
> 水中漂来浪里穿
> 哥哥你大胆跳下来
> 轻点长篙下江南……

他把身子站直了,他真真切切地看见了,太阳已经挨上了西天的山头,最后一缕余晖下来,染透了林子。花二姑娘就站在橘红色的云端上,向他招手,弯下腰来双手接着他。

一切都消失了,旋风林不存在了,磨盘山不存在了,李大少不存在了,贾葫芦不存在了。这个世界上,只有他和他的花二姑娘。

他站起身,挪动双腿,开始向那块燃烧的云朵走去。

空气骤然颤动。他听到了一声熟悉的爆响,接着就明白了,一个他所熟悉的物件已穿透了他的皮肉,进入他的体内。

眼前立马一片五彩缤纷。

这次他没能看清枪子是从左还是从右打进去的,是从前还是从后穿出来的。在五彩缤纷的世界里,他张开双臂,踉跄两步,便缓缓地落入山谷,如同一只断翅的鹰。

我的红花褂

每到过年,就想童年,童年过年,最像过年,好像一年只为这一天。

过年之前,大人们要忙很长时间,主要忙吃的,家境好一点的,也会给孩子添置件新衣服。我小时候的服装来源主要是拣我姐姐的,所以我要经常穿女孩子的服装,也常常会受到同学的取笑,这使我感到特别自卑。那时候我对我姐姐恨得牙痒,恨她是姐姐而不是哥哥。我的妹妹更惨,她不仅要穿三手货,还往往是改制的女式男装,估计她可能在心里恨过,为什么要在她和姐姐之间隔着个哥哥。

印象中应该是在我七八岁的时候,那年过年,母亲宣布要给我做一件新褂子,我高兴得要命,做梦都在想象新褂子的模样。当时我最向往的是毛主席穿的那种中山装,列宁那种大翻领也行。可是等新褂子取回来之后,我一看,嘴一咧就瘪了,眼泪就止不住往下掉,原来是个花褂子,红底白花。我滚地大哭,宁死不穿花褂子,我可背不起"假丫头"的黑锅。

那时候我的父亲在农村当基层干部,很会做思想工作,他指着年画上工农兵中的"兵"对我说,你看,解放军叔叔穿的这衣裳,领子和口袋跟你这件都一样,难道你不想跟解放军叔叔一样的衣裳吗?

父亲的话简直就是灵丹妙药,我当时就不哭了,就坡下驴问,我穿上这件衣裳就跟解放军一样了吗?

父亲说,你穿上这件衣裳,就是个解放军了。

我一听这话,转忧为喜,高高兴兴地穿上了那件红花褂子。以后才知道我又中计了。原来那件花褂子是给我姐姐缝的,因为当时流行军装,镇上的裁缝独具匠心,来了个创新,用红花布的材料,做了个军装样式。我姐姐一看那东西不伦不类,坚决不穿,父母顺水推舟,让我捡了个便宜,好在是新的。

大年三十,我穿着花大褂,神气活现地去给长辈辞岁,没有人取笑我是"假丫头"。那个褂子大,穿在我身上就像马褂,意想不到的好处是,抻开前襟就是个大兜子。我屁颠颠地忙活了一个晚上,到处磕头拜年,挣回来一兜子糖果花生,里面还有毛票,压岁钱累计两元多。我以后曾经看见我七八岁上穿红花大褂的照片,咧着大嘴,满脸堆笑,慈眉善目,像个快乐的小老太太。

大山深处的老兵

我对太行山的感情,要追溯到二十世纪八十年代初,那时候我在河南安阳当兵,野营拉练或演习,主要是在城市西部的太行山区,从士兵到军官,十几年里,我在太行山很多地方留下了足迹。那时候太行山给我的印象是穷山恶水,山多水少,老百姓的牙齿,多数是黄的。

2011年正月,我和当年的炮校同学、安阳军分区副司令员谭荣登相伴,重返太行山。故地重游,我还有一个与创作有关的任务,就是寻找六十多年前散落在大山沟壑里的那些民间抗日故事。

那天是个好天,雪后初晴,中午从滑翔训练基地下来,偏西的阳光照在雪地上,又反射在我们的身上,扑朔迷离。如今的太行山已不是当年,红旗渠水绕太行,有了水,便生出许多绿,比起多雨的南方,太行山的绿,似乎更加醒目。透过明净的阳光眺望远方,但见群峰轮廓突显,斜斜的石板层层叠叠,拔地而起,犹如巨大的石笋;从山根到山顶,一层层绿树在锈红色的山石衬托下,愈发翠绿。

心情好极了,我们一路谈笑风生,顺着蜿蜒的山路,向对面山峰徒步进发。

大约走了两三里,路边出现了一个村庄,这是我们从清晨到下午见到的第一个村庄,叫东垴村。整个村庄里只看见三个老人,除了一对老年夫妇以外,还有一个来串门的另一位年约七十的老人,慈眉善目,衣着整洁,面带微笑,谈吐自如。这个老人立刻引起我们的注意,显然,他与那些足不出山的山野老农有着明显的差异,身上透出一股超脱的气质,尽管笑谈中嘴角时不时掠过一丝苍凉。

交谈中,我们得知,老人名叫杨隋志,果然是见过世面的,他年轻的时候当过兵,他服役的部队,就是曾经十分著名的八三四一部队,而他守卫的地方,就是中南海。一句话说到底,他给毛主席和党中央站过岗。

关于太行山抗战的情况,三个老人知道得并不多,我的访谈也在不知不觉中改变了方向。

下山的时候,我们跟随杨隋志走了一道山梁,来到他居住的村庄,举目四望,不禁疑窦丛生:这么大的山坡,这么荒凉的地方,难道老人就是一个人生活在这里?

老人凄凉地笑笑说,都走了,这里就剩下我了。

更令人意外的是,老人的屋顶上还竖着一面国旗,虽然在风雨的侵蚀下有点破旧,但在荒山峻岭中还是分外醒目。

那天听杨隋志讲他的人生遭际,真是一言难尽。他于七十年代复员回乡,娶妻生子,靠山吃山,日子不咸不淡,倒也顺其自然。偏偏命运多舛,老伴和两个儿子先后离开了他,一次次悲痛欲绝,眼泪干了也就淡漠了。到了后来,左邻右舍也离开了他——经济条件改善了,山里人纷纷外出打工,或下山定居。

据说,一山之隔的那对老年夫妇,孩子也在外面打工,在石板岩乡乡政府所在地建了房子,不久也要搬到山下。那就意味着,这座大山沟里,方圆十几里,就只有杨隋志独守空山。

我问他,为什么不下山定居?

他不解地看着我问,下山? 下到哪里去? 这是我的家啊!

我说你可以下山盖间小屋啊。

他笑着摇头说,那不行,我不能让国家白白养活我,我是护林员,这片山上长点草木不容易,我得看着,不能让一把火把它烧了。

那天我们聊了很多,他说,国家(其实就是石板岩乡)每个月发给他一百元护林费,他就是靠这一百元糊口度日,他很满足。交谈中他得知我们是军人,试探着问我们,哪里可以买到望远镜,就是小孩子玩游戏的那种。我们问他做什么,他说,我老了,眼睛看不清了,我想看得更清楚一些。

老谭说,这个好办,我来解决。

老人说,有一次上山的人不小心丢了烟头,火都烧了一大片他才发现,打电话给派出所,虽然山火扑灭了,可还是烧了几亩树林。老人怅惘地感叹,太行山水少,长树不容易啊! 我担心哪天我睡着了再也醒不过来,谁来护这片林呢? 没有人愿意来了。

出于对一个老兵的敬重和对一个孤寡老人的同情,我和老谭凑出四百元钱给他,老人坚辞不受,推搡了好几个来回,他口口声声说，国家给我发工资，只要能按时到手，我就没有困难，我不需要钱。我们一再解释，这不是施舍，这是慰问金，我们是代表后辈军人向老兵表达一点微薄的心意，老人才勉强接受。

在老人四壁漏风的小屋里逗留至黄昏，我们和老人约定，明年春暖花开，我们再来。然后我们就下山了。老人送了一程又一程，直到山下拐弯处，还依依不舍招手致意，久久目送我们。谭副司令见老人不肯离去，灵机一动，下了一道队列口令，老人一怔，情不自禁地立正，很听话地向后转。我们突然发现，尽管已是风烛残年，但老人的军姿仍然一丝不苟，非常正规。在老谭齐步走的口令声中，老人的背影消失在暮色中。

没有等到春暖花开，前不久，我和老谭再次来到太行山，我们惦记着这个老人。八个多月不见，老人似乎苍老了许多，一问，病了一场。他笑着说，我担心你们来了，见不到我会难受，所以我咬紧牙关硬是挺过来了，不到万不得已，我得活着。

那一瞬间，我和老谭的心里都不是滋味，我们和这个素不相识的老人，心里已经有了默契，彼此牵挂。

我问他，护林费是不是按时发到手了，老人说，收到了收到了，都解决了。

我向老人建议，养一条狗，养几只鸡，在这人迹罕至的地方，多少也可以增加一点生气。老人为难地说，说句你们不爱听的话，我今天躺下，不知道明天还能不能起来，我一闭眼，牲口遭罪啊。

我和老谭异口同声批评他,要有信心,要有持久战的准备,为了这片山林,为了上山的人还能看见一个村庄,看见一面国旗,你就应该健康地信心十足地活下去。

老人说,我尽力而为吧。

老人最关心的还是关于护林的事情,他找过当地的干部,他有一些担忧和建议想向他们诉说,但是,那些干部似乎并没有把他的担忧和建议当回事,他的亲戚对他坚持一个人在山上护林,也有些不理解。我那天听他讲了好几个"不搭理你"。

我们告别老人,到山上滑翔训练基地转了一圈。从山上下来,发现老人在他的房顶上拾掇苞米,显然他是在等我们。我和老谭当场约定,我们每年都来看他,希望他多保重。他说,我听你们的,养几只鸡,等你们再来,我给你们煮鸡蛋。

当天夜晚,我们投宿在石板岩乡的一个山村小店,半夜辗转反侧。凌晨三点,我起床推开窗户,外面正淅沥下着小雨,对面的山峦墨黑一团,万籁无声。我突然想,在那阒无人迹的深山,那个叫杨隋志的老人此刻是否入眠?或许他也披衣而坐,膝下燃着一塘柴火,在漆黑的夜里,在蚂蚁走路都能听见的山野里,老人跳动的心就像茫茫大海里的一盏灯塔,而此刻,我们或许也是他心中的一盏灯塔,我们隔着千山万水一草一木,却又心有灵犀互相慰藉。

他为什么不愿意下山?这是我此前一直闹不明白的问题,而此刻,我似乎顿悟。老人面临的最大的难题显然不是经济问题,而是孤独。可是,下山之后,他就不孤独了吗?我的耳边又在响起他无奈的话语"不搭理你"。这样一个洁身自好的老人,生活在纷纭嘈杂的人间,也许会比他生活在山里更加孤独。他的生命,已经和太行山融为一体了,他那饱经沧桑的身板,就像一尊老山神。

明年这个时候,后年这个时候,很久以后的这个时候,我们会如约来到他的身边,等待他把热乎乎的煮鸡蛋放在我们的手心。

当兵当到了天边边

进入戈壁,除了一方恬静的蓝天,满眼尽是无垠的辽阔,心中便涌出大漠孤烟长河落日的意境。倏然发现窗外飘起如羽雪花,这才确信,仅仅过了个把时辰,我们便从六月之夏进入高原隆冬了。再往前看,什么也看不见,天边一片苍茫。而那什么也看不见的地方,正是我要去的地方——克孜勒苏柯尔克孜军分区的吐尔尕特哨所。

我们乘坐的是一辆被边防官兵谑称为"巡洋舰"的三菱越野车。越过海关口岸之后,就进入了雪山,道路变得模糊起来,一会儿山脊,一会儿谷底。车子果然如同在海洋中颠簸,忽高忽低跳着走。司机的表情总是很严肃,一路上咬牙切齿,摔跤似的反复跟方向盘较劲儿。

终于到了一个山根下,"巡洋舰"大喘几口,总算不跳了。老远看见一道隐隐约约的山脊,几个人影就在这隐约中向我们放大。近了,才看清几张腾着热气的年轻的脸庞。见面之后,谁也没说什么,笑笑,然后便一见如故地架起我们的胳膊,兴高采烈地往山顶上拽。路上才知道,这几个兵早晨就接到电话通知,说北京来了一位客人,由分区政治部廖主任陪同到哨所看看。兵们很高兴,并且是真高兴。早饭过后便开始用四十倍望远镜一遍又一遍地搜索山下。我曾经经历过许多欢迎的场面,甚至包括夹道欢迎,但我敢断言,这几个兵对我的欢迎绝对是我所享受到的最真诚的一次。

兵们委实很苦。在阒无人迹的高山雪原,几乎远离人间烟火,连自己国家的电都用不上,用的是吉尔吉斯斯坦的电。长年累月就这五个士兵相依为命。因为运输线长,他们吃不上新鲜蔬菜,收不到报纸信件,看不到电视听不到音乐。如果是大雪封山,一连好几个月只能靠一条常修常断的电话线同人间联系。在这里,一切都变得简洁了,纷繁世界里的一切扯皮都不存在了。边境线上的界碑就是他们的坚强依托和后盾。这里的所有问题,甚至包括国际间的某些争端,往往就是那个脸色黝黑的陕西籍上士班长说了算。在这里,除了因运输不便造成的物资匮乏,最难忍受的还要算是精神文化生活的巨大寂寞。兵们自然有他们的办法。他们会在大雪封山的日子里,每个人轮流讲述自己的故乡和童年的故事,每一次都能讲出一些新鲜的情节和意趣。即使只有五个人,他们也照样举办联欢晚会,并且把节目演得声情并茂。他们还会把一盘看了百遍的录像带快速后退倒着看。他们能将他们所能够读到的一篇好文章倒背如流。他们就是在抵御艰难的过程中坚硬了男人的骨骼。而那些界碑,则靠这些兵的体温焐热了尊严。

我在观察这些兵的时候,心里忽然就涌上一层烫烫的感动。这里才是男人应该占据的舞台啊。这里是苦了一点。可是,艰苦不正是男人的教科书吗?堪称卓越的男人,有几个不是从艰难困苦中脱颖而出的呢？一个男人，一生中能够到昆仑山脊走一遭，到帕米尔风雪高原的哨所里浸泡煅打一番，应该说是一件幸运的事情。严格地说，没有经历过艰苦磨炼的男人，是永远也不会成熟的。

我崇尚艰苦和能够承受磨难的精神，我把这种精神视为男人的必需素质。

尤其令我欣喜的是，就在这五个已经赢得我由衷尊敬的士兵当中，还有一个列兵是我的乡亲。他在班里是最年轻的，所以在交谈中就极少说话，只是不断地用稚嫩的目光闪闪烁烁地看着我。送我们下山的时候，列兵扶着我，突然有点神秘地问：你是安徽人吧？我说是啊，你是怎么知道的？列兵说，我早就听出来了，怕首长们说我新兵蛋子没大没小地拉老乡关系，才没敢问。这里安徽人少，每回上面有人到哨所来看望，我都留心有没有安徽人，可是每回都没有。今天总算看见了一个安徽人，我觉得心里可亲了。

列兵的话说得我怦然心动。想当年我们那一茬子当兵的时候，安徽兵重乡情是出了名的，如今我仍然很看重这份情谊。我问列兵是安徽哪里的，他回答是巢湖的。当时我很想为这个列兵老乡做点什么，或者送给他一点什么。可是我没能这样做。我只带了一篓青菜，那是送给吐尔尕特哨所全体士兵的，他们都是我亲爱的兄弟，我没有权利同时也根本用不着给我的乡亲一份多余的偏爱。我问列兵想不想家，列兵说当然想了，可是时间长了就好多啦。班里的几个老兵都跟哥哥似的，好着呢，这里也是一个家。我说这就对了。你还年轻，年轻人吃点苦算不了什么。吃过这一段苦，人生就丰富了。列兵点点头,亲亲地同时也是悄悄地叫了一声老乡,说,放心吧,我不会给咱们安徽人丢脸的。

合影的时候,我把列兵叫到了我的身边,我们什么也没再说,只是把两只安徽手默默地紧握在一起,照了很多相。然后,在上士班长的统一指挥下,我们一道唱起了那首流行于边防哨卡的歌——

好高好高的大坂 好冷好冷的冰山 好远好远的边关 当兵当到了天边边 守着好长好长的国境线 好冷好冷的明月 好长好长的思恋 好沉好沉的枪杆 当兵当到了国境线 抬头望白云故乡在身边……

乾坤之湾

陕北有个延安,延安有个延川,延川有个乾坤湾,这是我在二〇〇六年六月上旬知道的事实。过去的情形是,只知道延安,不知道延川,更谈不上乾坤湾了。

乾坤湾是个什么地方呢?乾坤湾是你看上一眼就目瞪口呆的地方,乾坤湾也是让你看上一眼就终生难忘的地方。从飞机上看,黄河从遥远的天际逶迤而来,进入陕北黄土高原,峰回路转,就转出个九曲十八弯,乾坤湾大约就是这十八弯中的一个——苍天之下,一湾圆润的河道像一条巨大的游龙,从层层叠叠的峰峦中穿过,高空俯瞰,蔚为壮观。

一

到达延川的第二天上午我们开始向乾坤湾进发。路是老路,怀疑是古道,一段一段忽上忽下地颠簸不已。走到一个简陋的码头,车停人下,开始漂流。

陪同我们的延川县县长冯振东给我们的感觉就像一团热情的火,在我看来,这个人具有很强的渗透能力。我们这群人,有作家,有记者,也有官员,有的德高望重,有的矜持含蓄,有的老谋深算,有的活力充沛,而他一概一见如故,在很短的时间内融成一片。登上漂流艇之前,他一个一个地检查王石祥等老作家的装束,生怕老人家有个闪失。我被他邀请在同一艘艇上,一路上见他情绪高涨,一会儿如数家珍地介绍两岸景点,一会儿鼓动开汽艇的船工唱民歌,一会儿挥桨同两边的游艇打水仗。你看不出他是个县长,他就像个性情率真、初出茅庐的大学生。最让我们意外的是,他还独自一人到一段最惊险的激流中去冲浪。

我们对乾坤湾最初产生美好的印象,就是从这个年轻人的身上开始的。也许中国的官场更适合于那些老成持重四平八稳的人物坐镇,人们通常认为他们的身上更多一些所谓的定力,但是我们知道,中国的未来需要那些拥有鲜明个性的领导者,更需要那些淡化官僚意识和富有朝气、富有冒险精神和富有平民意识的年轻的公务员。

漂流的一段路程,可以说是我们同乾坤湾的零距离接触。从河床往两岸看,但见峭壁嶙峋,巍峨耸云。那些石壁不知道经历了多少年代的冲刷,层层叠叠,裂纹参差不齐,远远看去,犹如文字数码。我们发现了一处城堡——远远眺望,在黄河之畔,河床之上,高天之下,一处耸入云霄的绝壁果真像古希腊建筑的城堡,绝壁上有一些排列规则的拱门和分布均匀的罗马柱,似真似幻,时隐时现,海市蜃楼一般。想象一下,这些密码一样的景象也许就是黄河留给这片土地的无声的语言,也许这就是历史在黄河古道上镌刻的天书。没有人能够读懂它们,但是你可以按照你的想象去诠释他们。

二

乾坤湾东南方向有个村子叫伏义村,这个村子古老得令人肃然起敬,有很多农耕时代乃至洪荒时代的渔具、农具和生活用具,还有很有历史感的窑洞,老百姓自己把这些东西集中起来办起了民间博物馆,展示这块土地上的生存状态。据说这里是伏羲和女娲的老家,如此说来,这也是整个中华民族的老家,不,按照中国人的传统理解,此地还应该是整个地球人类的老家——是否果真如此,那是历史学家和人类学家的事情,我们姑且不去管它。

伏义村最令我感动的有两个,一个是树,一个是人。树是枣树。走进乾坤湾我才知道,枣树实在是一种了不起的植物,应该看成是人类的恩人之一。我的老家也有枣树,过去只知道枣子好吃,不知道枣树可贵。

我发现这里的枣树是真正的碧绿,绿得晶莹剔透,绿得闪闪发光。这种深刻的绿色点缀在黄土上,不动声色地隐没在大山的皱褶里,当你走近的时候,你似乎能够聆听到在那太阳一样鲜艳的绿色里,正轻轻地吟唱着一首不屈的生命之歌。

伏义村对面是山西境内的河怀村,这次活动的组织者、县委宣传部部长顾秀榆和延川籍作家阳波告诉我,这个村里的老百姓,每年每户都要向外输出一卡车红枣。粗粗计算一下,以每卡车五千公斤计算,以每公斤利润五元人民币计算,每户每年可收入两万余元。对于农民尤其是此时此地的农民而言,这个收入是可观的。而我更感兴趣的还不是枣树的经济价值,甚至还不是枣树的水土保护价值,我认为这里的枣树还有更深层次的象征意义——在光秃秃的黄土坡上,一丛丛枣树顽强地生长着,不屈不挠地把自己的须根深深地扎在土里,从而把原本松散的黄土凝聚在一起,汲取天地日月的精华,滋养着自己,又反过来用自己的身体滋养着这块土地。山有多高,水有多高;水有多高,枣树就有多高。因为土地的贫瘠,枣树的生命力就显得格外坚强。也正是因为存活得艰难,枣树的生命质量就异乎寻常地壮丽。枣树的一生简直就是一部自强不息的抗争历史。

在我的感觉中,伏义村的人,或者说延川人,更甚或说延安、陕北的人,都有一种枣树的精神——扎根贫瘠土地,充满乐观朝气,不屈不挠生生不息。

在伏义村的窑洞陈列馆里,我们看见了高凤莲大娘等人的剪纸作品,一位妇女还在现场给我们表演了剪纸。这些天然的艺术家有着不可思议的艺术创造力,一把剪刀,一张红纸,可以说翻手为云,覆手为雨,瞬间工夫,面前一堆花鸟龙凤便栩栩如生,让人叹为观止。

顾部长手下一帮子人在驻地窑洞门前组织了一个篝火晚会,方圆数里的村民从四面八方翻过山梁而来,苍凉、嘶哑而高亢的民歌在高原的上空,在群峰的怀抱中回荡。唱歌的有老人、村妇,还有孩子,老太太也扭起了秧歌,场面颇为热烈。兴之所至,县里的一位副书记带着我也加入到锣鼓队里挥槌击鼓,这才发现,敲鼓这种看似简单的活动并非简单,锣鼓阵容因为我的忙乱而乱了节奏。大约不满于我的笨拙,一位老汉向我笑笑,伸手接过鼓槌,潇洒地一甩脑袋,高举双手,示意众鼓手听令,待一片寂静沉落,鼓槌骤然落下,霎时,锣鼓又节奏分明地响了起来。很长时间我都难忘那位老汉的表情,充满了自信,充满了自豪,充满了自足。尽管这里相对闭塞,尽管这里的人们并不富裕,但他们没有丝毫的卑琐,没有丝毫的怯懦,他们甚至对于所谓的现代文明不以为然,而在自己的歌声、鼓声里优哉游哉自得其乐。我有理由相信,那些出自农民嗓门的歌声并没有随着篝火晚会的结束而流失,他们像雨水一样渗透到山梁的缝隙和黄土的深处了,甚至被储存进了历史的深层。一方水土养一方人。这里的黄土都是古色古香的,这里的老百姓就像这里的土地,他们并没有因为缺水和缺乏财富而缺乏自信,他们的歌声并没有因为穿着露着趾头的胶鞋而减弱,他们拥有自己的快乐,这快乐世世代代滋润着黄土地和黄土地上的人们。

我还有理由相信,比起相对发达的富裕地区,事实上乾坤湾的人们并不短缺什么,尤其是精神层面的财富。而另一个事实是,所谓的发达地区的富裕又算得了什么,对于人类历史来说,今人现在拥有的这点富裕只不过是沧海一粟举手之劳,而且转瞬即逝。

固守清贫往往也是一种崇高。

三

篝火晚会的第二天上午参观清水湾,我受到一次特殊礼遇,冯县长委托一位叫何平的老基层干部带领我脱离大队人马,先行一步去攀登会峰寨。何平原在延川县土岗乡当党委书记,对当地的地理和风俗人情了如指掌,他一边开车一边介绍,山山水水如数家珍。

我在最初看到会峰寨的时候,几乎不敢相信这是人工建筑的产物——据说这还是明清时代抑或是更加久远时代的战争产物,是用来屯兵囤粮的。手搭凉棚细细瞭望,才发现在一道山梁的脊背上,依稀可见几座城墙般的轮廓。下车徒步,走进深谷,但见一潭碧水翡翠宝石一般静卧山峡,使得这方黄土平添几分灵秀。再往前走,走到会峰寨山腰,果然看见断壁残垣堑壕废墟,一孔人工山洞盘踞半山,成为山上和山下的锁钥,委实是个一夫当关、万夫莫开的要塞。

古人的杰作,成了今人的梦幻。

也许就是在会峰寨,我才开始对这方水土的文化精髓有了领悟,才对几天来悬挂在心头的许多问号有了一点头绪。乾坤湾是个神奇的地方,它的神奇不仅是地物地貌的奇特,也不仅仅是这里的人物和植物顽强的生命力,它的神奇在于它储存了传统文化的诸多信息密码,它就像一块大容量的芯片,容纳着中国本原哲学的深刻记忆。如果可以用一个字来概括我理解的乾坤湾的神奇,那么这个字就是:融。

乾坤湾是黄河的一段,像造物主的画笔画出来一道优美的弧线,舒展圆润。首先是这道弧线融入了险峻的山地,构成了山与水、天与地、静与动、粗犷与细腻、豪放与柔美的融合,山因水而秀,水因山而清。我不知道乾坤湾因何得名,我只知道"乾坤"二字用在这里再贴切不过了;其次是历史文化与时代文明的融合,这里有着最古老的关于人类繁衍的传说,同时也有着时代气息浓郁的人文遗址,彼此交融,融为一体,让你看不出哪里是自然的风貌,哪里是人工的痕迹,它们同时作为文化遗产和谐互补,隐蔽在黄土高原上;再次是人与自然水乳交融,不论是古人、今人、穷人、富人,只要你生长在这个地方,甚至只要你到过这个地方,你就必然会受到这方水土的感染,会打上这方水土的烙印。

我坐在会峰寨的古城墙废墟上,眺望山水缠绵的远景,真的感觉到像是走进了远古,走进了历史,融入到这片山水的深处,感受到天人合一、古今合一、阴阳合一、物我合一的境界。

乾坤湾既属于上帝,也属于人类,既是历史的产物,也是时代的延续。长年在乾坤湾观景作画的靳之林先生说,发现乾坤湾,改变美学观,可以说一语道破天机。

抠门之乐

2005年春天,高考之前,同学的女儿明明到家里给我儿子辅导功课,晚上一家三口和明明在单位对面的天赐庄园吃饭,快要结束的时候,邻桌上了一份韭菜盒子,金黄喷香,色味都很诱人。儿子说,爸爸,我们也要一份吧。

我把服务员招呼过来,问她一份多少钱,回答十六元。我又问每份多少,回答是八个。我再问本桌的三个人,每人能吃几个。三人均表示,最多吃一个。

我问服务员,能不能按个数买,或者买半份。

服务员回答,不能,只能按份卖。我们这里的规矩就是这样。

我说,跟你们老板说,你们这个规矩可以改一改,要为客人着想。以个为单位,既让客人节省,也可以避免浪费,还有可能把生意做活,何乐而不为?

服务员说,你的意见我可以反映,但是我只能按份卖给你。

家人见我因为这点小事同服务员较劲,觉得有点小题大做,尤其是当着客人的面,显得很没有面子。妻子和稀泥说,要一份吧,吃不完打包回去。

我说不行,这东西是油煎的,凉了疲软了就不好吃了。

服务员忙得很,没工夫跟我啰唆,说,你们先商量吧,商量好了再叫我。说完转身走了,临走时嘟囔一句,这人怎么这么抠啊!

就在我左右为难、拿不定主意的时候,邻桌准备结账走人了。我掉头望去,邻桌也是四个人,一份韭菜盒子正好剩了四个。我二话没说,起身离座,在家人惊异的目光中,走了过去,打了个招呼:你们好,用餐结束了?

邻桌一个少妇对我这个唐突的问候感到意外,看着我说,怎么,有事吗?

我说,你们既然用完了,那么,这个……我指了指邻桌上剩下的四个韭菜盒子。

少妇起先困惑地看着我,突然之间,好像明白过来了,脸色一下子红了起来——她是为我脸红,她不知道该怎么回答我,避开了我的目光。

我仍然期待,我说,你们要是不打包,那这四个韭菜盒子,我想端到我的桌子上。我也可以付你八元钱。

少妇像是受了惊吓,连连摆手,慌乱地弯腰收拾她的坤包。她身边的几个人都用很复杂的眼神看着我。我知道,周围所有的人也都用这样的眼光看我。

少妇拎起包,连声说,端走吧端走吧。然后她逃也似的走了,好像丢人的是她,而不是我。

我端着韭菜盒子回到了本桌,本桌一片沉默。

明明是个硕士,受过良好的教育,她第一个用筷子夹起韭菜盒子,咬了一口说,很香啊!

我的儿子是明明的粉丝,见明明姐姐坦然下箸,也跟着夹起一个,津津有味地吃起来。

那顿饭,我们全家和明明都不会忘记。饭后还展开了讨论,明明说,叔叔做得对,韭菜盒子,就应该以个为单位卖,按需出售,是以人为本的体现。

我说,你们算算,今晚我们每人节省了多少钱?

儿子自作聪明说,每人节约两元钱。

明明说,应该是每人节约四元钱。因为如果再要一份,就会再浪费半份,加上邻桌丢弃的半份,实际上就浪费了一份,共浪费十六元。

我说,很好!我把我刚才的行为理解为爱国。如果我们每个中国人每顿晚餐节约四块钱,以十三亿人口计算,每晚可节约五十二亿,每年可节约两亿个亿,可能够买一个航空母舰的了。更不用说在节约资源、保护环境、培养健康生活习惯等等方面的益处了。难道我少花了十六元钱,我就没有面子了?如果我们每年能够用省下的钱买一艘航空母舰,我觉得那才算挣足了面子。

年轻人都赞同我的观点。以后黄明明回故乡探亲,还经常宣扬这事。老家是个小集镇,很多人误认为我当大官发大财了,不相信这是真的,明白是真的之后,我的一个同学居然摇头叹气说,徐贵祥怎么变成这样了,真是越有钱越抠门啊!以后到北京,他还管饭吗?

前几天,一个朋友请我吃饭,我跟他讲了四个原则:小范围,老朋友,家常菜,低消费。这哥们不听,以为我是客套,硬是把场面搞得很大,消费标准很高,搞得我很不自在,饭桌上忍不住把韭菜盒子的故事讲给朋友听,朋友倒是相信了,但认为我是故意作秀。

可以说,我花过很多钱,也有过一掷千金的时候,但是,唯独在吃喝方面,多花一点钱都心疼。比如,我组织饭局,餐桌上如果谁多要了两瓶饮料,而又弃之不用,我的脸色会很难看,甚至会当场作秀,打包带走。这个作秀是真的。

有一次,老家市里一个很重要的领导来了,朋友暗示我,接待档次高一点,我嘴上答应了,但还是把那位领导邀到我定点的餐厅。我不喜欢那种徒有虚名的排场,从深层次讲,不仅有节约的考虑,可能还有捍卫自尊的考虑。结果是,那位领导反而松了一口气,认为我没有把他当外人,也知道我请他并非求他办事,放下心来,推杯换盏。最后,五百元左右的标准,两瓶大众酒,我和领导一行七人其乐融融。直到现在,他已经是相当级别的干部了,来到北京,我们还会找个小地方,三四个人,四五个菜,七八两酒,惬意放松。

九十年代,我写过一个中篇小说《有钱的感觉》,后来被谢铁骊改编拍摄成同名电影,里面就有请客吃饭的情节:作为工薪阶层的韩子歆,因为受到表彰,得到一万六千元奖金,喜出望外,要宴请家乡父母官,但是又不想多花钱,最后决定从奖金里拿出十分之一,硬着头皮到高档酒店请客,点菜的时候,韩子歆出了一头冷汗。幸亏人家善解人意,坚持吃家常菜喝二锅头,一顿热气腾腾的酒宴只花了六百三十元钱,后来韩子歆同家乡父母官成为真心朋友。

这个韩子歆,就是我,尽管当时我是一个很有实权的小官,有规定范围内的专项接待费用,并且有若干合作单位巴不得跟在屁股后面为我买单,但是,我还是改不掉抠门的毛病。吃一顿饭花很多钱,我的头上会冒冷汗的,哪怕是公家买单。

近年常回皖西老家,朋友热情请我小聚,每次见到堆桌满盘,大盆鱼肉,往往吃不到三分之一,一盆一盆地倒掉,心中十分不忍,也十分难过。我作为主客,每次坚持打包,常常受到劝阻,认为"跌份"——家乡土话,还是丢面子的意思。

我儿子从前给我起了一个绰号叫"徐朗台",他认为我同巴尔扎克笔下的葛朗台,在吝啬程度上有一拼。我对这个绰号欣然接受,不以为耻,反以为荣。耳濡目染多年下来,我的儿子也变得很抠门,跟同学出去小聚,或者旅游,实行AA制,账目算得一清二楚。我跟他说,同家庭条件差一点的同学在一起,放大度一点,何必锱铢必较?

儿子说,那不行,亲兄弟明算账。他有困难大家可以帮助。但是,只要是AA制,就必须把账算到明处。

想想也是,人与人交往,还是认真点好。该抠门的时候抠门,是一种美德。抠门不是自私,不是损人利己,抠门主观上保护自己的利益,客观上也保护了别人。

窃以为,无论是作为一个人还是作为人类,抠门一点,不是坏事。

老 街 沧 桑

小时候,我认为老街是一座城市,至少曾经是一座城市,再至少将来也会是一座城市。

老街坐落在皖西中部丘陵的一个高台子上,基本上呈"F"形,三条大街构成了老街的全部。上面一横的右端,顶着我就读的小学,教室好像是道家建筑,我记得大梁上还画着八卦图案。"F"下面那一短横,一直伸向街南头,顶端是一座清真寺。我姥姥家住在老街的中心,不偏不倚正好在下面那一短横和一竖的交叉处,姥姥家的后面已不是街区,往北是一个土坎,再往北是河湾,那便是老街的"郊区"了。河湾里有茂密的树林、摇曳的竹影,老街人生活的重要源泉龙井也镶嵌在河湾中间。而龙井,在我的老街记忆中,是最具神秘色彩的,关于它的传说至今还在影响我。

老街的路心铺着整齐的青色石板,这些青色石板不仅承载着生活的步履,也勾勒着老街的历史,有些石板上还镌刻着文字。街上住着卖油条的、刻私章的、轧棉花的、修收音机的、卖百货的,木匠、篾匠、铁匠、理发匠,染坊、油坊、米坊、豆腐坊,还有清末太监、下放干部,一应俱全,应有尽有。每到夏天,街上有叫卖鸡头米(芡实)的,有拉京胡的,有说大鼓书的,倒也有声有色。大人们用龙井水沏一壶六安片茶,摇着芭蕉扇,边品边聊,那就舒坦得像神仙。

一年总有那么几次,要在东头学校的操场上挂起黑边白幕放电影,那就俨然是节日了。这样的好时光实在太少,更多的时候我们只能靠"打仗"充实文化生活。

跟多数人的童年相似,我小时候酷爱打仗,特崇拜陶声奎。陶声奎是公社食堂炊事员陶大伯的儿子,比我们大几岁,因而是我们"公社小孩"的司令。陶声奎率领我们南征北战,今天跟南头小孩交手,明天跟北头小孩比画,英勇无畏,所向无敌,每每遇到恶战,陶声奎总是身先士卒,冒着砖头泥块,领头羊一般左遮右挡,保护我们。比起南头小孩和北头小孩,我们的队伍装备比较现代,有手电筒,有皮带,还有手枪套。陶声奎给我们每个人都封了官,是按绰号分的,有座山雕、一撮毛、刁小三等等,我因为姓徐,与许谐音,加上顽劣好斗,被称作许大马棒。其实当时我就知道这不是个好角色,但我更知道,许大马棒是旅长,旅长有多大我不知道,但我知道旅长比团长大。为了一个"旅长级别",我在家乡被人喊了许多年"许大马棒"。

这是六十年代末的故事,那时候我也就十来岁的样子。无论是军事常识还是文学素养,应该说都是那个时代给我打的基础,老街既是我的少年军校,又是我的早期文坛。

我家老屋在老街西边的另一个高台子上,但小时候我和父亲住在老街中心。印象中有一回跟北头小孩作战,游击到了老街北面,那里是一片河湾,我站在河湾中间的龙井沿上,向东眺望,视野上空是一轮高悬的皓月,月光笼罩着的,便是"F"街上面一横向左延伸的一截,也就是街的北头,感觉中从那截街面上隐隐升腾起一片光晕,一溜屋脊鳞次栉比,在幽暗的月影中巍峨耸立。其实,有无数个白天我曾经走进那段街面,我当然知道,那段街面只有很少几幢砖瓦庭院,而多数皆为土坯茅屋,但是,但是在那个月光朦胧的夜晚,在此后漫长的岁月里,在今天的记忆中,那天的老街,就是一座城市,一座有着神秘历史的城郭。我甚至依稀看见了,在老街的东边,在更远的地方,在天穹的下面,还有一座焕发异域风情的城堡,在拱卫着老街。今天想来,这个想法有点奇怪,大约是因为我太想当一个城市人、太想让我的家乡成为城市的缘故吧!

事实上,在我的家乡,关于老街的历史,的确流传着"娥眉州"和"六安州"的故事,说的是不知是哪朝哪代、因何缘由,"倒了娥眉州,建了六安州",六安州就是今天的六安市。与我一街生长的民间文学作家穆志强和当下正活跃的打工诗人柳冬妩对老街的兴衰也很关注,不屈不挠地考证着"娥眉州",而且还将深入地考证下去,似乎拉开架式要考证个古城出来。

许多年过去了,我已经遗忘了很多东西,而唯独对于老街的一草一木乃至门板和青石路面都记忆犹新。现在我似乎有点明白了,其实,老街是不是城市、或者说是否曾经是城市并不重要,重要的是老街提供的那一份独特的感觉,那混合着叫卖声、读书声、铁匠铺里的淬火声、篾匠铺里的裂竹声、胶底布鞋踏在青石街面上的橐橐声,还有刚出炉的烧饼的香味、热豆腐的气息……这一切都似乎在显示，老街的日子是喧闹的，清贫而火热。老街的上空永远飘扬着浓郁的生活气息，飘扬着人的气息。

除了这份被岁月诗化了的生活的记忆，令我印象很深的还有老街的水色。我童年时代的老街，被两条河流环绕，东边一条，叫西汲河，也是霍邱和六安两县的界河，正东方距老街二三里有个渡口叫大埠口。据说西汲河曾经非常宽阔，河中有潭，丰水期水流湍急。在清末民初，这条河是六安、霍邱两县的商贸渠道，大埠口自然就是客运和货运的码头了。市因水而来，街因市而荣，老街过去的繁荣显然与畅通的水路有很大关系。老街西边那条小河是从上游二道河引过来的，属于季节性灌渠，从我家东边向北，再向东。在我家老屋的东边和老街的西边，有一个不规则葫芦形状的洼地，俗称西马堰，基本上荒芜，平时只有那条季节性灌渠断断续续穿梭其中，三两块歪歪斜斜的红石板拼接成"独石桥"，成为老街东西交通的必经之路。往往是春夏之交，西马堰满了，就是发大水了。发大水对于大人来说无异于又是一道鬼门关，因为涝灾，粮食歉收，日子将加倍艰难。然而我等顽少当真是少年不知愁滋味，特喜欢发大水，大水来了，有鱼有虾，路不通了要坐船，一个猛子可以扎到人家的果园去摘梨子，这些都是平时玩不到的。如果水很大的话，就会有很多陌生的面孔——我小时候连看见生面孔都可以算一项娱乐。

三十多年过去之后回忆老街，那突如其来又不知去向的大水，也应该是记忆中一道难以磨灭的风景，有很长时间我都一直认为那水是一个神秘的物件，它来自一个神秘的地方,流向一个神秘的地方,水面之下,包含着一个孩子对于世界奥秘的最初思索。

我们终于跻身城市的峡谷,久居闹市,几乎被钢筋水泥封闭了,脚不沾地,把我们和土地长久隔离。而回忆起阔别数年的故乡,一种异样的清凉便从遥远的故土扑面而来。对故乡回忆得越多,对城市的生活就越是厌倦。

二〇〇五年五月,应安徽电视台《前沿访谈》栏目的邀请,我回了一趟故乡,公干之余,排除了众多的干扰,坚决地去了一趟老街。尽管我已经有了充分的思想准备,但是老街的破败还是触目惊心。自从参军之后,离开老街将近三十年了。三十年,这个世界上发生了多么大的变化啊!天变大了,路变短了,树林变小了,河床变高了,青石板几乎被挖光了,那口长久萦绕我心头的龙井,几乎被浑浊的溪水淹没了。改革开放之后,老街的多数居民都跟随镇政府迁往西边,一条通衢大道两边真的生长出一座新型的城镇,老街便被抛弃了。

在"F"街下面那条短横的顶端,一条老狗傲然昂首,虎视眈眈地盯着我,似乎拿不定主意要不要给我来一个下马威。老狗再老,也老不过我,它哪里知道,它现在盘踞的位置,乃是我当年"打游击"的根据地,那时候我比它威风多了。

我为老狗而感动,它是留守老街的不多的动物之一。狗的主人出来了,一出来就是一群,其中有一个慈眉善眼的老太太挤着往前看我,言之凿凿地说她当过我的奶妈,我让人掏出了我"皮袍下面的'小'"作为馈赠,老人家眼窝湿润地说,没有白疼你一场,这么多年了,还知道回来看我一眼。我的心里顿时一阵愧疚,其实我对她已经完全没有记忆了。后来我回家问我母亲,老街是不是有这样一个奶妈,母亲想了半天也想不起来,不过母亲说,老街上的人,那时候很多人都帮助过我们家。

终于找到了龙井,然而此时的龙井面目全非,全然没有我当年记忆的清冽幽深的感觉,水面与河沟平齐,分不清楚是河水还是井水,顺着井壁,水面上浮着厚厚的浮萍,上面居然还有青蛙打坐。

我被这个意外打击得心灰意冷,正在失落,不远处茅屋里走出来一对估计已逾七旬的老人。陪我同行的表弟任家杰似乎有点不甘心,明知故问,这就是龙井?老汉反问,这不是龙井是什么?任家杰嘟嘟囔囔地说,龙井怎么变成了这样啊?老汉不满地说,龙井变成了哪样啊?这样不很好吗?龙井水泡茶,还是一样的清香。你们是从哪里来的?

任家杰说,我们是……你认识徐彦选吗?——大约是看这老汉年纪大,介绍徐贵祥他很难知道,而我父亲在这里当过公社书记,几乎家喻户晓,所以任家杰先把我父亲的大名抬出来。岂料老汉眼一瞪说,徐彦选我怎么不认识?他不是徐贵祥的爸吗?知道徐贵祥吗?在北京,作家。任家杰惊讶地问,你怎么知道他是作家?老汉说,你门缝里看人啊?我天天看电视,只要有徐贵祥的消息,我一准能看见。《弹道无痕》《历史的天空》《八月桂花遍地开》……老汉如数家珍,末了还得意地向我们冷笑一声:知道吗?徐贵祥就是吃了这口龙井的水才出息的,听说他要回来修这口井。

说真的,那一瞬间,我真有点受宠若惊。河湾之上,野林丛中，荒草土坯屋内，黑白电视机前，一个孤独的看井人，一个年迈的村夫俗汉，居然有如此浓郁的乡情，居然有如此强烈的荣誉心。我知道，他当然不是为了我才住在这里守候这口老井，但是，因为有了我，他守候这口老井的心态才会更加充实，我是他自豪的资本，他是我精神的盟友。为了这个因为我而自豪的老汉，我也应该写出好的作品——我们负起责任的理由，往往就是这么简单。

站在井边，我沉默了很久。直到我们快要离开，老汉才似乎想起了什么，揉揉眼睛，手搭凉棚，疑疑惑惑地左看看右看看，然后便向我走近，把目光定定地落在我的脸上，嘴巴嚅动着说，莫非，莫非你就是……？

我说我是徐贵祥，谢谢你老人家。

老汉神情一变，赶紧张罗烧水，要让我们喝一杯龙井茶。

离开老街之后，我突然想，其实这么多年来，我想寻找的并不是城市，而我永远需要的是老街。城市算得了什么？城市遍地都是，而且越来越多，大同小异，但是我心中的老街只有一个，尽管在三十年后面目全非，但是三十年前的老街在我的心中是不死的，那绿荫婆娑、人气旺盛的古色古香的记忆，那宽阔的河面和清澈的溪流，那如梦似幻无限缥缈的月光，正是我心灵的家园啊！

让孩子像孩子那样欢笑

我的儿子读小学三年级的时候转学到北京,成绩一直不是很好。后来几年,家长和老师软硬兼施,用了不少手段,才勉强算上中等。这以后,他就再也不肯前进了,仍是贪玩。放学回来,左手挽着足球,右手挽着篮球。单位同事半真半假地开玩笑,说你这孩子可爱,长大了可能当球星。我气不打一处来,可是又没有办法。每次想督促他学习,我的妻子就和稀泥,说中等就行了,成绩那么好干什么?你小时候成绩不也就是那么回事吗?

我很难受,也很无奈。

儿子还是照旧,放学回来,左手挽着足球,右手挽着篮球,有时候还有排球。有一次我看着来气,大步迎了上去,想把他胳肢窝的球搋出去,可是走近了,看见孩子防备的眼神和背上沉甸甸的书包,我又忍住了。

儿子读初中的时候,有一次上自习迟迟没有回家,我到学校接他,这一接,我的心情就被破坏了。那是一间不乏光明的、宽敞的教室,里面坐着男男女女四十多个孩子,没有声音,没有表情,像一群被关押的心事重重的小鸡崽,只有沉重的呼吸和偶尔的叹息——我站在窗外,不知道是现实还是幻觉,反正我是听到了叹息。我的心不禁为之一酸。他们正是豆蔻年华,我在他们这个年纪上,正在老家街上当"司令",玩"杨子荣智斗座山雕"的游戏。

我的童年正好是"文化大革命"时期,那时候上学极其马虎,很多日子不上课,上课也是三天打鱼,两天晒网,我平均每天逃学一至两次,比塞林格笔下那个霍尔顿有过之而无不及。对我这种情况,用我们当地贬义的话说,是有人养、没人管,这是事实。我的父亲母亲各有工作,管不了我;我的老师各有苦衷,管不住我。大约有两三年时间,我都是在无拘无束中度过的,下河捉鳖,上房揭瓦,白天漫山遍野走狗斗鸡,晚上街头巷尾打游击战运动战,天天都做美梦,当司令,当英雄,当孙悟空,当杨子荣。

现在回想起来,我现在之所以性格散淡,与我童年的经历有关。当然,上学马虎,并不等于读书马虎。我的幸运是,在那两三年内,我读了很多书。就是在那种乡村战争游戏中,我和我的战友(有时候也是敌人)们练就了一身飞檐走壁开门撬锁的功夫。有一次我们爬到公社院子唯一的土楼子里,把"扫四旧"扫来的书籍翻出来,我在重重包围中杀开一条血路,怀里抱着二十多本书,有外国的,也有国产的,还有连环画。这些书我看了几年,有几本我看了不少于五次,有好多连环画和章回小说我当时能够倒背如流,譬如《烈火金钢》和高尔基的《我的大学》。

什么是幸福?一个人,在他的童少年时期,当他饥饿的时候,他有饭吃;当他需要自由的时候,他有自由;当他想看书的时候,他有书看。一个成年人,能够做他自己想做的、并且是能做的事情,那就是幸福。所以说,我认为我的童年是很幸福的,尽管那时候的伙食比现在差,尽管那时候我们只能住土坯茅草房子,可是,我的幸福的感觉绝不比我的儿子差。

就是那次晚自习之后,我开始反思我对儿子的教育方法了。我沉默了一段时间,虽然对儿子的学习仍然没有放松过问和监督,但不像过去那么凶恶了。孩子上晚自习的情景经常在我的脑海中旋转。是啊,重点高中、重点大学,就那么几所,你也考,我也考,谁考不上就是谁的不幸。孩子们的对手就是他们自己,你追求高分,我追求更高分,竞争到最后,就形成恶性循环。他们很小的时候就被无情地推到了人生的竞技场上了,身体搞坏了,精神搞坏了,性格也搞坏了,甚至可以说,他们的人生也被搞坏了。这是一件多么残酷的事啊!况且,他们死记硬背的那些东西,有很多用不上,还很多是假东西,甚至是有害的东西。

我在出版社工作的时候,曾经接待过一个作者,外籍中国人曾铭,她有一次对我说,在国外,你跟中学生打招呼,不管男孩女孩,都会很快乐地跟你交流。在中国,你跟一个陌生的中学生打招呼,他就算冲着你笑,笑容里也有戒备和拘谨,就像很有城府的小老头。中国的孩子过早地成熟了,没有童年,不敢大笑,也笑不出来,一个个都是心事重重的。

我相信这种感觉。我们的孩子,很多人已经不会像孩子那样欢笑了,甚至不会淘气了,连撒娇期都缩短了许多。他们的精神压力比他们书包重得多。

我们这样歇斯底里地要求孩子这样那样,有什么道理,还不是把我们的梦想强加给孩子?还不是希望我们做不到的事情由孩子来做?

如果孩子们连童年的快乐都没有了,那他还要所谓美好的前途干什么?比起孩子的快乐,一切都是次要的。回想我看到的那些少年老成的眼神和未老先衰的脸蛋,我突然想,这些孩子真可怜,干脆,让我的儿子退出竞争,给别人多一点机会吧!

这个念头虽然稍纵即逝,但是,还是在我心里划了一道痕迹。尽管中国的高考制度被普遍认为是中国目前唯一公平竞争的制度,但我仍然对这种应试教育的模式感到不解,干吗要让孩子们死记硬背那么多没有用的东西?孩子们的脑子被死学问和假学问填满了,他们还有想象和创造的空间吗?

后来我写小说《八月桂花遍地开》,里面有个游击队司令名叫霍英山,此人一天学也没有上过,目不识丁。部队要学文化,这就给他带来了沉重的打击,他是宁肯到战场跟鬼子拼刺刀也不愿意学文化,因为在他看来,拼刺刀他不一定倒下,而让他学文化他就死定了,所以他对女教员说,天下就那么多文化,你也学我也学,那还不学光了?反正我就这样了,把分给我的那一点文化匀给别人吧。

这个细节,就是那个晚自习给我点燃的灵感。霍英山的逻辑当然是荒唐的,他的意义就在于,虽然他没有文化,但是他智商并不低,他很会打仗,他打仗的水平甚至超过那些有文化的人。当然,我绝不是鼓励大家当文盲,我更不鼓励大家当文化精英。文化精英就那么几个,还是让那些想当精英的人去当吧——这话扯远了。

不久,又发生一件事情。有天晚上,我儿子闪烁其词地说,因为他是从外地转学来的,老师对他有偏见,没有让他当班干部。他妈妈说,明天我去找你们老师,把这瓶法国香水给她。我儿子沉默了一阵子,坚决地说,不要,妈妈你不要把不正之风带到学校去,同学们都不容易,我们应该公平竞争。如果咱们去贿赂,让老师特殊照顾,那对别的孩子就是不公平。

那一瞬间,我发现我的儿子长大了,长大了的儿子是聪明的,也是善良的,比我们这些老谋深算的成年人要纯洁得多。我相信下一代胜过我们这一代。

儿子考大学前夕,我跟儿子说,只要你尽力了,你就是考不上,老子也认了。你不要有任何压力。儿子点点头说,好,我尽力而为。我说,别太累了,顺其自然。考不上大学,我给你买个车子开出租车。

孩子大了,自然知道上进了。那段时间,根本不用督促,他自己就把学习计划如此这般安排好了。因为基础差点,只考上二本,而这也在我们的期望范围内。接到录取通知书那天,我和他妈妈备酒祝贺,我对儿子说,一个真正有本事的人,不能以他上什么大学为荣,而是要让你那所大学以你为荣。儿子笑笑,未置可否。在他眼里,我始终都有利欲熏心的嫌疑。

我对我儿子的智商和品质是充满信心的。他很小的时候就喜欢汽车,夏天爷俩坐在马路边的花台上,他目不转睛一辆一辆地观察,把夏利车叫青蛙车。稍微大点,他就开始买汽车杂志。有了电脑,更是废寝忘食地研究。这大约也是他学习成绩始终中游、没能名列前茅的主要原因。只要是关于汽车的知识,他就特别敏感,过目不忘,表现出惊人的记忆力和理解力。他几乎能够把世界上任何汽车公司的背景、轶闻趣事、产品性能,以及各种技术参数、更新换代情况和性价比搞得清清楚楚。有一次我带他去《高地》剧组探班,我向同车的朋友炫耀他的汽车知识,朋友不信,一路上见到陌生品牌的车子就问我儿子,儿子对答如流,举一反三,一百多公里路程,朋友问了他一路,他讲解了一路,没有一个问题难倒他,朋友引以为奇。

儿子大学毕业后决定到英国留学。我对他说,从英国回来,你就去一家汽车公司搞销售得了。我儿子说,那可不行。我研究汽车,只是作为业余爱好,是一种乐趣,我要是把它作为自己的职业,那我还爱好什么呢?

想想,也是。我问儿子,那你打算搞什么职业?儿子神秘一笑说,你别管,只要你不插手,我就会有理想的工作。

我说好,老子过去不勉强你,现在不勉强你,将来还不会勉强你。

向右看齐

向右看齐就是向我看齐。从1978年12月到1979年11月,在我们炮团九连八班,这是硬道理。

我从新兵排下到老兵班后的班长是陈仁进,他身高只有一米五八,我比他高出二十公分还多。如果是站在全连队列里向右看齐,作为班长之后的排头兵,我的脑袋不仅需要向右转四十五度,还得向下倾斜四十五度,这样一来,形象就有点不雅观,好像我在蔑视班长似的。如果不是在队列里,我和班长面对面说话,那情景又有点像毛主席接见小八路,班长得仰起脑袋看我,样子很滑稽。

但这个小个子班长很严厉。我们是炮兵,搞专业训练,我传错一道口令,他就会大喊大叫地训斥,甚至跳起脚板骂人,如果我的考核成绩在全连新兵中不进入前三名,他不仅批评我本人,还会在班务会喋喋不休反复骂骂咧咧,让全班都跟着我"连坐"。我觉得他过分了,就把脑袋仰起来,听之任之。他对我这个动作很恼火,说我傲慢。他似乎很介意我的下巴颏,搞队列训练的时候,只要我的下巴颏稍微仰一点,他就会大声训斥,喝令我"下颚微收,两眼平视!"甚至动手向内扳我的下巴颏。当然,他也不全是一味地训我,他对我说,你虽然有悟性,但是很骄傲。我分辩说我没有骄傲,要不班长你举个我骄傲的例子。他说,看看,这就是骄傲,听不进去别人的意见就是骄傲。为什么老是昂首挺胸呢,为什么收不住下巴颏呢,你这个样子就是目空一切,不是骄傲也是骄傲。

虽然有些委屈,但班长的良苦用心我还是能够体会到的。而且,我还得感谢他让我当了排头兵。我很看重排头兵这个角色,每当班长下口令向右看齐的时候,全班的目光齐刷刷地凝聚在我的鼻尖上,就有几分得意和自豪从我心里油然而生,胸膛也就不由自主地挺直了,两腿并拢,双目平视,于是乎仪表堂堂——不谦虚地说,我当新兵的时候军姿还是比较标准的,这不仅得益于班长的严格要求,更得益于他在不知不觉之间激活了我内心深处的自信和责任感。

当兵后的第十一个月,我调出八班当了一班的班长。一班是连队的基准班,清一色的大个子,齐刷刷的棒小伙,在全连队列里,横队站前排,纵队走内侧,横竖都是显眼的位置。春节过后,我第一次作为班长组织训练,准备在全团会操的时候露一手。但说实在的,队列动作就那几套,无非就是令行禁止整齐划一,似乎不太好出彩。我找老班长请教,老班长说,队列动作就像人的脸,动作做好了就是漂亮,但是,光漂亮不行,还得有神。怎么有神呢?要在"气"字上做文章。

老班长的话对我很有启发,于是我就开始琢磨这个"气"字,要求班里同志喊口令必须喊出肺腑膛音,立正的时候脚底抓地,行进的时候两肋生风,分解动作铿锵有力,齐步跑步头顶热气,拔起正步排山倒海……说多了,练多了,队列面貌果然不一样。站如松,行如风,坐如钟,那种感觉绝不仅仅是军人姿态和仪表问题,而是一种深层次的精神打造,是对于军人品德、意志以及能力的基础构筑。站在这样的队列里,你会感到从头顶,从身边,从脚下,有一股强热的气流灌注于你的骨骼和血液当中,于是就把你的雄心和意志激励到了极致。

不久,团里召开春训动员大会,我们班作为队列示范班参加会操。那天我的感觉非常好,指挥全班立正,稍息,左转,右转,正步,跑步,一套流水作业下来,干净利索,虎虎生威。我感觉,这次拿第一是没问题了,难免有些得意,这一得意就出了问题。跑步到观摩台前敬礼请示带回的时候,那几大步我跨得有些气盛,立定的时候没有定住,导致重心不稳,打了个趔趄。为了掩饰摇晃,我赶紧举手敬礼,没想到食指戳到帽檐上,居然把棉帽戳到地上,骨骨碌碌地滚到了团长的脚下。我顿时惊出一身冷汗,脑子里一片空白,冲到嘴边的报告词也忘了,手足无措地傻站在那里……结果可想而知,把洋相出大了。

会操回来,中午和晚上两顿饭我都没吃。老班长陈仁进硬把我拉出去谈了一次心,骂我说,男子大汉没出息,这么点小挫折就承受不起啦?我说,窝囊啊,本来不该这样的……老班长说,失败是成功他妈,失败打倒了你你就是草包,你扛住了失败你就是好汉。你文化底子不薄,好戏还在后头。但是要记住,不要翘下巴,一翘下巴就丢份。为什么把帽子戳掉了,就是因为队列汇报太顺利,心里太得意,我看你往主席台跑步的时候,嗬,一脸的神气,步子都有些收不住了。

我说老班长的话我记住了,往后我会经常提醒自己下颚微收。

这年秋天,老班长复员了,因为军队干部制度改革,他已经失去了提干的机会,而我则在此后不久考进了军校。

多少年过去了,故事已成为往事,老班长的话却像陈年老酒,历久弥香。他当年不厌其烦地纠正我的下巴颏,或许只是出于队列规范的要求,但这其中却隐含着深刻的人生哲学。一个人无论是仰面朝天还是俯首看地,目光都是狭隘短浅的,而只有平视,才可能有长远辽阔的眼界。我感激命运之神在我初涉军旅的时候给了我一个好班长。写这篇文章的时候我突发奇想,假如我们还能聚在一起,在队列里,在向右看齐的时候,也许我再也用不着把脑袋向下倾斜四十五度了,虽然他个头比我矮,但是作为一个老兵,在我的感觉里,他比我高。

读 书 三 观

我估计,在中国作家队伍里,像我这样读书读得很少的人不多,像我这样读法的人也不多。

关于读书,我的第一个看法是,开卷并非皆有益。如今写书人多如牛毛,出版物遍地开花,精神文化生活日益丰富是实事,良莠不齐也是客观存在。市场经济下,很多原本神圣的东西都变味了,开卷有益的时代一去不复返了。现在图书市场比房地产市场好不到哪里去,乱七八糟的,全国呼啦啦一下子涌现了上千个出版社,还有地下的出版商、买卖书号的,还有二道贩子。受利益驱动,有些出版者和倒买倒卖者唯利是图,粗制滥造。

去年,我到一个基层单位体验生活,去看他们的图书室,书架上没有多少新书,反而是那个单位的一个级别很高的上级领导写了一本书,摆了两层,总共有七十多本。那个单位也不过八九十人,差不多人手一册。我翻了翻那位领导的书,是一个地方出版社出版的,印制粗劣,一看就是买书号出的,内容多数是讲话材料,话讲得并不精彩,基本上是垃圾。我翻了几页,看得来气,顺手就把它扔了,把那个单位负责人吓了一跳。我说你怕什么,这书你看过吗?他愣愣地看着我,先是摇头,接着又慌乱地点头。

垃圾书还不仅仅是领导书,还有假学者、假专家、假作家、假艺术家、甚至巫婆神汉跳大神的等等,都开始写书了。所以我劝大家不要虚掷金钱和时间,而是谨慎读书,吝啬买书,百里挑一乃至千里挑一。我们就是要让那些不负责任肆意兜售精神垃圾的书商们破产,让那些滥竽充数的低劣的写书人喝西北风去!至于那些花公家钱、出自己的书,让手下为难、被别人讥笑的领导,我劝你们最好少做这种掉底子的事。你附庸风雅可以,你在家练练毛笔字也行啊,但是请你不要在外面出丑。

我对读书的第二个看法是,读大于书。"读大于书"这个说法是我杜撰的,意思就是读出书以外的东西,用一句时髦的话说,是对书籍进行深度开发。

在读书这个问题上,一直存在着一个误区。中国古代的读书人崇尚学富五车,追求皓首穷经。人们通常以为,读书就是获取知识,储存知识就是储存学问,人对于知识的拥有决定人的文化品位。我也常见一些散文家、评论家、教授、学者,乃至卖狗皮膏药的,动不动引经据典,好像一肚子都是学问。对此我很不以为然。我一直认为,有知识不等于有智慧,记忆力不等于创造力,你把《红楼梦》倒背如流,不见得你能写出《红楼梦》,也不见得你就理解了《红楼梦》。学问如果不能派生出创造力,那就是死学问。人的脑子容量有限,一个人的脑子如果被死学问塞满了,那就别指望这个人能够做出什么有用的事情。

跨出校门之后,除了专业的教科书需要死记硬背以外,对于一般读者而言,读书往往就是读出一种感觉,一种境界,一种体验。尤其是对于艺术工作者而言,更多的时候,书仅仅是一把钥匙,重要的是要打开你自己心智的大门。知识如燃料,要烧出你自己智慧的热量,要把自己的大脑变成发动机而不是储藏室。爱因斯坦说过一句话,大意是说,凡是书上有的、能够查得到的东西,我都不背,我的大脑是用来思考的,而不是储蓄的。我非常接受这个观点。除了几个早年记忆深刻的作家和作品,如雨果、巴尔扎克、莫泊桑和茨威格等,其他作家的名字我基本上记不住,作品里的人物故事更是记不住。但是,我认为,作品的营养已经渗透到我的生命里了。

我读书的第三个体会是,读书有缘。什么人读什么书,往往也是造化所致。有些名人名著,哪怕全世界都叫好,但不一定适合你读,你读来读去隔靴搔痒,那就索性不去读它,不要跟风,不要人云亦云。我经常见到这样的人,对于某一个新的著作,正在流行的,哪怕他自己看不出所以然,然而又不想暴露无知,跟在别人后面傻乎乎地拍手叫好。这是很可悲的。其实大可不必,我们每个人都有局限性,都有自己的弱项和强项,暴露弱项,并不等于你就是弱者。相反,有些书名不见经传,甚至不被人看得起,那又有什么关系?只要它适合你读,让你醍醐灌顶茅塞顿开,让你眼前阳光明媚鲜花盛开,那可能就是你的书缘来了。

我认为,每个读书人一生至少有一本自己的天书。也许那本书遭受多年冷遇,但它却在冥冥中等待着你,终于有一天你从故纸堆里把它翻了出来,抖落了时代的烟尘,然后你惊喜地发现,这正是你梦寐以求的书,从此后你一遍一遍地读下去,每读一遍,就会有新的感受,当然,读到最后,你的收获就不是从书中得到的了,而是通过读书读出了你自己的思想和智慧,达成人书合一的效果。传说中的天书大概就是这样的吧?人间到底有没有天书?我认为有,至少也应该有接近天书的书,那么这种书从哪里找呢?就从你的感觉里找,找到你最有兴趣读、最适合你读的书,也许那就是你的天书。我过去读托尔斯泰的《战争与和平》,拿起来放下去,不知道反复多少次,累得要命也没有读出所以然。

有一年我到武汉出差,在街上买了一本杂志《苏俄文学》,里面有一部中篇小说,是小托尔斯泰写的,名字叫《蝮蛇》,我看了好几遍,当时确实有顿悟的感觉。我觉得在那个晴空万里的中午,这个作品就是在长江边上等着我。这部作品并非名著,后来好像名气也不怎么大,只不过当时一看就看下去了,也就是说,它适合我阅读。它给我的是什么呢,那就是对于战争中的人性和人性中的战争的双重思考,这在八十年代,对于一个军队文学青年来讲,显然是至关重要的。读过《蝮蛇》再回过头来读《战争与和平》,似乎就明白了许多。以后我读了很多苏联作品,像《永远十七岁》《初恋》《第四十一个》等等,这些作品无疑都给我很多启发。

依稀记得在一篇文章中读过一段话,大意是,读书不是学习,学习得来的是知识,读书得来的则是境界。

点头称是。

老 兵 往 事

记忆中那是个无雪的冬日,干冷的风从北方平原上刮过。我骑着自行车,顶着北风,一次一次给自己打气:我们的目的一定要达到,我们的目的一定能够达到!

这次行动,是到我老团队开后门,给我的一个同年兵做说客,帮助他改转志愿兵的。

我当时的身份是师政治部的文化干事,虽然人微言轻,但是我的地位特殊,一则因为我刚刚从前线回来,是战斗功臣,在当时被称为"新一代最可爱的人";二是因为就在不久前,我还是这个团的团长和政委一致看好的"特殊人才",就是他们把我推荐到师机关工作的,我第一次向他们开口,相信不会轻易掉在地上。

在团部,我以老部下的身份,向我的老团长杨俊忠和政委董元文如数家珍地陈述同年兵谢在前线的种种优秀表现,他作为临时配属给侦察大队的司机,几次冒着生命危险穿越对方的封锁线,顺利地完成了任务,尤其是在部队露宿的夜里,他曾经抱着一支冲锋枪,潜伏在危险地带,保护了指挥员的安全。

这里我没有明说,老兵谢保护的所谓指挥员,实际上就是我本人,我和他的交情属于生死之交,那么我这次来为他做说客,多少还是掺杂着个人感情色彩的。

事情果然进展得很顺利。因为老兵谢本来就是战斗骨干,本来就是这批改转志愿兵的对象之一,只不过因为炮团还有一个老兵孙,同我、同老兵谢一样,同属第六年兵。老兵孙还是和平时期的模范、技术能手。而炮团在第六年兵中改转志愿兵的名额,只有一个。就在团党委举棋不定难以取舍的时候,我出现了,我成了决定天平倾斜的最后一根稻草。

我从团长和政委那里得到了肯定的承诺之后,心情好极了,哼着小调推着自行车往回赶。就在我即将离开老团队的时候,在营房大门外,发生了一件始料不及的事情,一辆大卡车在我的身边停了下来,跳下来的是老兵孙。

时光退回六年,这个老兵孙和我是一个新兵班的,我作为大块头排头兵睡在大通铺的第一个,矮个子老兵孙睡在最末端,我的军体成绩较差,而老兵孙要灵巧得多,所以一度成了我的业余教练,那时候叫一帮一,一对红,我就是那个被他帮助的人。至于代我站岗帮我整内务,更是家常便饭。可以说,在整个新兵期间,我和老兵孙也是患难与共相濡以沫,可是,六年之后,我为了帮助另一个人,却把老兵孙的情谊完全置于脑后了。

狭路相逢,我的心里有说不出的尴尬。老兵孙倒是落落大方,跳下车来,还给我敬礼,说徐干事我知道你今天为啥回炮团,你是来帮老兵谢转志愿兵的。

我顿时僵在那里,无言以对。老兵孙说,我知道,你一来我就彻底没戏了,不过,我不怪你。我没有跟你们一起上前线,少了你这个靠山,这是我的命。我说对不起,我真的没想到是在你们两个人中间竞争,我其实……我心虚得说不下去了。

老兵孙说,你别这么难受。也许我年底就复员了。你难得回来一次,老战友见面了,我请你吃顿饭,叙叙旧,以后心里就没有疙瘩了。

我说好,那我请你,我是拿工资的。

后来发生的事情我终生难忘。当天晚上,我和老兵孙坐在营房外面的一个小酒馆里,从我们当新兵进入营房的第一场大雪聊起,聊到了我们共同尊敬的老班长,聊到了我们新兵排那盆通红通红鲜花一样绽开的炉火。酒酣耳热之际,我们还打电话请来了老兵谢,我们这三个同年兵,彻底把自己封闭的心灵打开了,一斤洹河大曲,喝得泪流满面。

那天晚上说了太多太多的话,我很少记得了。但是老兵孙的一番话让我印象很深。老兵孙说,人各有命,不能强求,我们三个同年入伍,老徐你已经是正连级干部了,老谢你马上要转志愿兵,也就享受排级干部待遇了。我混得差点,也是个班级干部。叫我留队,我还会是个好班长,叫我复员,将来哪怕是修皮鞋,我也是一个一等的皮鞋匠,你们信不信?

我和老兵谢点头如捣蒜,说信信信,信、信、信啊!

这以后的事情都很平常。老兵孙这一年没有复员,而是到战斗连队当了代理排长,这一代就是两年。可是,因为超龄,也因为军队干部政策制约,老兵孙最终没能留在部队,不知道他是不是真的当了一个一等的皮鞋匠,反正我知道他混得不会太差。

找不到我要感恩的那个人了

小时候我有两个愿望：一个是等我长大了当官了，把我的仇人都捆起来打一顿；另一个愿望是，等我长大了发财了，把我的恩人都请过来吃一顿。

然后我就开始长大，从蹒跚学步长到五十岁，我的那些所谓仇人，主要是童年玩友、小学情敌、中学持不同政见者，几十年过去，他们一个个都成了我的乡党、老友、故知，我们谁也没有把对方捆起来打一顿，相反，探亲回去，三五年见上一面，还要坐下来喝一顿老酒。

第一个愿望我没有能够实现，我不为此感到遗憾。

第二个愿望，就一言难尽了。所谓恩人，不一定都是救命恩人，也不一定就是改变你命运或者改变你生活的人，恩人就是有恩于你的人，从这个意义上讲，我的恩人很多，抛开自己家的亲人，那些曾经给我糖果、夸我聪明、教我读书、为我指路、拉我过桥的人，都是我的恩人。这些人有的后来我见过，有的没有再见过。

在二十世纪中后期，我的身份有点特别，属于生活在农村的非农业人口，叫回乡知青不准确，叫下放知情也别扭，所以我给自己下了个定义叫落户知青。十七岁高中毕业之后,我落户在霍邱县洪集镇一个名叫王大庄的村子里,其实就是把商品粮户口变成农业户口,再把铺盖从洪集街上搬到两公里以外的乡下。但是,这个变化对我来说是很重要的,对我的影响也是深远的。

可以这么说,王大庄这个村子,所有的人都是我的恩人,因为我干农活水平差,但是按规定我还必须拿满劳力的工分,我多吃多占的那一部分,是全村人分担的,他们没有怨言,就是有恩于我。

这里我要重点提到三个人,前两个人是我在落户期间的生产队长焦大旺和他的老伴焦大妈。焦大伯是个红脸汉子,农活把式,言语不多,主意不少。我刚落户的时候,什么也不会干,有一次铲场,一不小心差点儿把右边大脚趾铲掉了,从此以后,焦大伯就不让我干带有危险性的活。焦队长有个儿子叫焦万银,是我初中同学,也是我在农村最好的朋友之一,他们家但凡有好吃的,都要派焦万银把我叫过去或者给我送过来,要知道那时候大家都不富裕,母鸡下蛋一般是不吃的,要拿到街上卖给食品站,然后买盐买布买针头线脑,但是我吃了他们家多少鸡蛋,我不知道。焦大妈慈眉善目,喊我老孩,把我当成她的儿子,刚落户的时候,我的被褥衣服都是焦大妈给我洗,她还帮我开了一块菜地,教我自己种菜。

我刚到王大庄生产队的时候,还没有知青点,我的临时住处旁边有一家姓台,男主人是粮站职工,女主人是农村户口,也要参加农业劳动,村里人都亲切地称呼她台老妈,我也这么称呼。

台老妈是见过世面的人,很会生活,也非常能干,因为孩子多负担重,她还养了一些鸡鸭和猪,贴补家用。在我落户第一年割稻期间,台老妈除了喂猪,还要喂我,因为我病了。老实说,我从来没有干过那么累的体力活,初生牛犊不怕虎,两天下来,就一头栽倒,后来还发起了高烧。那几天,焦队长给台老妈一个任务,就是照顾我,我的日子一下子好起来了,天天有好吃的。因为是病号,又是知青,我的饭是单独做的,台家的孩子只能看不能吃。

台家有四个孩子,大儿子和我同岁,最小的女儿才四五岁。我记得有一天台老妈做饭,不知道是谁嘀咕,好像是说什么东西不是生产队给的,台老妈把自家的东西做给我吃了。后来才知道,生产队那时候也困难,当时就拨了点粮食给台家,而台老妈变着法子给我做好吃的,印象最深的是一碗猪油葱花炒干饭,干饭里有一个被切碎了的咸鸭蛋,红黄白绿十分好看,满屋飘香。我吃了一碗,把碗送回台老妈家的时候,台老妈说,锅里还有,说着就拿碗去盛。我没有推辞,把剩下的全吃了,台家最小的妹妹为此还哭了一场。因为猪油、鸭蛋都是他们家的,她眼巴巴地等了半天,居然一口没有吃上,她自然伤心。而这些我并不知道,我还以为人人有份呢。

两年后我参军走了,对于王大庄的长一辈,我怀念的太多。以后探亲回去,偶尔还能见到几个,焦大伯和焦大妈、台老妈我都见过,他们夸我出息了,我也问这问那,都是礼节性的。他们夸我是真心为我高兴,我也发自内心为他们祝福。但是有一点,就是始终没有请他们好好地吃一顿饭,没有耐心地坐下来跟他们拉拉家常。其实我知道他们是很想和我在一起多说会儿话的,但每次都说,你忙啊,你忙你的吧。他们大约认为我地位变了,对我很客气,客气中隐隐有点距离感,我应该是有察觉的,只是没有往心里去。我有时候甚至想,没关系,再等等,总有一天,我休闲了,到村里去摆上酒席,把父老乡亲都请到一起,痛痛快快地回首往事。

后来因为父亲工作调动,我的老巢搬到另一个镇子上,我同王大庄的联系就更少了。

前年探亲回去,路过洪集,想起了焦大伯老两口,想去看看,又怕村里熟人多,被缠住了走不脱,就托一位兄弟,捎三百块钱去,尽尽孝心。没想到离开洪集不到半个小时,这位兄弟就把电话打过来了,说你交办的事情我没法办,我把钱交给他大儿子了。我问怎么啦?回答说焦队长去世了。我赶紧问,焦大妈呢?我那兄弟迟疑了一下,低沉地说,也走了。

那天下午,我的心情坏极了。

今年春天回老家,在一个偶然的场合见到焦万银,说起这件事情,焦万银安慰我说,你有那个心意,他们九泉有知,也就心满意足了。我说我不能再等待了,我得抓紧时间回去看看台老妈,争取这次就去。焦万银说,台老妈去世了,你不知道?

不知道,我真的不知道。这些年来去匆匆,疲于所谓事业,我忽略了太多的事情。我心目中的焦大伯和焦大妈,我心目中的台老妈,还有几个我记不得名字的长辈,一直都还是原先的样子,正当壮年,气色健康,仍然早出晚归下田干活,随时准备接受我的拜访。哪里想到他们会老呢?哪里想到他们连招呼都不打一个就走了呢?

等我回过神来,想表达我的感恩之情的时候,我再也找不到他们了。

好　的

有次理发,理发师捋着我的头发说,你的头发真软,一定是好脾气。我被她说愣住了。我怎么是好脾气呢?小时候我是老家街上出名的打架大王,读书的时候我是声震学校半壁江山的土匪司令,刚当兵的时候我把一个战友的鼻子打出血了,只因为嫉妒他老是得表扬;当基层干部的时候我甚至还体罚过战士,为此在全团干部大会上被批评得泪流满面,差点儿被降职;在解放军艺术学院上学的时候我已经是三十岁的人了,还险些对一个同学动手,因为他话里话外说我没有文化。想想四十岁以前,我怒发冲冠拔拳相向的事情并不少,怎么一下子就变成"好脾气"了呢?

我从镜子里看理发师,那姑娘虽然不算漂亮,但是眉眼都是善意,她也正笑盈盈地看着我,很喜兴的样子。也许她的微笑是职业要求,但是那天我却感觉她的口气是真诚的,也就是说,我的头发让她误会了,误认为我是"好脾气",所以她给我那样坦然的笑容,至少,我给了她安全感。

人生有很多偶然的事情,有时候,一个偶然的事情能改变一个人的处世态度。似乎就是那次理发,我才恍然,原来

"好脾气"是应该受到赞美的,应该得到敬重的。那天理发师建议我不要再理平头,而是把头发蓄起来搞个偏分,我连想也没想就回答:好的。

我不知道我的头发是不是真的变软了,但我知道,我的"好脾气"从此开始了。比如,原先在家里,老婆如果说,晚上喝稀饭,我会坚决反对,我认为稀饭喝多了,夜里睡不踏实。但是如果她提出来吃干饭,我可能还会反对,因为我认为吃干饭不好消化,同样睡不踏实。可想而知,两个人的意见永远不可能一致。越吵心情越不好,心情越不好就越要吵,结果吵架成了经常性的运动项目,结婚十年后我们两个人的气色都变得白里透绿。

不知道是从哪一天开始的,我开始使用"好的"这两个字眼。老婆说,今晚炖条鱼吃。我回答:好的。过了一会儿老婆说,今晚吃红烧肉。我回答:好的。再过一会儿老婆说,大鱼大肉有什么吃头?炒个青菜算了。我回答:好的。快到吃晚饭的时候,还是冷锅冷灶,老婆说,我看也别做饭了,到门口粥店喝稀饭吃包子。我回答:好的。

"好的",这两个字太神奇了,可以以不变应万变。女人容易改主意,你要跟她对着干你就是自寻烦恼。晚上散步,如果她提出到东边,你最好不要提出到西边,你一说"好的",她可能就觉得不好,她会提出来到西边去。万一她执意向东怎么办?很简单,跟她往东走一截,早晚她也会到西边来走走,多大个事啊!就像吃饭,老婆提出到粥店喝稀饭,哪怕你不想喝稀饭,但是你犯不着因为这件事情跟她拧着,喝就喝,你要是觉得这顿饭不过瘾,吃完之后陪她散步,把她走累了,也许她自己就会提出来去吃顿饺子,没准还可以要两个小菜喝二两酒。世上本无事,庸人自扰之,正是。

几年"好的"下来,我们两口子的脸色都红润起来了。心情好,就是最好的保健药啊!

现在想想,年轻的时候为什么脾气坏?是因为不自信。试想,一个志大才疏的青年,到处碰壁,到处遭到冷眼,他当然不可能有好脾气,他只能对抗。靠什么对抗呢?他一穷二白,一没有权,二没有钱,他甚至连别人的同情和理解都没有,他只能靠他的手和嘴来捍卫他的尊严和利益。如果一个年过四十的人还老是愤怒,老是跟别人吵架,你一定要理解他,因为他肯定活得很累。你要是不打算帮他,那你就离他远一点。我曾经看过一则段子,说的是一个人跟猪摔跤,摔到最后,总是人和猪一起滚在泥里,而这正是猪喜欢看到的结局。当然,这个比方有点不厚道,我只是想表达,不要同不可理喻的人讲道理。

有一段时间,我的一个堂兄老是打电话向我诉苦,说这个对他不好那个对他不好,似乎全世界都在欺负他。有一次我忍不住了,我说我怎么感觉你始终都在战斗啊?他气呼呼地说,我不战斗行吗?我不战斗,就没有地位。我问他,那你觉得你现在有地位了吗?这一下把他问住了,他好半天没有回答我。

说话间就到了二○一○年正月,我还真遇到一件闹心的事情。事情起源于我的新作《马上天下》出版,人民文学出版社安排我到腾讯网做了一次客,腾讯网有个资源拓展主管杨菁,是个非常敬业的女孩,循循善诱给我搞了一个博客,据说还是VIP,起先我还不会使用博客功能,就发了几篇文章给杨菁,由她为我贴上去,其中有一篇,是根据二〇〇九年秋天我在"中国作家看河南"座谈会上的发言整理的,名字就叫《我看河南》。我在发言中说了一些赞美河南新乡新农村建设的话,也为河南人的整体素质说了几句公道话,没想到引起轩然大波,招致一片声讨,有人居然在网上大骂,骂我是河南人的托,是"跟河南人一样的骗子",是"河南人的乏走狗",还有更加不堪入目的人身攻击。

三月一日中午我登录一看,傻眼了。你有不同的看法,可以提出来探讨,可以争论,但骂人算是怎么回事?幸喜的是,那些支持我的网友,估计里面有很多河南人,则没有一个人骂人,而是心平气和地说理,我顿时觉得我给河南人说几句公道话是应该的,反而是那些骂人的人,素质那么差!我年轻时在河南当兵,工作了十几年,我没有发现河南人同其他地方的中国人有什么本质的区别。你怎么能按照地域来划分人口素质优劣呢?你说河南人素质差,可是全国到处都有监狱,那里面关押的并不都是河南人啊。

一气之下,我抓起电话拨通杨菁,我说你们网络怎么能让污言秽语登堂入室?杨菁也觉得很严重,当即表示要删除,并开通留言审核功能,限制不良网友恶意攻击。

这件事情搞得我一夜没有睡好。想想真是多事,日子过得好好的,一把年纪了还赶时髦,去搞什么博客,就像把自己放在台上展览,别人不仅可以指手画脚,并且还可以骂你。上半夜我决定退出博客,不给那些低素质人员骂我的机会,我办我的正经事,哪怕他天天骂大街,我也不管他。

但是到了下半夜，我又改主意了，我觉得还是应该留住我的博客。说实话，这些年我当真听了不少赞扬的话，也该听听不同的声音了。被人骂两句有什么？殊不知，人的胸怀和境界往往就是被骂出来的。那些骂人的人，他永远伤害不了你一根毫毛，而恰好因为有人骂你，你找到了知音、同盟、支持者，找到了人间正义和温暖，甚至还有生活体验和创作灵感。挨顿骂，得大于失啊！

三月二日早晨我起床很早，迫不及待地上网浏览。但是登录博客之后，大失所望。原来，那些老骂，都被我的博客顾问删除了，而新骂，又被限制了。我看了半天，真是怅然若失，没有了硝烟，没有火药，没有了那种赤膊上阵口诛笔伐的氛围了，反而不过瘾了，索然无味。

中午，我给杨菁打电话，要求她恢复我的博客一切功能，让那些想对我说的话全都出现在我的视野里，不管是好话还是坏话。只要是善意的批评和严肃的讨论，我的回答一律是：好的！

擦一根火柴照亮人生

童年的幸福有两个,一是有饭吃,二是有书读。

先谈吃饭。我的老家在皖西的一个小镇上,父亲是当地的一名小干部,母亲是一名小职员,父母的工资加起来每个月有七十元钱左右,这在二十世纪六七十年代的农村,是颇受人羡慕的。我读高中的时候,每个月家里发给我十元钱伙食费,除了买饭票,至少还有五块钱的菜金。为了最大限度地搞好生活,星期天我到姥姥家或者母亲的食堂蹭饭,临走时再带上一大茶缸咸菜供早晚下饭,从而确保隔三岔五能在学校的食堂里买上一份肉菜。说是肉菜,其实菜多肉少,拳头大小的碗,下面是萝卜雪里蕻,上面零星覆盖几块猪肉。我连汤带水把它扣进饭碗里,首先从最底层吃起,那种沾了肉汤的米饭吃起来很香。第二个步骤,吃菜拌饭,更香。在这个过程中,那几块肉丁始终完整地簇拥在碗头,一会儿在左边,一会儿在右边,香气四溢,光芒万丈。等汤水饭菜全部吃完,好,幸福的生活开始了,这时候再看看身边的动静,咽两下口水,长长地出一口气,用颤抖的手撮起颤抖的筷子,慢条斯理地盘剥那几块猪肉。

很多年后,当有人问我什么是幸福的时候,我回答他,当你把所有的东西都吃完并且意犹未尽似饱非饱之后,你的碗头还剩下几块猪肉在等待着你,还有比这更幸福的事情吗?

诚然,那是一个从精神到物资都非常匮乏的年代。从一九六五年到一九七六年,我读小学、初中到高中,基本上同"文革"同步进行,除了学业基本上荒废,学得一身打架斗殴撒谎偷懒的本事以外,没有被饿死或者长成侏儒,这已经是很大的幸运了。

就像多数人经历的那样,我的文学启蒙最早是从家庭开始的,主要是听我的奶奶和母亲讲故事。奶奶一个大字也不认得,她老人家似乎特别喜欢讲勤俭持家的故事,多半是神话,她曾经讲过一个老地主考查干部的故事,老地主为了在儿媳中选择管家,故意在厕所的地上扔了一团白米饭,大儿媳二儿媳来上厕所,对那团白米饭熟视无睹,捂着鼻子解了手就离开了。小儿媳来解手,看见地下有一团米饭,二话不说,就捡起来吃了,以后这个小儿媳就成了当家人,把家里管得红红火火。这个故事简单至极,但是却有深刻的含义。奶奶和母亲常常挂在嘴里的话是,吃不穷穿不穷,算计不到才受穷。或者是新三年旧三年,缝缝补补又三年之类。母亲粗通文墨,讲的故事似乎就有了更多的人生哲理,比如乌龟和兔子赛跑、孔融让梨、狼来了之类,多半告诫人要诚实、勤奋、礼让。

长大了,就开始读书。

我的老家洪集据说是一个很有历史的古镇,甚至有传说是一代州城的遗址。传说是否属实,我不知道,但是我很小就知道老家很热闹,尤其是夏天,街东头的操场上三五成群有很多人乘凉拉呱,街上有不少怀才不遇的人物,穷得连饭都吃不起,还能眉飞色舞口若悬河,谈古论今展望未来。尤其可喜的是,在那些贫穷破败的草屋瓦舍里,居然还堆积着很多书籍,有些甚至是经典名著。近年我常回故乡,发现老家小镇从人口和面积讲,至少是六十年代的五倍,但是我敢断言,从民间收藏的文学经典数量而言,恐怕连六十年代的五分之一都不到。

毋庸置疑,那个年代耽误了很多人才,而我要讲句良心话,我是那个年代的重要受益者之一。为什么这样说呢?原因有两个:一是那个年代考试马虎,连上课都马虎,这对于我这样一个性情懒散的人来说,无疑正中下怀。二是在那个年代里,我因祸得福读了不少书。

街上有不少小商小贩,多数是半瓶子醋知识分子,书就是造反派从他们的家里作为"四旧"收缴过来的,堆放在公社大院的一个土楼子上。有一天,我们"公社小孩战斗队"几个七八岁的孩子逃学回来,飞檐走壁潜进去,个头大的书被认为值钱,当然成了重点争夺对象,因为分赃不均很快就发生"内讧"。我在那支队伍里实力中等,拳打脚踢搞了不少连环画。那些连环画在相当长一个时期成了我的宝贝,吃饭上厕所都是手不释卷,如醉如痴。看了一遍不过瘾,三遍四遍反复看。那时候,我能把许多故事倒背如流。后来我用看旧的连环画和一些自制的玩具跟其他小伙伴开展地下贸易,又换回来不少,还有大块头的书,其中印象比较深的有《安徒生童话》《蒙古民间童话故事集》,还有《烈火金钢》《平原枪声》等等,这一下就发大财了,用文人的话说,真是坐拥书城,富甲天下。我小时候对童话情有独钟,那本《蒙古民间童话故事集》,里面有很多惩恶扬善的故事,譬如一个贫穷善良的牧民,运用自己的智慧,编造一个神话,用尿泡从贪婪的财主手里换取牛羊,接济穷人……这些故事引起我的极大兴趣,也产生了很多幻想。多年后我还十分怀念这本小书,记得那是用铅灰色草纸印刷的,配有插图,工艺粗劣,但是内容丰富。去年我从《作家文摘》上看到一篇文章,纪念一名陈姓女翻译家,介绍她的译作时,提到了她曾致力于翻译蒙古民间文学,我怀疑那本《蒙古民间童话故事集》就是她老人家翻译的,在此我向她表示真挚的谢意。

我的童少年时期的阅读,也是伴着辛酸血泪的,借书不还、赖书不给、丢书不赔而被小伙伴围追堵截、有家不敢回、甚至被打得头破血流,这样的事情经常发生。我记得有一次,我和我姐姐协议轮流读一本书,好像是一本连环画《灰姑娘》,到了规定移交的时间,我赖着不给,姐姐催讨未果,就动手来抢,三下两下,战争升级,我在前面跑,姐姐在后面追,一直把我追到野外的红花草地里。那时候我还属于弱势群体,被我姐姐打翻在地。不过,我也不是省油的灯,书虽然被她抢走了,我也把她踢得浑身是泥。前几年回故乡,我开玩笑讲起这个故事,我姐姐痛心疾首说,哪里知道你后来能当作家呢,早知道这样,打死我我也不跟你抢书啊!我哈哈大笑说,梅花香自寒苦来,读书趣味就在抢。

读读写写,几十年过去了,我由一个偷书、抢书、抄书、编书的人,最终成为一个写书的人,归根到底,我觉得还是早期的阅读催生了文学的种子。前几天一个编辑家问我对于畅销书的理解,我脱口说出两个字,动心。一部好的作品,只有深入人心,才能流传于世。安徒生的童话在世界上广为流传,经久不衰,这说明了什么?这说明只有抓住心才能抓住人,才能抓住市场。四十年前我读了安徒生的《卖火柴的女孩》,至今想来,仍然为之心动。我的儿子上大学之后,要我推荐课外读物,我向他推荐几本童话,他起先不以为然。可是后来读进去了他跟我讲,这个故事确实太经典了,值得长久回味。我问他,你从这个故事里读到了什么?儿子的回答让我又是一惊:这个社会如果不能给我们提供起码的食物和温暖,我们还要这个社会干什么?

我认为回答得好,一个小小的童话故事,你可以一遍一遍地解读,而每读一遍,你都会有新的感慨和新的判断。

我想,我们每个人可能都会受到童话的影响,也可能在很多时候都生活在童话之中。漫漫人生路,不知道会遇到多少坎坷,读一本好书,就好比擦亮一根火柴,它会在你困顿疲惫的时候,照亮你脚下的路。也许我们比安徒生笔下那个女孩幸运,因为我们有很多火柴可以擦亮,打开一本好书,就是一片明朗的天空。

显然,作为一个作家,读书更是须臾不可或缺的事情。而在我看来,读书不必跟风,不必人云亦云,不必贪大求洋。回顾我的读书历史,起步很早,范围很小,时尚很少,但是这并不影响我成为一个作家。我后来确实又读了不少书,有些还很受益,但是早年读的那些童话,对我的启蒙和影响是地久天长的,也是不可取代的。当我感到饥饿和寒冷的时候,我就会擦一根火柴,我看到的不仅是那香喷喷的烤鹅,我还会在那微弱的光焰里看见我亲爱的祖母和姥姥。

一次让人后悔的"伏击战"

那个夏天某日,我们炮团九连出了一件不大不小的事情。早操完毕,三班长照例要来到菜地忙活一阵。三班的菜地与众不同,种的是黄瓜和西红柿,这体现了三班长的风格。三班长是个文学爱好者,有点浪漫情怀,蹲在菜地边上看着那些碧绿鲜艳的果实,他的心里很惬意。在他的心目中,这些果实的审美意义远比改善伙食重要,它们是一道风景,是一片盎然的春天。为了捍卫这片春天,他不仅严令本班战士不得擅自享用,还同炊事班长数次进行艰苦卓绝的斗争,尽量减少掠夺。本连的同志都知道,三班种的菜不是为了吃,而是为了看的,所以很少有人敢于冒犯。

但这天早晨情况发生了变化。三班长蹲在菜地边,一边松土一边欣赏自己的作品,看着看着脸色就变了,倒吸了一口冷气:他娘的,少了六条黄瓜?还少了三个西红柿。赶紧起身再数一遍,千真万确,六条黄瓜和三个西红柿去向不明。

这天的早饭,三班长只吃了半个馒头。

情况很快就分析出了大概眉目。九连是炮团大营房的最后一个连队,与卫生队同住西北角。前几天,师医院卫训队结业,有七名女兵被分到炮团卫生队实习,小偷八成就是这几个馋嘴丫头。

三班长化愤慨为力量,眉头一皱,计上心来。

果然不出所料。第二天晚上熄灯前,卫训队的女兵们当真出动了,这次来了三个,她们相伴到营房南边后勤处洗澡,回来路过此处,既然有这么水灵晶莹的瓜果在路边等待,不顺手摘上几个,那她们就不是女孩子了。她们可没把问题想得那么严重,走进菜地的时候,从容不迫,一点儿也不慌张,一边选择,还一边叽叽喳喳地嬉笑。她们做梦也没有想到,恐怖正在悄悄地向她们逼近——就在她们即将动手的时候,从菜地的某个角落里传出一个低沉凶狠的类似鬼叫的颤抖的声音:缴枪不杀!

女兵们大惊。然而这只是个开始,就在她们拔腿要逃的时候,在朦胧的月光下,她们看见两个猪脸怪物四肢着地,蹦蹦跳跳地向她们爬了过来。三个女兵顿时魂不附体,她们哪里见过这种似鬼似妖的东西?于是乎惨叫着碰撞着,跌跌撞撞地逃出菜地。

不难猜想,这场惊险的闹剧自然是九连三班长导演的,他和他的副班长备好了防毒面具,已经在菜地里等待一个多小时了。

该三班长就是鄙人。

这场富有创意的"伏击战",曾经令我得意一时。以后我写过一个中篇小说,叫《弹道无痕》,其中有这么一段:老班长李四虎为了报复排长,利用热恋中的排长辨别能力较差的弱点,引诱排长雨夜赴约,结果被一个戴着防毒面具的怪物吓得屁滚尿流。这个情节就是从当年菜地吓唬女兵派生出来的。

在现实中,这次行动并不光彩,事后不久,几乎全师的女兵都知道炮团有个坏人叫徐贵祥,问题的严重性甚至危害到我提干后谈恋爱。那时候我已经是本师著名的笔杆子了,在师政治部当干事,本来找女朋友不应该困难的,但是师医院的一名女医生谆谆告诫我当时锁定的目标,说千万不要跟这种人交朋友,几个小女兵吃了他几条黄瓜,他就能使出那样的坏,可见没有一点怜香惜玉的胸怀,心狠手辣,这样的人你别指望他疼你爱你——不知道这些话是不是起了作用,或者是部分地起了作用,反正我向往的那个漂亮的姑娘最终婉言谢绝了我的追求。

此事已经过去快二十年了,那个夏天的夜晚仍然时时让我汗颜,每当想起,我就内疚不已。我至今还记得那几个差点被我吓掉魂的女兵的名字:黄秋云、秦晓玉、李甜。曾经听说李甜患肾病很严重,我有时想,会不会与那场惊吓有关呢?那时候真是太年轻了,年轻得不知轻重,为了保护我的那一小片春天,却伤害了几个豆蔻年华的女孩,鄙人的确是鄙人。不管她们现在生活得怎么样,但在她们的心里,我的形象可能一直都是一个阴险的家伙。我希望有一天我们能够重逢,我会真诚地向她们说,对不起朋友们,如果让我们再回到二十年前,我愿意正经地当一次护花使者,把我种的黄瓜和西红柿统统送给你们,你们比那些黄瓜和西红柿远远重要得多。

两个女人千年一叹

一

初识沈培艺,是在十八年前,当时我在解放军艺术学院文学系进修,期末考试阶段,去看舞蹈系的热闹,倏然之间,眼睛就被一个漂亮的女子擦亮了,或者说被她打动了。后来听说,该女生并非军艺学员,而是总政歌舞团舞蹈演员,是被军艺舞蹈系的男生请来陪练的。我当时的感觉是,那几个和我同届的舞蹈系男生没有一个人值得这个女生陪练,她的身材、形象、甚至于随意站立的姿势,都几乎到了无懈可击的地步,甚至连她汗涔涔的脸上始终挂着的矜持的微笑,也有一种神秘的美感。她打动我们的绝不仅仅是她的漂亮——恕我不恭,事实上就外部形象而言,她还算不上绝色佳人——但是她身体的每一个部分和她的每一个细小的动作,以及每一个含蓄的微笑,都是那样的和谐,她的漂亮是气质型的而非生物型的。她微笑着站在那里,听那些相形见绌的教员和学员们提出这样的要求、那样的设计,始终都在谦虚着做聆听状,然后一次又一次上场,不遗余力地配合别人的动作。我等虽然不懂舞蹈,但是我们能够感受到从她的举手投足之间洋溢出来的神韵。一旦陪练开始,进入舞蹈状态,她的肢体似乎就不再属于她本人了,而很像是一位书法大师手中的笔锋,在空中一路翻转跳跃,敏捷流畅,忽疾忽徐,忽而凌空画过一道弧线,忽而落地生根亭亭玉立。其实能够看得出来,她那天的表现完全是附属性的,是为了给别人做陪衬,而她居然把陪衬做得那样认真、那样用心、那样奋不顾身。

这个人给我留下了十分美好的印象,连同她的舞姿和她的微笑。以至于后来排练结束,她拎着一双舞鞋大汗淋漓地从我们眼前走过的时候,我不禁多看了她一眼,然后冲着她的侧影又看了一眼。她看起来是那样的单薄,然而在那修长的身躯里却蕴含着极大的爆发力,还有敬业、友善和自信。我当时就有一种预感,这个人早晚要成大器。

二

从军艺毕业之后,我离开原部队,辗转调到北京工作。十多年不见,沈培艺一步一个脚印,已经是军内外一位重量级的舞蹈家了。我担任解放军出版社总编室主任期间,一位编辑策划了一套军中明星丛书,请我出面向沈培艺约稿,我虽然不太主张出版所谓的军中明星丛书,但是基于我对于沈培艺的特殊关注,我还是给她打了电话,谈了十年前一面之交她给我留下的印象,同时也说明了我们这位编辑的想法。果然不出所料,沈培艺很低调,表示暂时不想树碑立传,她想实实在在地当一个舞者。此事于是不了了之。

二〇〇二年十月初,我在山东某部代职结束,所在部队首长为我饯行,大家喝酒聊天,顺便看电视,突然荧屏上出现了沈培艺。那是一场青年舞蹈演员的选拔赛,她是评委之一。在我的坚持下,我们停止了喝酒,聚精会神地观看这场比赛。我最看好的是一个名叫黄亚彬(也许是王亚彬)的女孩,那个舞跳得真是好,要让我这个门外汉说说怎么个好法,可能贻笑大方,反正凭直感就是觉得好,动作行云流水一气呵成,简洁流畅飘逸大气。

我们几个同志打赌,我说这个女孩子不拿第一名,那就是评委出问题了。后来评委们一亮分数牌,我没有忍住,一掌拍在桌子上,把酒杯都打翻了。沈培艺给这个女孩子打的分数被去掉了——去掉一个最高分。去掉了这个最高分,再去掉一个最低分,这个女孩子还是那次比赛的第一名。我当时很得意,跟那些部队的同事们吹嘘说,怎么样,我老徐没看走眼吧?我和著名舞蹈家是一个眼光,英雄所见略同啊!

三

不知道为什么,我后来很少看见过沈培艺跳舞了,而老是看她当评委,电视访谈节目上也见过她两次。直到前不久,她策划了一个中日和平主题的舞蹈晚会,发短信问我有没有兴趣,我说太有兴趣了。我的兴趣在于,我倒是要看看,这个年届不惑的舞蹈大家是怎样复活她的艺术青春的。

那天晚上我和朋友坐在国安剧场里,我一遍又一遍对朋友说,别着急,她一定会亲自上场的。但是后来我们发现上当了,她没有再穿舞鞋,而是充当节目主持人,实际上也是组织者。她在继续做着为人作嫁衣的工作,中方演员中,她推出了她的学生柴明明。我看着舞台上的柴明明,想象着十八年前的沈培艺,那副做派倒很神似。

几天之后,我收到了她的专辑光碟《易安心事》。这时候我才知道,两年前她又干了一件让人目瞪口呆的大事。她接受了一个日本艺术家的邀请,在中日韩三国三个女人组合演出中,一个人独舞三十分钟。那一年她应该四十岁了。作为一个普通的人,四十岁当然不算老,但是作为一个舞蹈演员,四十岁怎么说也算不得年轻了。三十分钟啊,且不说一个四十岁的女人,就是一个豆蔻年华的女孩,一个人在台上蹦跶三十分钟,除非她身上的每一块肌肉都闪闪发光,否则观众怎么能坐得住呢?我真是为她后怕。我能想象得出来,在那些准备的日子里,她是怎样的一副心情。无疑这是一次严峻的挑战,也是一次千载难逢的机遇。我甚至想,也许,在登台前的那一瞬间,她应该是悲壮的,是视死如归的,是大义凛然的,如同涅槃。

舞蹈就是舞蹈家的宗教,为这个宗教献身,沈培艺是可以义无反顾的。我相信她在沉寂的十年里,一定读过很多书。她在中国传统文化的海洋上面,终于找到了让她艺术心灵翱翔的那片天空。穿过千百年时间的隧道,她和那个女人不期而遇,她聆听了她的哀怨,她领悟了她的惆怅,于是她成了她。凄婉的秋雨,清冷的春风,雨打梧桐的怅惘的调子,遥望天穿思念的目光……这一切,都在瞬间顿悟,都在顷刻复苏。她秉着一把红色纸伞,踯躅蹒跚,如歌如诉,怎一个愁字了得?才下眉头,又上心头。她用自己的躯干肢体诠释了那份挥之不去的怅惘,她无言地把那个女人跳活了,跳得我们热泪盈眶。那个愁字啊,让人心碎,也让人心醉。我们在品味一个女人——不,应该是两个时代的两个女人——还不,应该是所有的女人的那个"愁"字的时候,骤然一惊——竟然,人间还有这么重要的情绪,女人的愁,足以化解男人的仇恨,足以牵回浪子的野心,足以浇灭战争的火焰。为了那些爱恋着我们等待着我们期盼着我们的女人们,我们还争夺什么,打点行装上路回家吧!女人的愁,就是我们的精神家园啊!

我有理由推测,沈培艺在研读李清照的时候,她有可能会产生幻觉,那种知识女性独特的离愁别绪,正好与她内心的某种情愫对接了。冒昧地说一句,沈培艺在她的艺术生涯中,一定有她的失衡,一定有她的隐痛,一定有过失望和绝望。而这一切,恰好造就了她。背水一战,破釜沉舟,多年在扼制中酝酿积蓄的艺术激情在瞬间爆破,舞蹈中的她已经不再属于自己,她已然成为一个跃动的符号,一缕恣意泼洒的烟雨,鬼魂附身,妖魔蛊心,同那个著名的愁字号品牌女词人融为一体,那个人把她自己的灵魂附着在一个二十一世纪的舞蹈家身上,这个舞蹈家把自己的艺术激情倾注在那个幽灵的艺术生命里。

看完《易安心事》之后,我的心情久久不能平静。我太震撼了,似乎这时候才恍然有悟,历史原来可以这样表现,舞蹈原来可以这样进行,文化原来可以这样传承——只有你深刻地懂得她,你才可以成为她。如此说来,我不能再写下去了,蓦然回首,我发现我们对沈培艺,还是了解得太少太少。

写本好书送给你
——关于《历史的天空》

一九九九年一个晴朗的秋日,我骑着一辆破旧的自行车,驮着我的第一部长篇小说退稿,在白石桥至平安里之间的大街小巷里沮丧穿行。这已经是第二次遭到退稿了。我的创作史也可以说就是一部退稿史,从童年到中年,从短篇小说到中篇小说,退稿似乎就是我写作的影子,我走多快它跟多快。按说,像我这样一个老油条,对退稿应该有充分的思想准备,但是这一次却不行,我觉得打击特别大,原因至少有三个:一是我认为这是我最有想法的作品。我一九九一年从解放军艺术学院毕业之后,到解放军出版社当编辑,几乎天天跟战史、军史乃至兵法、战术打交道,还编辑过和帮助若干战将整理过回忆录,自认为在战争文化这个炉膛里已经炼得真经,对于战争、战争人物、战争情感的深入理解,比起别的作家有得天独厚的优势,这部作品几乎是我能够达到的最高境界,然而却被迎头泼了一瓢凉水,岂不灰心?第二,这部作品也是我的第一部长篇,从构思到初稿完成,酷暑寒冬,几度春秋,夜不能寐,食不甘味,充满了希望,充满了期待,期望值越高,失望度就越大。最后一点,也是最重要的一点,这部作品凝聚了我对小说的诸多理解,从酝酿、设计、写作,再到反复修改,可以说使尽了浑身解数,较之同时期创作的另一部作品《仰角》,下的功夫应在后者三倍以上,可结果却是连出版水平都达不到,我不能不对自己的文学功底产生怀疑,同时也对小说判断标准产生了困惑。

抱着这堆退稿,我回到家,一气之下把它扔到书柜的角落里,很长时间都不愿意碰它,我已经没有勇气、当然更没有信心再把它投出去。那段时间我很不自信,这是没有办法的事情,自信是建立在成功的基础之上的。我也不打算修改了,我把我的精力转移在《仰角》上,我想,也许是那种历史战争的东西我还陌生,驾驭不了,而《仰角》属于当代军事题材,我的生活积累和感受相对要丰富一些,写起来也要轻松自如一些。至于《历史的天空》,暂且束之高阁,以后再说吧。

转机出现在秋末的一个上午。

那天,我作为解放军出版社的编辑,到总参游泳馆招待所去看望来京出差的成都军区作家裘山山,本意是向她约稿,碰巧遇到了《当代》杂志的副主编洪清波,三言两语玩笑声中就算认识了。我当时没有提稿子的事情,我确实拿不准这部屡遭退稿的作品能不能拿到人民文学出版社这样的文学大厂去制作。但是似乎又有些不甘心,过了两天,我先把稿子送到裘山山那里,裘山山看了之后,很有把握地对我说,我看很好,我把它推荐给洪清波,以后你就直接跟他联系。

希望之光终于冉冉升起。

我在焦灼的等待中大约又过了半个月,一直没有消息。这中间,我给裘山山打电话大诉其苦,裘山山安慰我说,洪清波这个人看稿子很挑剔,处理稿子很慎重,他没有回话,也许不是坏事。

后来我还是忍不住拨通了洪清波的电话,我诚惶诚恐不知道该怎么寒暄,洪清波却是开门见山,第一句话是,稿子我看了。说完这句话,他不说了,等待我的反应。我迫不及待地问,怎么样?洪清波好像笑了一下,慢吞吞地说,不怎么样。

你能想象出来我当时的心情吗?这一次就不仅仅是失望了,这一次是绝望,当时如果稿子在我手里,我可能会放把火把它烧了。我故作镇定强打精神,苦笑说,那就算了。

洪清波说,不过,我有些拿不准,又把它交给图书编辑脚印看了。你再等几天,看看他们是什么态度。

我说好。我心想,既然洪清波这样的资深编辑没有看好,那就说明稿子真的欠水准,别人会不会高看一眼,可能性很小。

大约过了一个星期,脚印给我打来电话说,稿子我看了,高贤均副总编也看了,认为很好。高副总编要亲自跟你谈谈。

那天我骑着自行车,脚下生风,颠簸在朝内大街,深秋的寒风透过敞开的夹克在我胸前鼓荡,我的心却热乎乎的。在高贤均的办公室,我和脚印、洪清波三个人当听众,高贤均激情澎湃,神采飞扬,一会儿站起来,一会儿坐下去,双手挥舞着讲了一个多小时。洪清波最担心的作品中诸如国共关系、正面人物的负面性格、我军内部斗争等等敏感问题,到了高贤均那里,几乎都提出了巧妙的处理办法。高贤均说,目前是稍微敏感了一点,要在似与不是之间做足功夫,只要把握尺度,恰到好处,这部作品就是一部创新的军事文学力作。梁大牙这个人物为当代军事文学增加了一个全新的形象。高贤均对这部作品的前景做了两条预测:参加茅盾文学奖有很强的竞争力,获得五个一工程奖问题不大。高贤均说完,洪清波和脚印又就具体细节的修改提了一些建设性的意见,我当时觉得都不是太难解决的问题。

我是哼着小调离开人民文学出版社的。北京的天是明朗朗的天,绝处逢生好喜欢。回到单位,我并没有马上动手修改,我在琢磨高贤均的话,我渐渐明白了我这部稿子为什么会接二连三地遭到退稿。我也在重新掂量这部作品的价值。洪清波最初说出了"不怎么样",但是他又没有退稿,而是让脚印再看,这说明他拿不准。一部作品,能让一个阅稿无数的老编辑左右为难,这本身就说明这不是一般的稿子。而且在这期间又有好消息,解放军文艺出版社确定出版《仰角》,他们提了几条修改意见,责任编辑刘静在电话里说,你可以改,也可以不改。我斩钉截铁地回答,不改。这时候我的心思都在《历史的天空》上,哪里管什么《仰角》啊!

初稿本来是手写的,改改抄抄太费事,吃了不少苦头。后来,我用了一个晚上,向我的同事、当时的解放军出版社办公室主任薛舜尧学会了电脑开机、关机和简单的输入、编辑,以后就一发不可收拾。我办公室里的那台286老电脑几乎夜以继日地运转。很快,我就把修改稿送到了人民文学出版社,这次不用高贤均看了,脚印和洪清波看。就是这次,我获得了洪清波的高度信任,以后,他屡次评价我是最会领会编辑意图、最会落实修改意见的人,一句话说到底,我的修改,让他的担忧烟消云散。

一九九九年岁末,在贵州黄果树召开的全军长篇小说创作笔会上,我同时校对《仰角》和《历史的天空》两部清样,那种感觉真是很幸福,我总算可以出版长篇了,而且出手就是两部。

然而,没有想到的是,《历史的天空》出版不久,高贤均就患肺癌住院了。初次见面时的高贤均红光满面,是那样的朝气蓬勃,那样的思维敏捷,谁想到他会得这种病呢?那段时间,我经常去看他,他一天天消瘦,却仍然谈笑风生。因为化疗和放疗的折磨,连吃饭吞咽都困难了,他还关心《历史的天空》在读者中的反映。我们都忌讳提他的病,他自己却不,他掰着指头算他生命的倒计时,盘算着还要做哪些事情,如数家珍。我试探着提出请他到街上吃顿饭,他欣然同意。那是一个中午,我记得参加那次聚会的有高夫人蒋京宁和洪清波、脚印、何启治等人,在席间,他频频举起饮料瓶跟我们碰杯,笑声朗朗,听不出一丝忧伤。

据脚印说,在评选第三届人民文学奖的时候,高贤均抱病登台,就《历史的天空》,讲了九十分钟,足可见他对这部作品的厚爱。作为一个业余作者,我感谢高贤均慧眼识珠;作为一个曾经的编辑,我钦佩高贤均的敬业精神。

二〇〇二年,我在胶东半岛基层部队代职,八月的一天,突然接到脚印电话,她哽咽着通知我,高贤均去世了。我听了半天不语。当天晚上,我在渤海湾一块礁石上坐了很长时间,眺望漆黑的夜空和磷火点点的苍茫大海,我的泪水无声无息地流淌。他临终之前,我不在他的身边,因此在我的心目中,他一直都是情绪饱满思维敏捷的样子,他在被确诊罹患恶疾之后,即使明知大限将至,也从无悲凉,仍然豁达。我记得我在离京之前最后一次到北京肿瘤医院看他,他从外面散步回来,头上戴着红色的毛线帽,上身穿着黑红相间的羽绒服,下身一条牛仔裤,步履轻捷,好像还伴着什么节奏,一跳一跳的。那时候,他的病已是晚期的晚期了。如果说这个世界上真有能够坦然面对死亡的人,我见过的,目前只有高贤均。

高贤均对《历史的天空》前景的预测,无一没有实现,这部作品先后获得第十届中国人民解放军文艺奖、第八届五个一工程奖、第六届茅盾文学奖等多种奖项。

二〇〇五年七月,我从茅盾故居乌镇领奖回来,约同脚印和洪清波驱车到京郊凤凰岭看望安葬在这里的我的良师益友高贤均,在弯腰鞠躬的一刹那,我的泪水又止不住地往下流。贤均老师,你的预测证实了,你在生命最后阶段的努力没有白费,可是你却不能同我们一起分享这成功的喜悦了。

下山的路上,脚印说,别哭了,往后,写出好作品,再交给人民文学出版社出版,这就是对高贤均最好的回报。

我抬头看天,说了一声,好。

二〇〇九年年初,我把《马上天下》书稿送到了脚印和洪清波的手上。